Elisa Lorello

VORGETÄUSCHT

amazoncrossing

Das Buch

Nach der Lösung ihrer Verlobung verlässt die Mittdreißigerin Andi Cutrone Neuengland und kehrt ins heimische Long Island zurück, um einen Strich unter die Vergangenheit zu machen und sich auf ihre Karriere zu konzentrieren. Als sie Devin auf einer Cocktailparty begegnet, ist sie geschockt und fasziniert zugleich. Denn sie hat es mit einem waschechten Callboy zu tun. Ein paar Monate später ruft sie ihn spontan an. Beim Käsekuchen in einem Brooklyner Café macht sie ihm ein Angebot: Er soll ihr beibringen, besser im Bett zu werden, und sie bezahlt ihn mit Schreibunterricht. Zu Andis Überraschung lässt sich Devin darauf ein. Zwischen den beiden entwickelt sich eine intensive Beziehung, die so lehrreich wie erregend ist. Denn beim Unterricht in Schreibtheorien und Vorspielvarianten kommen Andi und Devin unversehens den großen Fragen nach Wahrheit, Schönheit und Identität auf die Spur. Nach und nach stellen sie sich den Problemen, die ihren jeweiligen emotionalen Beschränkungen zugrunde liegen. »Vorgetäuscht« ist ein scharfsinniger und komischer Roman, der einfallsreich und fesselnd von zwei Menschen erzählt, die sich auf die Suche nach ihrem wahren Selbst begeben.

Die Autorin

Elisa Lorello wurde auf Long Island als jüngstes von sieben Kindern groß. Sie machte ihren Bachelor an der Universität von Massachusetts-Darthmouth und lehrt seit 2000 Kreatives Schreiben für Erstsemester. Sie lebt zurzeit in North Carolina, wo sie unterrichtet und schreibt. *Vorgetäuscht* ist ihr erster Roman.

Wenn Sie mehr über Elisa Lorello und ihre anderen Projekte erfahren möchten, besuchen Sie ihren Blog *I'll Have What She's Having: The Official Blog of Elisa Lorello* (www.elisalorello. blogspot.com) oder ihre Seite: www.elisalorello.com.

Elisa Lorello

VORGETÄUSCHT

Roman

Übersetzt von Astrid Becker

FÜR RU

Kapitel eins

FEBRUAR

Ich packte Bücher, Stifte, Seminararbeiten und die Wasserflasche zusammen und zog den Mantel über; die Studenten, die fünf Minuten vor Ende der Stunde aus dem Raum abzogen, ließen matschige Schuhabdrücke und eine allgemeine Lustlosigkeit zurück. Auch den Besten unter uns passiert es irgendwann einmal, dass sie schlechten Unterricht machen und die Studenten wegdösen. Einer von ihnen hatte heute sogar geschnarcht. Mit meiner Aktentasche und einem Einkaufsbeutel über der Schulter verließ ich den stickigen Raum, als die nächsten Studenten – ich glaube, für Politik – langsam hereinströmten. Ich war durch mit meinem Tag, jedenfalls mit dem Unterrichten. Drei Stapel Essays warteten auf meine ausdauernde Lektüre und Beurteilung. Ausdauernd war natürlich eine Übertreibung; wenn ich gut war, schaffte ich rund fünf in der Stunde, und drei Stunden hielt ich maximal durch. Mit Pausen. Wenn unsere Gehirne doch nur Scanner hätten oder so was wie Gedankenverschmelzung funktionieren würde. Es ist mein dreckiges kleines Geheimnis, dass ich lieber die *Simpsons* gucke als Shakespeare zu lesen. Bald fliegt das auf, da bin ich mir sicher, so wie alles andere …

Ich bin wieder nach Long Island gezogen, weil Maggie, meine beste Freundin und ehemalige Kollegin vom South Coast Community College in Massachusetts, inzwischen den Fachbereich Kreatives Schreiben an der Brooklyn University leitete und mir eine Stelle als Assistentin und Vollzeitdozentin angeboten hatte. Maggie und ich hatten an einigen Projekten und Artikeln am SCCC zusammengearbeitet. (Den besten Artikel wollten wir nie veröffentlichen, den hatten wir nur geschrieben, um mal ein bisschen Dampf abzulassen, »Scheiß auf Methoden: Wir wollen Kunstwerke!«) Stundenlang konnten wir uns die Köpfe heiß reden – über Kompositionstheorien und unterschiedliche pädagogische Ansätze, Artikel von Wendy Bishop und wie es war, gemeinsam mit Lad Tobin zu unterrichten (den ich den »Woody Allen der Rhetorik« nannte). Sie erkannte mich an meinem Schritt und dem Klang meiner Absätze, wenn ich sie in ihrem Büro besuchen kam. Wir waren Verbündete, Kolleginnen und Freundinnen. Ich konnte gar nicht anders: Ich musste die Gelegenheit, mit ihr zusammenzuarbeiten, beim Schopf packen.

Das war also der Grund. (Ach so, ja, außerdem hatte ich noch mit meinem Verlobten Schluss gemacht …)

Ich war erst sechs Monate wieder auf Long Island und überrascht, wie lange ich brauchte, um mich einzuleben. Zehn Jahre hatte ich in einer kleinen Stadt im Südosten von Massachusetts (klein nach Long-Island-Maßstäben) gelebt. Fairhaven hatte eine gewisse Ähnlichkeit mit dem Northport meiner Jugend- und frühen Erwachsenenjahre: terrassierte Wohnsiedlungen an Sackgassen, nahe gelegene Shoppingcenter und Einkaufsmeilen an Schnellstraßen (die sie in Massachusetts allerdings »Landstraßen« nennen), und weder weit von der Innenstadt noch vom Meer entfernt. Es kam mir irgendwie bekannt vor, und ich fühlte mich wohl. Ich hatte immer gedacht, Long Island wäre lebensbejahend. Vielleicht weil es meine Heimat war oder ein Abklatsch von Manhattan. Wie auch immer, die letzten zehn Jahre habe ich damit verbracht, in meinen wechselnden Unterkünften in Massachusetts über Long Island zu schwärmen. Ich habe über die Straßen geschrieben, die Strände, das Shoppen, über die Leute, die Akzente, die Sportteams, über die Hamptons, und ich weiß nicht, worüber noch alles. Aber jetzt, wo ich wieder hier war und tausend Dollar mehr an Miete für tausend Quadratmeter weniger Wohnfläche zahlte, konnte ich ums Verrecken nicht mehr ergründen, was an diesem Anhängsel vom

Big Apple und seinen Möchtegern-Einwohnern so großartig sein sollte.

Dennoch hatte ich den Job an der Uni in Brooklyn angenommen und eine Wohnung in East Meadow gemietet, rund fünfzehn Minuten von der Long-Island-Bahn. Pendeln war so teuer, dass es mich fast umbrachte. An manchen Tagen fuhr ich mit dem Auto bis nach Brooklyn, an anderen nur bis zum Bahnhof, um den Zug nach Queens zu nehmen und dort in die U-Bahn umzusteigen. Ich hatte vergessen, wie anspruchsvoll das Leben auf Long Island war. Steckt man eine anspruchsvolle Frau in eine anspruchslose Kleinstadt, macht sie natürlich den Eindruck, zu wissen, wo's langgeht. Steckt man dieselbe Frau dann wieder in die Stadt, die sie überhaupt erst anspruchsvoll gemacht hat, dann hat man einfach nur eine weitere stressgeplagte New Yorkerin wie all die anderen vor sich. Jetzt vermisste ich die kleinen Strände von West Island Beach, die langsame Bedienung in *Pop's Café* und den schrillen Akzent Neuenglands.

Doch wie es aussah, hatte ich nur noch Erinnerungen daran.

Obwohl ich Ausschau hielt. Ich sah mich nach alleinstehenden Dozenten um, wenn ich tagsüber zu Seminaren und Schreib-Workshops auf den Campus ging und abends bei Dichterlesungen in Cafés. Doch wohin ich auch ging, zu haben war keiner.

Entweder sie waren verheiratet, in einer Beziehung, geschieden mit Kindern, zu alt, zu jung oder schwul. Republikaner, Arbeitslose, Muttersöhnchen, Atheisten oder Fans von den Giants. Und dann musste ich mich ja auch fragen, ob ich eigentlich einen besonders offenen Eindruck machte. Denn keiner von ihnen war Andrew.

Heute Abend gab es keine Veranstaltung, ich konnte nirgends hingehen, und in meinem Kühlschrank und Portemonnaie herrschte gähnende Leere. Ich musste Essays lesen, Wäsche waschen, Rechnungen zahlen, die Wohnung sauber machen, denn auf den Möbeln lag schon eine Staubschicht. Keine Anrufe, E-Mails oder Briefe.

Mein Gott, es muss doch etwas Besseres geben. Das ist einfach nicht genug. Nicht mehr.

Das dachte ich, als ich durch die Uniflure und über eisige Bürgersteige zum Zug lief.

Und da nahm alles seinen Anfang.

Kapitel zwei
MÄRZ

Der Westford-Langley-Verlag veranstaltete ein Seminar und eine Messe für Lehrbücher in der Stadt. Es ging um die letzten Entwicklungen des Einsatzes von elektronischen Mappen im Schreibunterricht. Maggie und ich mochten diese Seminare – sie gaben uns die Gelegenheit, uns über Theorien auszutauschen, einige unserer Lieblingskollegen aus der akademischen Welt wiederzutreffen, die neuesten Lehrbücher anzusehen und Kontakte zu knüpfen. Jayce, eine befreundete Kollegin, und Maggie saßen auf den beiden schwarzen Stühlen mit den hohen Lehnen, die ich bei der Heilsarmee für zwanzig Dollar das Stück aufgegabelt hatte. Maggie war einen Meter siebenundsiebzig groß und breitschultrig, hatte einen langen Oberkörper und lange Beine. Sie trug die Haare glatt und wasserstoffblond, dazu eine Drahtbrille und makelloses Make-up. Ihr Auftreten war einschüchternd, ihre Stimme tief und voll, dabei war sie sanft wie ein Kätzchen. Jayce hingegen war dünn wie Papier und zierlich, mit glatter, dunkler Haut und unwahrscheinlich schick. Sie hatte ihr Leben lang in Brooklyn gelebt, und man würde sie eher für die Redakteurin eines Modemagazins halten als für eine Schreibprofessorin.

»Andi, komm nach dem Seminar mit zur Cocktailparty«, forderte Jayce mich auf.

»Ach, ich weiß nicht. Cocktailpartys sind nicht so mein Ding«, gab ich zurück.

»Sie trinkt nichts«, erklärte Maggie.

»Na und?«

»Ich will nicht die Einzige sein, die nüchtern ist«, sagte ich. »Du weißt schon, es ist eine einzige Fleischbeschau und Angeberei, und je betrunkener du bist, desto wahrscheinlicher wirst du von Joe Doolittle angemacht, und es ist dir auch noch ganz egal.«

»Na ja«, sagte Jayce. »Wenn er einen festen Vertrag hat, würde ich's mir vielleicht gefallen lassen.«

»Dann trinke ich eben auch nichts«, bot Maggie an. Maggie ist der Typ, der dir hundert Dollar gibt, wenn du ihr erzählst, du müsstest hundert Lotterielose kaufen, um deine Gewinnchancen zu erhöhen.

»Komm einfach mit«, sagte Jayce noch einmal. »Du musst doch nichts trinken. Einfach nur Leute gucken. Es ist super, um Netzwerke zu knüpfen.«

Man kann mich immer von der Notwendigkeit überzeugen, Netzwerke zu knüpfen.

Die Cocktailparty fand nach dem Seminar im National Arts Club im Gramercy Park statt. Die meisten Seminarteilnehmer waren übers Wochenende noch dageblieben. Maggie, Jayce und ich fanden einen kleinen Thai-Imbiss, wo wir schnell etwas zu Abend aßen, bevor wir in den Club zurückgingen, um uns frisch zu machen. Natürlich kamen wir vornehm zu spät. Jayce mischte sich sofort mit einer *Cosmopolitan* unter die Leute. Maggie bestellte sich eine Weißweinschorle. Ich nippte langsam an meinem Ginger Ale. Wir setzten uns an einen Tisch, der nicht zu sehr im Zentrum stand, aber auch nicht zu weit vom Geschehen entfernt war. Dort blieben wir eine Weile. Leute kamen zu uns, und wir unterhielten uns übers Unterrichten, dann beobachteten wir die Leute.

»Wisst ihr, James Kirkland ist gar nicht so groß, wie er am Rednerpult wirkt«, bemerkte ich, als er mit zwei Professorinnen von der New Yorker Uni herumblödelte.

»Stimmt. Und ist euch mal dieses kurze Schnaufen aufgefallen, das er immer macht, bevor er mit einem neuen Gedanken rausrückt?«

Ich wollte das Lachen unterdrücken, aber es gelang mir nicht. Da ich gerade an meinem Strohhalm sog, begann ich nicht nur zu lachen, sondern auch zu husten. Die Kohlensäure kitzelte mich in der Nase. Genau in dem Moment, in dem ich versuchte, mir das Ginger Ale vom T-Shirt zu wischen, betrat er den Raum mit einer Frau vom Lehrbuchverlag. Er war groß, wohl um die eins fünfundachtzig, Mitte bis Ende dreißig. Er trug einen Anzug in Taupe – ich glaube, von Versace – zu einem feingewirkten Rollkragenpullover. Verführerisch wäre noch tiefgestapelt. Das dunkle Haar fiel ihm in weichen Stufen in den Nacken. Absolut perfekt, um es durch meine Finger gleiten zu lassen, dachte ich. Olivfarbene Haut, die aber auch gebräunt sein konnte. In dem Licht war es schwer zu sagen. Als eine andere Verlagsvertreterin die beiden grüßte, antwortete er mit einem Lächeln, das Funken versprühte. Aus braunen oder was für Augen? Wie auch immer, sein Blick hatte mich in dem Sekundenbruchteil seines Lächelns durchbohrt.

»Wer ist der Typ da mit Allison?«, fragte ich. »Den habe ich beim Seminar nicht gesehen.«

»Keine Ahnung«, meinte Maggie. »Aber er ist hinreißend. Ihr Mann vielleicht?«

»Kommt, gehen wir unter die Leute«, sagte ich und stand auf. Ich mischte mich in Unterhaltungen über Trimburs neuesten Artikel ein und über die Gedenkfeier für Donald Murray und darüber, was an der Uni in Brooklyn so lief. Hatte ich schon das letzte Gerücht über die SCCC gehört? Die ganze Zeit folgte ich Versace aus dem Augenwinkel wie mit einer versteckten Kamera. Er umgarnte Professorinnen, nippte an seinem Drink, und buchstäblich jede Frau drehte sich nach ihm um. Mehr noch: Einige Frauen tauschten wissende Blicke hinter seinem Rücken aus, fast wie ein heimliches Händeschütteln.

Ich musste herausfinden, wer er war.

Ich ging auf eine Verlagsfrau zu.

»Guter Job, Carol.«

»Danke, Andi.«

Carol war rund eins fünfundsechzig groß und hatte auffälliges orangerotes Haar, das ihr über die Schultern fiel. Sie war blass und dünn, in den Vierzigern und trug immer Seidentücher zu Nadelstreifenanzügen oder Kostümen.

Ich kam ihr ganz nah. »Und wer ist der Typ da, der mit Allison?«, fragte ich sie mitten in dem ganzen Geschwätz. Ihr Verkäuferinnen-Lächeln verwandelte sich in ein hinterlistiges Grinsen, wie bei der Katze, die den Kanarienvogel gefressen hat. »Ist das ihr Mann?«, fragte ich.

Sie brach in schallendes Gelächter aus. »Ach, du liebe Güte! Nein!«

»Wer denn dann?«

»Sagen wir's mal so: Er ist ihr Begleiter bei der Cocktailparty.«

»Er ist also an keiner Uni?«

Irgendwie machte sie sich auf meine Kosten lustig und mir wurde heiß.

»Nein. Aber er war wahrscheinlich mit fast jeder Professorin hier im Raum mal zusammen.«

Zum zweiten Mal an diesem Abend verschluckte ich mich an dem Ginger Ale.

»Wie bitte?«, spuckte ich hervor.

»Jetzt ist er mit Allison zur Cocktailparty hier, aber er geht auch mit Wanda zur Sylvesterparty, ist an jedem dritten Sonnabend des Monats mit Joanne verabredet, und Sadie ruft ihn an, wenn sie mal wieder richtig flachgelegt werden will.« Ich sah sie immer noch verständnislos an: »Er ist ein Callboy.«

Carol wandte sich einer neuen Unterhaltung zu. Maggie stand in einem Grüppchen von Postmodernistinnen vom College auf Long Island. In einer Gesprächspause zog ich sie zur Seite.

Ich beugte mich vor und flüsterte ihr zu: »Er ist ein *Callboy*,

Maggie! Das kann doch nicht wahr sein!«

»Du nimmst mich auf den Arm!«

»Nein, ganz im Ernst. Carol hat es mir gerade gesteckt. Oder meinst du, sie hat mich angeflunkert?«

»Woher soll ich das wissen? Wie sollen wir's rausfinden?«

»Na ja, wenn man Carol glaubt, kommt er mehr im Kollegium herum als wir.«

»Er hat dich im Auge, weißt du das?«, fragte Maggie.

Ich sah sie gespannt an. »Nimmst du mich jetzt auf den Arm?«

»Ich hab gesehen, dass du ihm vorhin aufgefallen bist, und eben gerade auch, als du durch den Raum auf mich zugekommen bist. Er hat von derjenigen, mit der er, nein, von welcher er, also mit der er …«

»Ist doch egal …«

»… gerade gesprochen hat, zu dir hinübergesehen.«

»Warum?«

»Wie meinst du das, warum?«

Ich gab ihr keine Antwort. Stattdessen ging ich zur Bar, um mir noch ein Ginger Ale zu holen. »Amüsieren Sie sich?«, hörte ich eine volle Baritonstimme hinter mir.

Schnell drehte ich mich um. Dort stand Versace mit einem blendenden Lächeln.

Ich musste den Hals recken, um ihm in die Augen sehen zu können, so groß war er. Gott, seine Augen waren unglaublich. Nicht braun. Sienafarben.

»Ja, schon. Es ist lange her, dass ich auf einer Cocktailparty war«, sagte ich.

»Müssen Sie noch fahren?«

Ich sah ihn verblüfft an. »Wie bitte?«

»Sie halten sich schon den ganzen Abend an diesem einen Ginger Ale fest. Ich hab mich nur gefragt, ob man Sie vielleicht zur Fahrerin bestimmt hat.«

»Nein, ich bin mit dem Zug aus Long Island gekommen, aber heute übernachte ich bei einer Kollegin in Brooklyn.«

Warum nannte ich Maggie eine Kollegin und nicht Freundin? Wollte ich irgendwie professioneller klingen und nicht so sehr wie ein Schulmädchen bei einer Tanzveranstaltung?

»Ich bin Devin«, sagte er und hielt mir die Hand hin.

Zur Hölle, was für ein Name war das denn?

»Andrea«, antwortete ich. Er hatte einen festen Händedruck, ohne zu quetschen. Ein schneller Blick auf seine Hand verriet mir, dass er sich die Nägel feilte.

»An welcher Uni unterrichten Sie?«

»Ich bin erst vor sechs Monaten an die Uni in Brooklyn gekommen.«

»Und Sie leben auf Long Island?«

»Ja, bin gerade erst nach zehn Jahren in Neuengland wieder hierher zurückgezogen.«

»Wow«, sagte er. »Ich würde mir gerne das Herbstlaub da oben ansehen.«

»Ja«, sagte ich und ließ mich auf den Small Talk ein. »Es ist wirklich wunderschön.«

Mann, wie lange brauchte die denn für das Ginger Ale?

»Ich hab Sie mit Allison gesehen«, sagte ich. »Sie ist die Verlagsvertreterin, die uns eingeladen hat. Meine Kollegin und ich kommen gerade mit ihr ins Geschäft. Wir wollen ein Lehrbuch für sie schreiben …«

»Nur 'ne Freundin«, unterbrach er mich. Genau in dem Moment kam Allison auf uns zu und blitzte uns wütend an. Sie sah wie ein Abziehbild von Carol aus, nur jünger und ohne Seidenschal. Nur 'ne Freundin? Von wegen …

»Na ja«, sagte ich. »Ich hab Sie ja gar nicht gefragt, aber jetzt, wo Sie es erwähnen, glaube ich, Ihre Freundin will etwas mehr Aufmerksamkeit.«

Er sah zu ihr herüber und machte ihr ein Zeichen, dass er dabei war, ihr einen Drink zu besorgen. Dann zwinkerte er ihr zu. Was für ein Spieler, dachte ich. Umwerfend. Aber viel zu selbstverliebt.

Dann stand Allison mehr oder weniger zwischen uns. »Darling, ich möchte bald gehen, okay?«

»Gerne, Ali«, sagte er, küsste sie auf die Wange und nahm sie in den Arm. Ich konnte es nicht genau erkennen, aber ich meinte zu sehen, wie sie ihn in die Wange kniff.

»War nett, Sie kennengelernt zu haben, Andrea. Willkommen in New York.« Wieder schüttelte er mir die Hand.

In den sechs Monaten, in denen ich wieder zu Hause war, hatte mich niemand – nicht einmal meine Mutter – willkommen geheißen.

»Das wünsche ich Ihnen auch«, antwortete ich, als er mit Allison Arm in Arm davonging. Maggie grinste mich an.

»Was hat er zu dir gesagt?«, fragte sie mich.

»Ach, der ist beknackt«, antwortete ich. »Er wollte mich anbaggern.«

»Woher weißt du das?«

Ich wusste es nicht. Ich nahm es einfach nur an.

»Er hat darauf bestanden, dass Allison und er *nur Freunde* seien. Mann, mach mal halblang. Er ist ein Charmeur.«

»Aber er macht seinen Job offensichtlich gut.«

»Jeder macht irgendwas richtig gut.«

»Ich hab mal recherchiert«, sagte Maggie. »Angeblich kommt er tatsächlich ganz gut rum. Und du hattest recht: Er ist wirklich ein Callboy. Ungefähr vor einem Jahr oder so hat eine der Verlagsvertreterinnen mit ihm vor einer Professorin angegeben – und schon war er heiß begehrt. Selbst Jayce hat von ihm gehört. Sie hat ihn zwar nie, na ja, *benutzt* oder so. Aber sie hat ihn mit den anderen gesehen. Ich möchte bloß mal wissen, wie *wir* so lange außen vor geblieben sind.«

»Und was macht er? Begleitet er sie einfach nur? Oder macht er mehr?«

»So wie die Frauen ihn ansehen, würde ich sagen, er macht alles.«

Eins war sicher, dieser Typ würde mir nicht über die Schwelle kommen.

Maggie wohnte in einer Einzimmerwohnung in Brooklyn, rund sechs Straßen von der Uni entfernt, und ich übernachtete oft bei ihr, wenn wir zu einer Veranstaltung in der Stadt gingen. Als ich mich unter der ausgebleichten folkloristischen Quiltdecke auf ihrer Couch einkuschelte, dachte ich an Devin und sein Lächeln. Diese Funken, die in den Flecken seiner Iris aufgeblitzt waren. Der Anzug von Versace und der feine Stoff des Rollkragenpullovers. Ich dachte an unsere kurze Unterhaltung und ließ sie noch einmal vor meinem geistigen Auge ablaufen. Fragte mich, was ich gesagt haben sollte oder könnte. Hätte, könnte, sollte. Kaum war ich eingeschlafen, besuchte Devin mich im Traum. Und verschwand fast so schnell wie am Abend an der Bar.

Kapitel drei
APRIL

Die Frühjahrsferien kamen und gingen vorbei, und ich tat nichts Aufregenderes, als in East Hampton mit Maggie einen Schaufensterbummel zu unternehmen (wir konnten uns nicht viel mehr leisten), während Jayce eine Kreuzfahrt zu den Bahamas unternahm. Ich hatte mich aus der Stadt ferngehalten und mein Apartment in Schuss gebracht, ausgemistet und geputzt. Ich hätte eines der großen Herrenhäuser aus dem East End mit all den Papierstapeln tapezieren können, die ich angehäuft hatte und die sich wie Kaninchen zu vermehren schienen. Einmal, als ich gerade auf den Knien einen Fleck aus dem Teppich schrubbte, erwischte ich mich dabei, wie ich *Some day my prince will come …* sang. Wie pathetisch!

Das Frühlingswetter setzte in diesem Jahr früh ein, und ich ging mit meinen Studenten in den Innenhof – eine gepflegte Grasfläche mit Bänken und kleinen Bäumen um einen Brunnen, von asphaltierten Gehwegen durchkreuzt und rund fünf Straßenzüge der Stadt für sich beanspruchend. Damit meine ich Brooklyn. Wir New Yorker nennen die fünf Boroughs oder Stadtgemeinden »die Stadt«; Long Island ist für uns »New York«, und alles andere einfach Upstate oder Hinterland. Überraschenderweise blieben die Studenten aufmerksam und waren sogar produktiv. Einige schrieben mit Feuereifer über Orte, die sie gerne besuchen wollten, noch nie gesehen hatten oder nie sehen wollten. Ich machte mit und verlor mich in meiner eigenen Prosa, wobei ich an lange Spaziergänge mit Andrew am Rocky Beach dachte. In der letzten Zeit vermisste ich ihn, spürte seinen haselnussfarbenen Augen nach, wie sie sich im Sonnenlicht verengten, seinen lockigen brünetten Haaren, die ihm auf die Schultern fielen, und seinen weichen Händen. Für einen Gitarrenspieler hatte er sogar außerordentlich weiche Hände. Man sollte meinen, er hätte Hornhaut an den Fingern, aber nein. In Wirklichkeit hatte er die weichsten Hände, die ich je bei einem Mann gespürt habe. Wie habe ich seine Hände geliebt! Und wie habe ich es geliebt, wenn er mit diesen Händen auf seiner zwölfsaitigen Gitarre spielte und mir Songs von James Taylor, Cat Stevens und Paul Simon vorsang, auch wenn ich mir eigentlich gar nichts aus James Taylor, Cat Stevens und Paul Simon machte. Wie ich es geliebt hatte, wenn seine Hände an meinen Wangen herunter- und an meinem nackten Rücken entlangglitten, an meinen Schenkeln ...

»Professor Cutrone?«

Ich sah hoch. Steven, ein Student aus Maine, der noch eine über die Ohren gezogene Wollmütze trug, unterbrach meine Tagträume und mein freies Schreiben.

»Ja, bitte?«

Er senkte den erhobenen Arm. »Sollen wir das dann laut vorlesen?«

Ich sah auf die Ode an Andrew herab, die ich gerade fabriziert hatte, und mir wurde blitzartig heiß.

»Ach, nö.«

Um ein Haar hätte ich Allison umgerannt, die Verlagsvertreterin von Westford-Langley, die gerade mit einem Stapel Bücher auf dem Arm aus Maggies Büro kam. Wir erschraken beide und entschuldigten uns wortreich.

»Komm mal mit, Andi, ich möchte dir eine neue Ausgabe vorstellen.« Sie zeigte mir die aktualisierte Ausgabe eines Buches, das den ganzen Lehrplan abdeckte, und erklärte mir, was das Besondere an dem Werk war. Während ich darin blätterte und ihr mit halbem Ohr zuhörte, stellte ich sie mir mit Devin vor und fragte mich, was sie nach der Cocktailparty wohl gemacht hatten. Und wie weit sie gegangen waren. Als mir ein Bild von den beiden nackt in der Dusche vor Augen stand, gab ich ihr das Buch zurück.

Ich konnte nicht anders. »Erzähl mir doch mal von diesem Typ, diesem Devin, mit dem du vor zwei Monaten beim Seminar warst. Ich frag mich einfach, ob die Gerüchte stimmen.«

Sie warf mir einen Blick zu, und ich hatte Angst, eine empfindliche Stelle getroffen zu haben. Ich hatte vergessen, wie eifersüchtig sie mich angesehen hatte, als ich mich an dem Abend mit Devin an der Bar im National Arts Club unterhalten hatte.

»Was hast du denn gehört?«, fragte sie mich.

»Dass er ein Callboy ist.«

»Ja, das stimmt, und ein verdammt guter noch dazu. Willst du seine Nummer haben?«

Ich sah sie direkt an. »Das würde dir nichts ausmachen?«

»Nein, natürlich nicht. Ich bin doch nicht mit ihm verlobt oder so.«

»Du kamst mir etwas eingeschnappt vor, als ich mich mit ihm unterhalten hab.«

»Wirklich?«, erwiderte Allison. »Na ja, es ist nur so, dass ich ihm 'ne Menge Geld zahle, damit er mit *mir* redet. Ich bin dann einfach besitzergreifend, wenn ich ihn für die Nacht gebucht habe.«

»Wo hast du ihn kennengelernt?«

»Delia hat mir seine Nummer gegeben.«

»Delia Howard? Die Dekanin?«

»Genau die«, antwortete sie. »Das war nett von ihr, findest du nicht? Sie hat ihn über eine Verlagsvertreterin der *Ashton Press* kennengelernt und ist mit ihm in der folgenden Woche zu einer Premiere am Broadway gegangen, und den Rest können wir uns vorstellen.«

»Sind alle seine Klientinnen Akademikerinnen?«

»Na ja, es hat sich einfach unter uns rumgesprochen«, meinte Allison. »Aber er hat überall in der Stadt Klientinnen aus allen möglichen Jobs vom oberen Ende. Geschäftsfrauen, Anwältinnen … Es ist wirklich toll mit ihm, er ist echt *erstaunlich*, falls du weißt, was ich meine.« Mittlerweile hatte sie die Stimme gesenkt. Ich wusste nicht, was ich dazu sagen sollte, also rang ich mir nur ab: »Da wette ich drauf.«

Ich sammelte meine Kräfte für die nächste Frage. »Hm, was macht er denn so?«

»Willst du eine Liste haben?«, lachte sie.

»Wie viel verlangt er?«

Sie trat dicht an mich heran und flüsterte mir die Summe ins Ohr. Mir klappte der Unterkiefer herunter.

»Hab ich dich recht verstanden?«

»Wenn du noch mal nachfragen musst, dann hast du es richtig verstanden.«

Ich sah Allison ungläubig an – nicht wegen der eben genannten Summe, sondern weil ich nicht gewusst hatte, dass Vertreterinnen von Lehrbüchern so viel Geld verdienten. Die Dekanin vielleicht schon. Und was war mit meinen Kolleginnen? Handelten sie denn alle an der Börse?

»Wie oft benutzt, äh, ich meine, triffst du ihn?«, fragte ich sie.

»Nicht oft genug«, bedauerte sie sich selbst. »Dafür ist er echt zu teuer. Außerdem hat er richtig viel zu tun, und das wird immer schlimmer. Manchmal arbeitet er die ganze Woche durch. Ich musste meine Verabredung fürs Seminar einen Monat im Voraus buchen.«

»Nimmt er sich noch nicht mal den Sonntag frei?«

»Andi, der Typ ist richtig gut.«

»Er kam mir ziemlich arrogant vor.«

»Auf alle Fälle ist er ein Charmeur«, stellte sie fest. »Aber gib ihm eine Chance. Er ist wirklich ausgesprochen intelligent und unterhält sich auf einem ziemlich hohen Niveau mit dir. Hier ...« Sie blieb stehen, kramte in ihrer Umhängetasche und zog eine Brieftasche heraus, die fast platzte vor Visitenkarten. Sie fand die gesuchte und gab sie mir. ERDBEEREN UND CHAMPAGNER leuchtete es mir in feuerwehrroten Buchstaben entgegen, darunter eine Telefonnummer, in Century Gothic gesetzt. »Da springt ein Anrufbeantworter an. Hinterlass deinen Namen und deine Telefonnummer, dann ruft dich jemand zurück, meistens einer von Devins Partnern. Sie machen das zu fünft. Vergewissere dich, dass du Devin bekommst.«

»Ihm gehört der Laden?«

»So ist es. Eine Art Unternehmensgründer.«

Ich starrte noch eine Weile auf die Visitenkarte.

Sie sagte: »Vertrau mir. Er ist wie ein guter Therapeut.«

»Oder ein guter Mechaniker«, fügte ich hinzu.

»Nach ihm bist du für herkömmliche Verabredungen verdorben«, warnte sie mich. »Wer braucht den ganzen Ärger? Mit ihm ist es sicher, er ist respektvoll und sexy. Was will man mehr? Und du musst nicht rumnörgeln, dass er endlich den Müll rausbringt, den Rasen mäht oder irgendeinen anderen Mist macht.«

Das habe ich sowieso nie getan, aber ich war außer mit Andrew auch nie lange genug mit einem Mann zusammen, um zu diesem Stadium zu kommen. Außerdem wohnte Andrew in einer Eigentumswohnung, und wir trennten uns, kurz nachdem wir beschlossen hatten zusammenzuziehen und gerade mit der Haussuche angefangen hatten ... *Worüber denke ich hier eigentlich nach?*

»Brauchst du das nicht mehr?«, fragte ich und hielt Allison die Visitenkarte hin.

Sie schüttelte den Kopf. »Behalt sie. Ich hab ihn auf eine Kurzwahltaste in meinem Handy eingespeichert.«

Noch am selben Abend steckte ich Devins Karte ans Schwarze Brett über dem Computer und starrte sie an. *Du kannst diesen Typ nicht anrufen. Unmöglich. Du kannst ihn dir gar nicht leisten. Und außerdem machst du so was gar nicht.* Dann tippte ich weiter, aber die heißen roten Buchstaben brannten sich durch den Bildschirm hindurch. Ich tat mein Möglichstes, um auf den Bildschirm zu gucken, aber ich schaffte nicht viel an diesem Abend.

Sich in New York mit Männern zu verabreden, ähnelt einer anthropologischen Studie über Paarungsrituale einer bestimmten Spezies. Es gibt keine Ausrede, dass man an irgendeinem Abend in der Woche allein zu Hause sitzt, außer man liegt im Streckverband. In den ersten drei Monaten nach meiner Rückkehr ging ich zu mehr Cocktailpartys als in den zehn Jahren in Massachusetts zusammen. Klar, ich war keine arme Studentin mehr, also konnte ich es mir leisten, auszugehen. Aber trotzdem. Obwohl ich nur eine halbe Stunde von Providence und eine Stunde von Boston entfernt gelebt hatte, bedeutete Ausgehen in Neuengland, dass wir uns einen Film in Fairhavens *Bijou* ansahen oder in ein Restaurant an der Bucht von Westport gingen und anschließend einen langen Spaziergang am Strand machten. Und wenn der Winter kam, verkrochen sich alle in ihre mit Propangas beheizten Nester und luden groß zum Abendessen zu sich ein, damit sie nur ja nicht hinaus in die Kälte zu anderen zum Essen gehen mussten.

Doch New York war nun einmal das sprichwörtliche Füllhorn, voll der unterschiedlichsten Leute, wo man dauernd irgendwohin gehen konnte und wo immer was los war. Beziehungen entwickelten sich von zehn Minuten in einer Bar über einen Quickie im Taxi zu einer Woche in den Hamptons bis zum Brauttisch bei *Bergdorf's* oder bei *Macy's*, wenn man kein Geld hatte. In Massachusetts lernte man Leute in der Schule, über Freunde und auf Partnersuchseiten im Netz kennen. In New York musste man einfach nur mit der Bahn fahren.

Aber ich hatte mich noch nie auf diese Art und Weise verabredet; ich misstraute anderen Leuten. Ich vermied Augenkontakt in den Zügen. Und immer wenn mich irgendwer mit einem Freund oder Kollegen verkuppeln wollte, bestand ich darauf, erst mal zu überprüfen, ob er nicht vielleicht ein Terrorist war, indem ich die Liste der ausgeliehenen Bücher kontrollierte, die Unterlagen seines Zahnarztes einsah und mich über mögliche Vorstrafen informierte. Die meisten meiner Verflossenen waren zunächst Freunde gewesen, die ich über Kollegen oder Mitschüler getroffen hatte. Andrew gehörte zum Lehrkörper der SCCC, war ein unterbezahlter Lehrbeauftragter wie ich, und wir hatten uns eine Woche vor Beginn meines zweiten Semesters auf einer Orientierungsveranstaltung getroffen. Ich hatte beobachtet, wie er einem Professor mit unbefristetem Vertrag, der weitschweifig über die akademische Integrität des Lehrkörpers redete, aufmerksam zuhörte. Und mich gefragt: *Was ist das wohl für einer?* Eine Woche später, als ich im Büro der englischen Fakultät mein Postfach kontrollieren wollte, stand er an seinem Fach. Als er mich sah, lächelte er mich mit leuchtenden Augen an.

»Hi! Sie waren auch bei dem Orientierungstreffen, stimmt's?«

»Ja, genau.«

»Mir haben Ihre Ansichten, dass Studenten sich gegenseitig abwechselnd prüfen sollten, gefallen.«

»Danke«, sagte ich, ohne recht hinzuhören, wandte mich um und verließ den Raum. Ich war schon halb den Flur hinuntergelaufen, als mir eine Stimme einflüsterte: *Pass auf!* Er war mir gefolgt.

»Ich bin Andrew.«

»Andi.«

»Ich ziehe Andrew vor.«

»Nein, ich wollte sagen, ich heiße Andrea, aber man nennt mich Andi.«

»Ach so«, sagte er und zog die Brauen zusammen. Wahrscheinlich dachte er: *Wenn das kein Stoff für dumme Witze ist.* »Wollen wir uns mal auf einen Kaffee treffen und uns Themen für Hausaufgaben ausdenken?«

Ich sah ihn an. Er war schlaksig und zu Jeans trug er Hemd und Krawatte. Die meisten Männer sahen in der Aufmachung idiotisch aus, aber an ihm fand ich es süß.

»Gerne«, sagte ich. Mein Magen machte einen kleinen Salto, aber ich lächelte ihn an.

Als ich herausfand, dass er Gitarre spielte, wusste ich, dass ich verloren war.

Und so begann unsere vierzehnmonatige Beziehung. Ich war weniger als ein halbes Jahr nach unserer Trennung nach New York gezogen; ihn auch nur im Flur zu treffen, wäre zu viel für mich gewesen.

Seitdem war ich oft mit Maggie und Jayce ausgegangen und hatte viele Typen kennengelernt, aber meistens mussten meine Freundinnen mich mit dem Versprechen auf ein leckeres Dessert locken oder damit, dass sie das U-Bahn-Ticket für mich bezahlen würden (was sie dann aber fast nie taten).

Aber ein Rendezvous war etwas ganz anderes. In meiner Vorstellung war das wie ein gefährlicher Dschungel, durch den ich lieber nicht gehen wollte. Eine Stubenhockerin und ein Single zu sein, war in Neuengland tröstend gewesen, in New York war es nur eine Flucht.

Einen Monat später ging das Semester mit der üblichen Hektik zu Ende. Einer Woche voller Klausuren folgte das Lesen und Zensieren der Arbeiten, und darauf folgte eine weitere Woche voller Konferenzen mit Begutachtungen, Reflexionen und Planungen des Lehrplans. Pünktlich zum Ende des Semesters fand auch die Semesterabschlussparty in der

Heartland Brewery am Union Square statt. Anscheinend hatten irgendwelche Professoren, die in der Nähe wohnten, diese Tradition begründet, damit der Nachhauseweg kurz ausfiel, wenn sie sturzbesoffen waren. Wieder einmal setzten Maggie und ich uns in die U-Bahn und mischten uns auf der Party unter unsere Kollegen. Devin stach mir sofort ins Auge. Er stand an der Bar und trug einen Anzug von Versace, diesmal in Schwarz. Mein Magen zog sich zusammen. Seit dem Seminar hatte ich ihn nicht mehr gesehen. Ich trug meine Lieblingsjeans, ein schwarzes T-Shirt vom Flohmarkt mit ausgefranstem Saum, einen Samtblazer für Männer und schwarze Lederstiefel. Meine Haare trug ich als stufigen Fransenschnitt. Ich warf einen Blick in seine Richtung und versuchte, so raffiniert wie möglich zu wirken. Ich stupste Maggie an.

»Sieh mal, wer da ist«, sagte ich leise.

»Oh, ist das die männliche Nutte?«, fragte Maggie. »Mit wem er wohl hier ist …« Bevor wir es herausfinden konnten, fing er meinen Blick auf, lächelte und kam auf mich zu. Maggie stupste mich an. Meine Bauchmuskeln begannen vor Anspannung zu zittern. Kolleginnen stellten sich ihm in den Weg, um sich einen Moment mit ihm zu stehlen, doch er ließ sich nicht aufhalten. Die Professoren sahen ihm missgünstig nach, kein Wunder. Er war die Vollkommenheit in Person. Michelangelo hätte seinen Meißel weggeworfen und sich die Hände abgehackt, wenn er Devin gesehen hätte.

»Hi!«, jubelte er. »Erinnern Sie sich an mich? Wir haben uns vor ein paar Monaten auf einer Cocktailparty getroffen.« Er klang so wie Andrew an diesem Tag im Fachbereichsbüro.

»Klar erinnere ich mich an Sie. Es war im Februar im National Arts Club. Aber Ihren Namen habe ich vergessen«, log ich.

»Devin.« Er reichte mir die Hand. »Sie sind …« Er machte eine Pause, schloss die Augen und dachte nach. »Andrea?«

Ich war erstaunt. »Wow! Das überrascht mich!«

»Ich habe ein gutes Namensgedächtnis. Das ist gut fürs Geschäft. Also, Andrea …«

»Die meisten Leute nennen mich Andi.«

»Was führt Sie heute Abend hierher?«

»Semesterabschlussparty. Und Sie?«

»Ich war mit einer Klientin auf einen Drink verabredet«, sagte Devin. »Aber ich habe den Eindruck, dass sie mich versetzt hat. Kann ich Ihnen ein Ginger Ale besorgen, bevor Ihre Freunde kommen?«

Mann, er hatte sogar noch das Ginger Ale im Kopf. Ich sah Maggie mit diesem Hol-mich-hier-raus-Ausdruck an, und auf einmal war ich befangen, weil meine Kollegen mit hochgezogenen Augenbrauen beobachteten, wie ich mich mit Devin unterhielt. Sicherlich dachten sie, ich hätte ihn für die Nacht angeheuert und das nicht zum ersten Mal.

»Hören Sie«, sagte ich und nahm ihn etwas beiseite. »Ich weiß, wie Sie Ihr Geld verdienen. Und falls Sie versuchen, mich als Klientin zu gewinnen, muss ich Ihnen sagen, dass ich kein Interesse habe. Erstens könnte ich mir Sie gar nicht leisten. Und zweitens mache ich so was … ich meine, ich bin nicht so eine … Ich habe kein Interesse, okay?«

Hören Sie auch manchmal eine Stimme wie die eines Fußballtrainers in der dritten Klasse, wenn schon wieder jemand ein Eigentor geschossen hat? *Was für eine fiese Ratte bist du denn?* Devin schenkte mir für meine Gemeinheit ein gequältes Lächeln. Er stand einfach nur da und ließ mich quatschen. Als ich schließlich fertig war, sagte er: »Nur für die Akten: Ich werbe keine Klientinnen an – ich habe mehr als genug zu tun. Sie sehen einfach interessant aus, das ist alles.«

»Sind Sie nicht im Interessenskonflikt?«

Er lachte mich aus, und ich wurde so rot wie der Burgunder in seinem Glas.

»Wie süß«, sagte er. »Tut mir leid, ich wollte Sie nicht bloß-
stellen. Sie fühlen sich mit mir nicht wohl, stimmt's?«

»Na ja, irgendwie nicht.«

»Sehen Sie, Andi, ich wollte Sie einfach nur begrüßen. Es
tut mir leid, dass Ihnen das unangenehm war. Bitte gehen Sie
doch zu Ihren Kolleginnen.«

Er winkte ihnen zu. Sie winkten flirtend zurück, ließen
weiße Zähne aufblitzen und drückten ihre Kreuze durch.

Ich stand einfach nur wie einzementiert da.

»Okay.«

Wir bewegten uns beide nicht.

»Es war nett, Sie wiederzusehen. Und übrigens, es gefällt
mir, wie Sie Ihr Haar tragen.«

»Sie auch.«

Großer Gott, töte mich jetzt. Bitte.

»Man sieht sich.«

Endlich ging er. Ich löste meine Füße vom Boden und ging
zur Toilette. Ich merkte, dass ich zitterte, als ich in den Spiegel sah. *Reiß dich zusammen.* Ich atmete tief ein und aus. Dann
wischte ich mir mit einem Papiertaschentuch über die Nase.
Sie glänzte. Als ich meine Fassung wiedergewonnen hatte, warf
ich einen letzten Blick in den Spiegel: Mein Fransenschnitt
saß wirklich perfekt. Die Haare fielen mir glatt und glänzend
bis auf die Schultern. Es sah aus, als sei ich gerade eben vom
Friseur gekommen. Er mochte es so. Unwillkürlich musste ich
lächeln, als ich die Toilette verließ.

Kapitel vier
JUNI

In Massachusetts hatte ich in den letzten fünf Jahren während der Sommermonate an einer Highschool Englischkurse gegeben. Als Andrew und ich ein Jahr zusammen waren, bewarb er sich auch. Er hielt sich an den Lehrplan der Highschool und versuchte, die Schüler zu motivieren, *Die Canterbury Erzählungen* zu lesen, indem er sie zum Musical umschrieb, während ich meinen Schülern auftrug, Essays zu schreiben, warum der erklärte wissenschaftliche Auftrag der Highschool absoluter Schwachsinn war. Andrews Schüler fächelten sich mit ihren Spiralblöcken Luft zu, während meine Schüler sich wechselseitig korrigierten, so ähnlich wie an der Uni. Ich hatte es mir verkniffen, ihm zu sagen, dass ein paar Schüler von ihm zu mir gewechselt waren.

»Ich versteh's nicht, Cutch«, meinte er eines Nachmittags in *Pop's Café* schwitzend und ernüchtert. »Sie verstehen überhaupt nichts. Ich dachte, ein frischer Ansatz wäre hilfreich.«

»Schatz, es ist *Sommer*«, sagte ich und nahm einen Schluck geeisten Vanille-Chai. »Ohne Klimaanlage in den Klassenzimmern könntest du sie nicht mal für *American Idol* begeistern.«

Wenn ich mich vom akademischen Jahr entgiftet hatte, mich auf die Sommerkurse vorbereitet und auch davon entgiftet und mich auf das kommende Semester eingestellt hatte, blieb keine Zeit, mich hinzusetzen und irgendwas zu schreiben. Aber hier in New York hatte ich mich auf die ersten langen Sommerferien gefreut. Doch statt mich an den Strand zu legen und etwas für meine zukünftigen Melanome zu tun, wollte ich ein paar Essays schreiben und Artikel lesen, von der Arbeit an Maggies und meinem Lehrbuch ganz zu schweigen.

Doch jetzt saß ich vor meinem Computer in meiner Wohnung und surfte im Internet, hinter mir stand ein großer Ventilator auf dem Boden, der von rechts nach links und wieder zurück rotierte. Ich war gelangweilt, müde und einsam, und ich hatte keine einzige Zeile geschrieben – verdammt, ich hätte genauso gut schwitzend in Andrews Sommerkurs sitzen und mir sein Geschwafel über den *Mittsommernachtstraum* anhören können. Und wenn er die Tugenden der Mandoline anpries, kämpfte ich vor Flüssigkeitsmangel gegen eine Ohnmacht an.

Ich blieb bei Partnerseiten hängen und las die Anzeigen:

- *Klug ist sexy! Intelligente weiße W sucht weißen M für lange Unterhaltungen bis spät in die Nacht.*
- *Gepflegter Single (M) sucht schlanke W, um gemeinsam Spaß zu haben.*
- *Bücher, Strände und Basketball, das liebt diese Frau. Bitte keine arbeitslosen Männer.*
- *Ich liebe Frauen mit Kurven! Lernen Sie einen einsamen 40-jährigen Mann kennen. Kinder und Rauchen zwecklos*

Oh je.

Ich ließ den Blick über mein Schwarzes Brett schweifen mit all den Post-it-Zetteln voller Ideen für Essays und Abhandlungen, Telefonnummern und E-Mail-Adressen von Freunden und Lehrbuch-Herausgebern, Fotos von meinen beiden Brüdern, Joey und Tony; von Maggie und mir bei einer Englischkonferenz in Chicago vor zwei Jahren; und eins von Andrew und mir, aus dem ich Andrews Gesicht gekratzt hatte. (Das hatte ich zur Erinnerung aufbewahrt, falls ich ihn zu vermissen begann.) Devins Visitenkarte war noch immer dort festgepinnt.

Das Telefon stand neben dem Computer in seiner Basisstation. Ich sah von der Karte zum Telefon und wieder zurück. Schließlich wählte ich seine Nummer. Nach dem zweiten Klingeln sprang ein Anrufbeantworter an, wie man es mir gesagt hatte.

Nach dem Piepsen sprach ich los: »Hi, ähm, dies ist eine Nachricht für Devin. Äh, hier ist Dr. Andi Cutrone. Von der Universität in Brooklyn. Wir, ähm, wir haben uns ein paarmal getroffen. Ich würde gerne mit Ihnen, ähm, mit Ihnen sprechen. Können Sie mich bitte unter dieser Nummer anrufen ...«

Oh, war das flüssig! Und zur Hölle, warum hatte ich mich als »Doktor« bezeichnet? Drei Jahre hatte ich an meiner Doktorarbeit gesessen, und dafür hatte ich den Titel reserviert – um einem Callboy an einem heißen Junitag eine Nachricht zu hinterlassen?

Zwei Stunden später rief Devin mich zurück.

»Eine Kollegin hat mir Ihre Nummer gegeben«, sagte ich mit bebender Stimme. »Hoffentlich war das in Ordnung.«

»Na sicher, absolut. Was kann ich für Sie tun?«

»Na ja, ich würde mich gerne mit Ihnen treffen, aber nicht geschäftlich.«

»Wie meinen Sie das?«

»Ich meine, ich brauche einfach eine Beratung.«

Es kam mir sehr lang vor, bis er lachte.

»Wie süß«, sagte er. »Okay.« Ich konnte sein Lächeln durchs Telefon hören. »Wollen wir uns im *Hotel W* treffen?«

»Ich wohne auf Long Island, vielleicht erinnern Sie sich. Gibt es nicht etwas in der Mitte? Wie wär's mit dem *Junior's* in Brooklyn?« Ich hatte keine große Lust, so weit zu fahren, aber das war nur fair. Außerdem war es eine Weile her, seit ich den letzten Käsekuchen gegessen hatte.

»Okay. Wann?«

»Wann passt es Ihnen?«, fragte ich ihn.

»An Wochentagen zwischen eins und vier.«

»Wie wär's mit Dienstag um zwei Uhr?«

»Ich trag's in mein Blackberry ein«, sagte er.

»Ich auch«, sagte ich und kritzelte den Termin auf eine Serviette.

»Danke. Bis dann.«

Ich legte auf. Mein Herz raste.

Was zur Hölle gibt's denn da zu lächeln?

Die Tage bis Dienstag verbrachte ich damit, mich abzulenken. Ich ging zur Roosevelt Field Mall und probierte ein Teil nach dem nächsten an (aber nichts, buchstäblich nichts sah gut aus, denn ich hatte keinen Körper für Sommerklamotten), und ich legte mich mit einer vollen Ladung Sonnenblocker an den Jones Beach, denn ich hatte Angst, einen eitrigen Sonnenbrand zu bekommen und mit einem Gesicht voller Bläschen im *Junior's* aufzutauchen. Ich ging sogar mit meiner Mutter Mittagessen, woran man sehen konnte, wie aufgeregt ich war, wenn ich ihr auch nichts davon sagte – selbst Maggie wusste nichts von der Verabredung.

Als ich die Tür zum *Junior's* öffnete, hüllte mich gleich der Geruch von Gebackenem und Kaffee ein. Nur zwei Straßen von der Uni entfernt, war *Junior's Restaurant* ein Wahrzeichen New Yorks, den Einwohnern Brooklyns so vertraut wie die Brooklyn Bridge oder früher einmal Ebbets Field. Die Einrichtung in Herbstfarben und die schwarz-weißen Fotos von Ansichten New Yorks waren einladend, aber der Käsekuchen – oh, der Käsekuchen! Wenn Restaurants in Massachusetts mit ihrem sogenannten »New Yorker Käsekuchen« warben, dann hofften oder beteten sie, dass er auch nur halb so gut war, wie der Käsekuchen von *Junior's*, den jemand nicht ganz aufgegessen hatte (wenn ich mir auch nicht vorstellen konnte, wie man auch nur ein Krümchen davon übrig lassen konnte). Es musste im *Junior's* auch noch anderes geben, wenn ich auch keine Ahnung hatte, was. Als ich einmal zufällig auf die Internetseite gestoßen war, über die man sich fast überall auf der Welt den Käsekuchen bestellen konnte, nahm ich ihnen das fast übel, wie ein Kind, das seine Freundinnen nicht mit dem Stadthaus seiner

Barbie Corvette spielen lassen wollte. Einige Dinge wollten eher heimlich genossen werden. (Jedenfalls solange ich davon erfuhr.) Einige Dinge sollten nicht so leicht zu bekommen sein – man sollte sie sich erst verdienen. Dann wüsste man sie auch mehr zu schätzen.

Selbst mitten am Tag liefen Hilfskellner und Ober geschäftig zwischen den Kunden aus aller Welt umher. Als ich darauf wartete, einen Tisch angewiesen zu bekommen, und einen Schluck Wasser aus der Plastikflasche nahm, die ich immer mit mir herumtrug, spürte ich eine leichte Berührung auf der Schulter. Ich drehte mich um und versuchte krampfhaft, meine Gesichtsmuskeln davon abzuhalten, in ein breites Lächeln auszubrechen, aber es war schon zu spät. Das Wasser lief mir auf die Bluse.

»Hey«, sagte ich und wusste, dass ich den coolen Auftritt schon vergurkt hatte. Ich schraubte die Flasche zu und steckte sie in meine Westford-Langley-Tasche.

»Hi.« Er trug eine alte Jeans von Gap und ein ausgeblichenes, mitternachtsblaues T-Shirt. Die zerzausten Haare hatte er leicht pomadisiert. Versace war offensichtlich nicht das Einzige, was ihm stand. Ich fühlte mich dagegen altmodisch in meiner cremefarbenen Caprihose und einem braunen, tief ausgeschnittenen T-Shirt. Und weil es so feucht war, saßen meine Haare auch nicht.

Wir wurden in einer Nische platziert, und ohne einen Blick auf die Karte zu werfen, bestellte ich ein Stück Käsekuchen. Mir lief schon das Wasser im Mund zusammen. Er bestellte Kaffee und Rugelach. Zuerst machten wir Small Talk.

»Und wie lange sind Sie schon wieder in New York?«, fragte er mich.

»Ein Jahr am ersten August«, antwortete ich. »Aber ich bin in Northport aufgewachsen.«

»Ach, ehrlich? Ich hätte doch wissen müssen, dass Sie ein Mädchen von der Nordküste sind. Ich komme aus Massapequa.«

»Ich hätte doch wissen müssen, dass Sie von der Südküste sind.«

»Ich wette, wir sind in den frühen Neunzigern zu denselben Tanzclubs in Hempstead gegangen.«

Gott, hoffentlich nicht!

»Warum sind Sie wieder hergekommen?«, fragte er. »Die niedrigeren Lebenshaltungskosten können es nicht gewesen sein.«

»Nein«, erwiderte ich. »Aber ein besseres Jobangebot. Nach meiner Promotion wollte ich voll arbeiten, und meine enge Freundin Maggie ...«

»Die, mit der Sie im National Arts Club und in der *Heartland Brewery* gewesen sind?«, warf er ein.

Verdammt gutes Gedächtnis.

»Ja, genau«, gab ich ihm recht. »Also, sie leitet die Schreibkurse an der Uni in Brooklyn, und sie brauchte eine Assistentin und konnte die Dekanin überreden, mich ohne Stellenausschreibung einzustellen, weil es eine Stelle ohne langfristigen Vertrag ist.«

»Mögen Sie Ihren Job?«, fragte er.

»Ja, sehr.«

»Und sind Sie gut darin?«

So, wie er fragte, hatte ich den Eindruck, er wisse die Antwort schon und würde ihr auch zustimmen.

»Ich glaube schon.« Ich machte eine kurze Pause – um selbstbewusster hinzuzufügen: »Ja, ich bin gut darin.« Innerlich lächelte ich, dieses Eingeständnis machte mich auf eine Art und Weise sicher, die ich nicht erwartet hatte.

Ich nahm all meinen Mut zusammen und fragte ihn nach seiner Arbeit, dabei nahm ich aus Versehen einen Schluck Wasser aus seinem Glas. Er war höflich genug, mich nicht darauf hinzuweisen, wenn er auch auf das Glas blickte. Mein Gesicht brannte.

»Wie sind Sie ins Callboy-Geschäft eingestiegen?«, fragte ich ihn, meinen Schnitzer ignorierend.

»Ich wollte auch etwas tun, was ich gut kann und was mir Spaß macht«, sagte er. »Genau wie Sie. Mir macht die Gesellschaft von Frauen Spaß, ich bereite ihnen gerne Vergnügen, und ich bin gut darin. Außerdem bringt es viel Geld.«

»Was machen Sie mit ihnen?«

»Was andere Paare so machen«, antwortete er. »Wir gehen zu Partys, ins Theater – ich habe inzwischen wohl jedes verdammte Musical am Broadway gesehen –, in die Oper, zu Vernissagen, manchmal sogar ins Kino. Manchmal massiere ich sie oder wasche ihnen die Haare ...«

»*Sie waschen ihnen die Haare?*«, fragte ich ungläubig.

»Hat Ihnen schon mal jemand die Haare gewaschen?«

»Natürlich.«

»Um elf Uhr nachts in einem Schaumbad mit Kerzen?«

Ich machte eine Pause, um das Bild auf mich wirken zu lassen. Es fühlte sich an, als würde jemand mit einem Streichholz an meiner Wirbelsäule entlangfahren.

»Sind Sie auch in der Badewanne?«, fragte ich.

»Normalerweise nicht. Es geht mehr darum, ihnen Vergnügen zu bereiten.«

»Ich könnte mir vorstellen, dass es ihnen Vergnügen bereiten würde, wenn Sie mit in der Wanne wären«, schlug ich vor.

Devin schüttelte den Kopf. »Die meisten Frauen wollen sich einfach mal verwöhnen lassen, ohne sich Sorgen zu machen, was sie zurückgeben können. Sie finden, dass sie so viel von sich geben und immer versuchen, alle unter der Sonne zufriedenzustellen.« Er beugte sich vor. »Was bereitet *Ihnen* denn Vergnügen, Andi?«

Ich ging in die Defensive. »Versuchen Sie, mich anzumachen?«

Er lehnte sich zurück gegen die gepolsterte Lehne.

»Mann, Sie sind die verklemmteste Frau, der ich je begegnet bin, und dabei kenne ich Sie kaum. Ich habe noch nie einen Menschen erlebt, der so zurückhaltend ist. Sind Sie in einem religiösen Elternhaus aufgewachsen?«

»Ja.«

»Das merkt man. Und was ist Ihnen dann noch passiert?«

Ich wandte den Blick ab. Der Kellner brachte unsere Bestellung.

»Wie Sie eben gesagt haben … Sie kennen mich ja kaum«, begann ich mich zu verteidigen. »Und außerdem finde ich, dass ich ein Recht auf eine gewisse Zurückhaltung habe.«

Ich biss vom Käsekuchen ab und kaute ihn sehr langsam. *Grundgütiger …*

»Sie weichen meiner Frage aus«, sagte er.

»Welcher Frage?«

»Was Ihnen Vergnügen bereitet.«

»Warum wollen Sie das wissen?«

»Ich habe nicht vor, es gegen Sie zu verwenden«, sagte er. »Falls Sie sich darüber Sorgen machen. Es ist doch eine wichtige Frage, genauso wie, was Sie sich erträumen und was Sie sich vorstellen, wo Sie in fünf Jahren leben wollen.«

»Vielleicht ist es eine wichtige Frage«, erwiderte ich. »Aber sie ist auch sehr persönlich. Warum sollte ich mich mit Ihnen über meine sexuellen Freuden unterhalten wollen?«

»Wer hat denn von sexuellen Freuden gesprochen?«, provozierte er mich. »Ein Buch zu lesen, kann Freude bereiten. Oder in einem Cabrio mit heruntergelassenem Verdeck zu fahren, jeder einzelne Bissen dieses Käsekuchens – den Sie offensichtlich sehr genießen. Dieser Käsekuchen ist ein sinnliches Erlebnis für Sie.«

Ich hasse diesen Typen.

»Also?«, fragte er. »Womit kriegt man Sie?«

Ich starrte ihn einen Moment an, die Gabel noch im Mund.

»Okay. Sie haben recht, was den Käsekuchen angeht«, lenkte ich ein. »Was das andere angeht, na ja, ich mag Schokolade, den Klang einer richtig guten akustischen Gitarre, einen Spaziergang an einem warmen, windigen Tag wie heute und Fußmassagen. Wie wär's damit?«

Er aß den Rugelach auf. »Es ist ein Anfang. Und jetzt stellen Sie sich vor, dass jemand Sie mit Schokolade füttert, Ihnen Ihren Lieblingssong auf der Gitarre vorspielt, diesen Spaziergang mit Ihnen macht – auch wenn das ein ziemliches Klischee ist, oder etwa nicht? – und Ihnen die Füße massiert.«

Wieder ließ ich mir Zeit, um die Wirkung des Bildes voll zu entfalten, und wieder fühlte ich das Streichholz. Aber ich war auf der Hut.

»Das kann ich in jeder ernsthaften Beziehung bekommen, warum sollte ich dafür bezahlen?«

»Einigen Frauen ist es das wert, dafür zu bezahlen«, erklärte er mir. »Und einige bekommen es nur, wenn sie dafür bezahlen. Wann waren Sie zuletzt in einer ernsthaften Beziehung?«

Ich dachte an Andrew und mir wurde plötzlich klar, dass ich ihn massiert und zu Spaziergängen überredet hatte. Und ihn beknien musste, mir einen Song vorzuspielen.

»Dann sind Sie also ihr Retter. Wie nett von Ihnen. Und alles hat seinen Preis.«

»Ich biete eine Dienstleistung an, für die ich meine Talente einsetze, genau wie Sie.«

»Klar, aber meine Dienstleistung ist legal.«

»Meine auch«, erwiderte er. »Hundert Prozent. Ich bin der Begleiter für eine Nacht. Der Vertrag regelt ausdrücklich, dass ich nicht – wie soll ich sagen? –, dass ich bestimmte Grenzen nicht überschreite.«

»Da habe ich aber was anderes gehört. Nämlich dass Sie wirklich besonders sein sollen. Und ich habe mit eigenen Augen gesehen, wie die Frauen Sie ansehen. Erzählen Sie mir nicht, dass das von einem Kuss auf die Wange am Ende der Nacht kommt.«

»Ich biete andere Arten von Vergnügungen – Sie denken sich den Rest aus.«

Ich sah ihn einen Moment an. Ich ärgerte mich über ihn und zugleich faszinierte er mich. Ich wusste nicht, was ich sagen sollte.

Devin nahm die Unterhaltung wieder auf. »Also, Andi. Sie wollten eine Beratung. Die haben Sie bekommen. Und was denken Sie jetzt?«

»Ich hab kein Interesse.«

Ich log. Tatsache war, dass ich *sehr großes Interesse* hatte, aber wie sollte ich ihm sagen, was ich mir wirklich wünschte? Wie konnte ich meinen Kolleginnen und Freundinnen gegenübertreten – oder, verdammt noch mal, mir selbst. Und wie sollte ich das finanzieren?

»Sind Sie sicher?«

Ich drückte das Kreuz durch. Wusste er es?

»Ja, tut mir leid, wenn ich Ihre Zeit umsonst in Anspruch genommen habe.«

»Überhaupt nicht«, erwiderte er. »Ich wusste schon, dass Sie keine Klientin werden würden. Aber ich unterhalte mich gerne mit Ihnen.«

Hatte er das nicht schon das letzte Mal gesagt, als wir uns getroffen hatten?

»Warum sagen Sie das?«, fragte ich.

»Sie sind nicht der Typ.«

»Was für ein Typ?«, fragte ich defensiv.

»Sie machen sich zu viel daraus, was andere von Ihnen denken. Sie sind zu unsicher.«

»Nein, ich meinte, warum Sie sagen, dass es interessant ist, sich mit mir zu unterhalten.«

»Ich weiß nicht, Sie haben irgendetwas an sich, Andi«, sagte Devin. »Sie sind mir in der Minute aufgefallen, in der Sie den

Raum betreten haben, und ich wusste einfach, dass ich mich mit Ihnen unterhalten musste.«

Ich bin ihm aufgefallen. Bei Gott, ich bin ihm sofort aufgefallen. Mir wurde flau. Ich sah auf die Uhr.

»Ich sollte fahren, bevor der Verkehr zu dicht wird«, sagte ich. Er sah mich einen Moment an, als versuchte er, schlau aus mir zu werden. Wir standen auf, und als wir draußen waren, dankte Devin mir und schüttelte mir wieder die Hand. Seine Hand war warm. Wir gingen in entgegengesetzte Richtungen davon. In mir verkrampfte sich alles. *Lass ihn nicht davongehen*, hörte ich mich sagen. *Um Gottes willen, tu etwas!*

Ich drehte mich um und lief ihm schnell hinterher, fast joggte ich schon, bis ich ihn erreichte und seinen Namen rief. Er wirkte überrascht. Wir standen mitten auf dem Bürgersteig vor einem Waschsalon.

»Und wenn ich Sie bitten würde, mir ein paar Dinge beizubringen?«

Er sah mich mit weit geöffneten Augen an. »Was denn so, zum Beispiel?«

Mein Herz hämmerte. Ich öffnete den Mund, brachte aber nichts heraus. Und doch hatte ich den Eindruck, dass er bereits wusste, was ich sagen wollte.

»Ich bin ziemlich unerfahren«, platzte ich heraus.

»Hä?«

»Ich meine …«, nahm ich Anlauf. »Ich würde gerne lernen, wie man einem Mann Vergnügen bereitet, und wie ich entspannter sein kann, na ja, und ich habe mich gefragt, ob Sie mir das vielleicht beibringen könnten.«

O Gott, ich wollte sterben, einfach ganz in der Versenkung verschwinden. Er starrte mich einen Moment an: Er sah eher erfreut als ungläubig aus.

»Sie wollen eine bessere Liebhaberin werden, ist es das?«

»Na ja, so ähnlich.«

»Warum glauben Sie, dass Sie Männern jetzt kein Vergnügen bereiten?«

Ich antwortete ihm nicht, denn ehrlich gesagt, wusste ich nicht, wo ich hätte beginnen sollen.

Devin kratzte sich am Kopf. »Hm.« Ich wartete auf seine Antwort. Er lächelte immer noch. »Darum hat mich noch nie jemand gebeten. Sie wollen, dass ich Ihnen ein paar Sachen beibringe, richtig?«

»Ja, genau«, sagte ich. »Was auch immer es da zu lernen gibt. Das Problem ist nur, dass ich es mir nicht leisten kann, Sie zu bezahlen. Ich dachte, wir könnten vielleicht irgendeinen Tauschhandel eingehen. Und damit meine ich nicht Sex.«

»Daran habe ich auch nicht gedacht. Und was könnten Sie zum Tausch anbieten?«

Ich sah hinab auf die Risse im Bürgersteig, auf den lila Nagellack, der von meinen Fußnägeln abplatzte, auf die Ameise, die einen Krümel in ihre Behausung schleppte.

»Nicht viel.« Dann sah ich zufällig das Antiquariat auf der anderen Straßenseite, und da fiel es mir plötzlich ein: »Ich kann Ihnen Schreiben beibringen. Darin bin ich richtig gut.«

Devin kratzte sich noch mal am Kopf und sagte wieder: »Hm. Warum sollte ich lernen wollen, wie man schreibt? Das kann ich beruflich gar nicht gebrauchen.«

»Wissen Sie, ich könnte Ihnen hier den ganzen Nachmittag Vorträge halten, warum es gut ist, im Schreiben versiert zu sein. Und ich kann Ihnen nicht nur das Schreiben beibringen. Ich kenne mich gut mit Rhetorik aus, mit der Theorie des Schreibens und Lesens, mit Sachliteratur … Wenn wir durch sind, bin ich eine bessere Liebhaberin und Sie sind ein kleiner Aristoteles. Sehen Sie es doch mal so: Sie werden all Ihre Klientinnen in der akademischen Welt beeindrucken. Eigentlich bin ich überrascht, dass Sie sich nicht längst so gut auskennen.«

»Meine Klientinnen unterhalten sich nicht wirklich über ihre Arbeit mit mir.«

»Vielleicht haben sie Lust dazu, wenn ich mit Ihnen durch bin.«

»Ich bin nicht so sicher, ob das ein Verkaufsargument ist«, sagte er. »Das Letzte, woran meine Klientinnen Interesse haben, ist, über die Arbeit zu reden oder an sie zu denken.«

Das frustrierte mich.

»Devin, das ist alles, was ich zu bieten habe. Wenn Sie kein Interesse haben, vergessen wir das Ganze. Aber wenn Sie es auch wollen, versichere ich Ihnen, dass es das ist, worin ich richtig gut bin.«

Er ging ganz leicht in die Knie, um mich auf Augenhöhe anzusehen. »Schwer zu glauben.« Sein Ton war so ernst, dass ich einen Schritt zurückwich. Seine Augen leuchteten auf. »Okay, ich lasse mich darauf ein.«

Ich war überrascht. »Gut«, sagte ich cool, »vielen Dank.«

»Ich rufe Sie nächste Woche an. Und dann arbeiten wir an den Feinheiten. Aber ich muss Ihnen schon jetzt die eine Vereinbarung nennen, die ich mit all meinen Klientinnen habe: *Sie dürfen sich auf keinen Fall in mich verlieben.*«

»Mann, Sie sind ganz schön eingebildet.«

Und damit trennten wir uns ein zweites Mal. Auf dem Nachhauseweg schlug ich zwanghaft mit dem Ring aufs Lenkrad, während ich mich vorwärtskämpfte, und fragte mich, auf was ich mich mit dem Typ eingelassen hatte, der – soweit ich es beurteilen konnte – die Moralvorstellungen einer Tomate hatte.

Auf dem Belt Parkway staute sich der Verkehr auf fünf Kilometer, und selbst auf dem Long Island Expressway war der Verkehr immer noch dicht. Als ich endlich zu Hause ankam, war die Abendbrotzeit schon fast vorbei. Ich stocherte in irgendwelchen Resten aus dem Kühlschrank herum, sah mir Wiederholungen aus dem Sommer im Fernsehen an und ging ins Bett.

Fast die ganze Nacht starrte die Decke auf mich herunter.

Kapitel fünf
JULI

ERSTE WOCHE UNSERER VEREINBARUNG

Zwei Wochen nach dem Unabhängigkeitstag trafen wir uns das erste Mal. Wir hatten uns darauf verständigt, uns immer bei Devin in der Stadt zu treffen, weil er viel weniger Luft in seinem Terminplan hatte als ich. Und so lautete unsere Abmachung: Wir würden uns sieben Wochen lang einmal die Woche treffen. Jedes Treffen sollte rund zwei Stunden dauern. In der ersten Stunde wollte ich ihm einen Überblick über das Schreiben und Lesen von Sachliteratur geben, der meinem Kurs an der Uni Brooklyn für Erstsemester ähnelte. Ich würde ihm Hausaufgaben aufgeben, und bei unserem letzten Treffen sollte er ein Schreibtagebuch und eine Mappe mit allen Aufsätzen abgeben. In der zweiten Stunde wäre Devin dran, mir Unterricht in Vorspiel, Positionen, Methoden und Orgasmus zu geben. (Schon diese Worte sprangen mir wie Exhibitionisten aus dem Vertrag entgegen und zeigten mir, wie prüde ich war.) Auch ich sollte Hausaufgaben aufbekommen, und bei unserer letzten Verabredung (oder dem »Höhepunkt«, wie Devin es clever titulierte) sollte ich einen Test bestehen. Vertragsbedingung war auch, wenn einer von uns, wie wir es nannten, »unangemessene« Gefühle für den anderen entwickelte (sich verknallte, ernsthaft verliebte oder auf irgendeine Art obsessiv wurde) oder Verhaltensweisen wie Belästigung, Erpressung oder Stalking an den Tag legte, verlor der Vertrag nicht nur seine Gültigkeit, sondern derjenige musste auch eine Strafe in Höhe der Summe der Gesamtdienstleistung im jeweiligen Beruf zahlen. Und noch etwas: Uns zwischen den Terminen freundschaftlich zu treffen, war verboten.

Wir unterschrieben beide, und Devin gab seinem Partner Christian den Vertrag, damit er ihn beglaubigte und aufbewahrte.

An die Wochen vor dem ersten Treffen konnte ich mich nur undeutlich erinnern. Zu unserer ersten Zusammenkunft kam ich zu früh. Ich freute mich sehr darauf, Devin wiederzusehen, und hatte zugleich einen ziemlichen Horror davor. Devins Wohnung lag im West Village, ein umwerfendes Loft mit Dielen, einer abgehängten Decke und einer bunt zusammengewürfelten Kunstsammlung, die denen der Galerien in Soho ähnelte. Ich ging an den Bildern an den neutral gehaltenen Wänden entlang, als ob ich in einer dieser Galerien wäre, und blieb vor jedem Bild einen Moment stehen. Devin gab mir eine Flasche mit kaltem Dasani-Wasser und trank selbst ein kaltes Bier. Draußen war es heiß, aber das Loft war angenehm klimatisiert.

»Was für eine Wohnung«, bemerkte ich.

Er sah sich um. »Mir gefällt sie. Ich hab ein gutes Geschäft gemacht, unmittelbar bevor die Preise in den Himmel geschossen sind.«

»Die Wohnung *gehört* Ihnen?«

»Ja.«

»Kriegt man mit diesem Job irgendwelche Vergünstigungen?«

Er lachte. »Wie süß. Fangen wir an?«

In den ersten dreißig Minuten trug ich Devin auf, zu berichten, was er bisher gelesen und geschrieben hatte. Er saß an seinem Laptop und traktierte die Tasten mit dem Zeigefinger, und ich sah mir geduldig die Bilder an, bewunderte einen Warhol hinter ihm (heilige Scheiße, ein *echter* Warhol!), trank aus der feuchten Flasche und wischte meine Hand am Hosenbein ab. Schließlich ging ich zu dem Wildledersofa, auf dem er saß und las, was auf dem Schirm zu sehen war, während er weiter tippte:

Als ich jünger war, las mein Vater alle möglichen Bücher über den Ersten und den Zweiten Weltkrieg. Er erzählte mir Geschichten darüber, aber als Kind hat mich das nicht interessiert. Er las auch Zeitung und aus irgendeinem Grund gerne Todesanzeigen. Bevor ich ins Bett ging, las mir meine Mutter immer eine Gutenachtgeschichte vor, oft aus den Eine-Katze-macht-Theater-*Büchern, von denen ich einige auswendig konnte,* Grünes Ei mit Speck *zum Beispiel. Mich hat Lesen erst später interessiert, zwischen dreizehn und achtzehn. Ich las ein Buch nach dem anderen und hörte damit erst auf, als ich mit der Highschool fertig war. Besonders gerne mochte ich Detektivgeschichten und Museumseinbrüche. Ich erinnere mich auch an die Beat-Schriftsteller und dass sie mir unheimlich gut gefallen haben. Ich weiß nicht, warum ich mit dem Lesen dann aufgehört habe. Geschrieben habe ich nur für die Schule – und ab und an ein Gedicht für meine Freundin.*

Wie seine Freundin wohl war, fragte ich mich. Ich verspürte einen kurzen, aber heftigen Stich Eifersucht.

Als er fertig war, bat ich ihn, das Ganze laut vorzulesen, und das tat er und korrigierte dabei die Tippfehler.

»Was lesen Sie heute?«, fragte ich ihn.

»Im Wesentlichen die Kunst- und Freizeitbeilage der *New York Times*. Mehr Zeit habe ich nicht.«

»Und was schreiben Sie?«

»Schecks.«

Dann gab ich ihm ein kurzes Stück von Donald Murray zu lesen: *Zwischen Zwiebeln und Orangen, oder wie ein Junge zum Mann wird.* Nachdem er es durchgelesen hatte, unterhielten wir uns über Murrays Stil und seine sinnlichen Beschreibungen sowie über unsere Vorstellung, eine eigene Geschichte zu schreiben, wenn wir die eines anderen lesen. Devin sollte eine eigene Geschichte in Murrays Stil verfassen. Er schrieb über sein erstes sexuelles Abenteuer im Alter von fünfzehn. Nachdem er sie vorgelesen hatte, wandte ich mich ab und trank einen Schluck Wasser. Etwas lief mir aus dem Mund am Kinn herab. Meine

Wangen hatten sich gerötet, und das fiel ihm auf, als er vom Bildschirm hochsah.

»Entschuldigung, ich wusste nicht, dass Ihnen das peinlich ist.«

»Ich kann jedenfalls erkennen«, sagte ich, »dass Sie das mit der sinnlichen Beschreibung gleich gelernt haben. Und Sie haben ein interessantes Wort benutzt, um die Begegnung zu beschreiben: *lasziv*. Woher haben Sie das?«

»Ich hab ein paar Sexbücher gelesen, als ich mich selbstständig gemacht habe.«

»Das haben Sie in Ihrer Erzählung gar nicht erwähnt.«

»Wusste nicht, dass so was auch zählt.«

»Alles zählt.«

Ich machte mir gedanklich die Notiz, *lasziv* noch mal nachzuschlagen, wenn ich nach Hause kommen würde.

Devins Uhr piepte, die erste Stunde war rum. Er stand auf und trank den letzten Schluck seines Biers.

»Okay, Andi. Ziehen Sie das T-Shirt aus.«

Ich war entgeistert. »Was?«

»Sie haben mich doch verstanden.« Er richtete eine Fernbedienung auf die Stereoanlage. Club Music plärrte aus den Lautsprechern in allen vier Ecken. Er suchte weiter, und jedes Mal erklangen Songfetzen aus den Lautsprechern, einige von ihnen kannte ich sogar. »Was für eine Musik mögen Sie denn?«, fragte er, immer noch auf der Suche von einer Station zur nächsten.

»Beatles, Hendrix, Clapton, Nat King Cole, Diana Krall, Norah Jones, John Mayer ...«

Er starrte mich an und zog eine Augenbraue hoch.

»Ich stehe auf Gitarre und Klavier.«

»Bei was für einer Musik fühlen Sie sich sexy?«, fragte er.

Ich dachte nach. »Keine Ahnung. Darüber habe ich nie nachgedacht.«

»Das ist Ihre erste Hausaufgabe: Hören Sie sich Ihre CDs an

und erstellen Sie eine Liste von Songs, bei denen Sie sich sexy fühlen oder in Stimmung kommen.«

Er ging zu dem CD-Regal neben der Stereoanlage, strich mit einem Finger daran herunter und zog eine CD-Hülle heraus. Als er sie öffnete, fiel die CD heraus und trudelte wie eine überdimensionale Münze über den Boden. Er hob sie wie ein Frisbee auf, und aus irgendeinem Grund störte es mich, als ich die Fingerabdrücke auf der glänzenden Oberfläche sah. Ich nahm meine CDs immer behutsam an den Rändern hoch. Sekunden später schmetterte Etta James *I Just Wanna Make Love to You*. Devin programmierte die Anlage auf Wiederholung. Dann führte er mich zu einem großen Spiegel.

»Als Erstes«, begann er, »möchte ich, dass Sie sich gut dabei fühlen, Ihren Körper bei Tag zu zeigen. Nichts macht einen Mann nervöser als eine Frau, die irgendwelche Hemmungen hat.«

»Warum?«

»Es ist, wie in eine Schlangengrube zu fallen«, erklärte er mir. »Wenn wir versuchen, irgendwas zu sagen, damit sich die Frau besser fühlt, sagen wir bestimmt irgendwas Dummes, wodurch sie sich noch schlechter fühlt; sagen wir aber gar nichts, ist es noch schlimmer, denn dann fragt sich die Frau, was wir denken, und antwortet an unserer Stelle, und dabei kommt natürlich immer etwas Falsches heraus.«

»Was denken Sie?«

»*Mann, hoffentlich fragen Sie mich nicht, ob Sie fett aussehen.*«

»Und wenn sie fett ist?«, fragte ich prompt. »Ich meine, wenn sie Speckrollen und ein Doppelkinn hat? Bestimmt haben Sie auch Klientinnen, die echt fett und unsicher sind. Was sagen Sie denen denn?«

»Ich lasse sie die Situation beherrschen«, verriet er mir. »Indem ich es ihnen überlasse, darüber zu sprechen, oder ich berühre sie einfach, und sie vergessen es. Sie wollen eigentlich

47

nur berührt, nur anerkannt werden. Und ich habe genug Figuren gesehen: Alle Köper sind irgendwie schön für mich.«

»Sie sind ein richtiger Kunstfreak, oder?«, sagte ich. Sekunden später merkte ich, wie dumm das klang, und bereute es.

»Sie wollen doch nur das Thema wechseln. Ziehen Sie das T-Shirt aus.«

Ich stand starr vor Schreck zwischen dem Spiegel und ihm.

»Sehen Sie, Andi«, sagte Devin. »Sie haben sich darauf eingelassen, mir zu vertrauen. Ich verspreche Ihnen, Sie in keiner Weise zu verletzen. Und wenn Ihnen irgendwas so unangenehm ist, dass Sie damit aufhören wollen, dann können Sie damit aufhören. Ich werde Sie nie dazu zwingen, irgendetwas zu tun, was Sie nicht wollen. Aber wenn Sie noch nicht mal Ihren kleinen Zeh ins kalte Wasser tunken, dann können Sie genauso gut nach Hause gehen, und wir zerreißen den Vertrag.«

Er hatte recht, irgendwo musste ich anfangen, und ich musste ihm vertrauen. Ich trug ein graues SCCC-T-Shirt und abgeschnittene Jeans. Die Träger meines weißen BHs (Body by Victoria) fielen mir von den Schultern, als ich langsam das T-Shirt über den Kopf zog und darauf achtete, nicht das Make-up zu verschmieren, was während der stickigen U-Bahn-Fahrt bestimmt sowieso schon geschehen war. Und da hob eine unterdrückte Erinnerung ihren hässlichen Kopf:

Fünfte Klasse, Krankenstation in der Schule. Vier Mädchen und ich sollen uns wegen einer Untersuchung bis auf die Unterwäsche ausziehen. Ein komischer blasser Mann mit grauen Haaren untersucht uns, eine Krankenschwester (auch eine Unbekannte) begleitet ihn. Wir sollen unsere Unterhemden hochheben und er zieht uns die Unterhosen herunter. (Aus welchem Grund? Ich kann mich nicht daran erinnern.) Sie wiegen und vermessen uns und verkünden die Ergebnisse laut. Ich bin die Schwerste, und die anderen Mädchen lachen mich aus, weil ich auch die Kleinste bin.

Devin schnitt den Erinnerungsfaden ab. »Schöner BH. Body by Victoria. Tragen Sie die passenden Höschen?«

»Nein«, antwortete ich ziemlich beklommen. »Die sind blau, aus Baumwolle.« Er forderte mich auf, ihn anzusehen, aber ich konnte ihm einfach nicht in die Augen blicken. Ich spürte, wie er mich von oben bis unten musterte, und wäre am liebsten aus meiner Haut geschlüpft. Ich suchte den Raum nach dem Ausgang ab.

»Sagen Sie mir, was Sie denken und fühlen, Andi.«

»Ich fühle mich mega unbehaglich«, gestand ich ihm. »Und ich denke, dass ich einen riesigen Scheißfehler gemacht habe, weil ich das hier mit Ihnen durchziehe, obwohl ich Sie kaum kenne.«

»Verständlich«, erwiderte er darauf. »Aber Sie hatten genug Scheißmut, um mich überhaupt zu fragen. Und das rechne ich Ihnen hoch an. Wirklich. Das ist nichts, was eine verklemmte Frau macht. Irgendwas in Ihnen will diese Angst und Unbehaglichkeit überwinden, sonst wären Sie gar nicht hier.«

Als er das sagte, entspannte ich mich ein klein wenig.

»Hören Sie einfach auf die Musik«, sagte er leise und beruhigend. »Wir sind hier zu zweit. Niemand sonst ist hier im Raum, niemand kann Sie verletzen, und Sie können jederzeit gehen. Aber bevor Sie gehen, hätte ich doch gern, dass Sie in den Spiegel sehen.«

Ich drehte mich um und sah mich im großen Spiegel an. Mein Bauch wölbte sich unter meinen Brüsten hervor, die vom BH angehoben und gehalten wurden. Meine Brüste waren groß und schlaff, mein Körper stämmig und klein. Mit schmalen Schultern, breitem Kreuz, zu kurzen Beinen und schlackernden Armen.

»Was sehen Sie?«, fragte er.

»Speckfalten«, erklärte ich. »Was sehen Sie?«

»Ich wette, wenn Sie vollkommen nackt hier posieren

würden, sähe Ihr Körper aus wie von Rubens gemalt. Wirklich, Andi. Sie sind üppig. Sie haben einen fleischigen Bauch, Sie haben Kurven, einen ausladenden Busen, Ihre Beine sind großartig, und die Proportionen stimmen.«

Sahen wir denselben Körper an? Ich warf Devins Spiegelbild einen misstrauischen Blick zu.

»Ach«, sagte ich. Sooo kann man es wahrscheinlich auch sehen, wenn man seinen Klientinnen schmeicheln will. Aber es war deutlich, dass er sich zu ärgern begann.

»Sage ich den Frauen, was sie hören wollen? Ja. Ist es deswegen Schwachsinn? Ich glaube nicht. Alle Frauen sind schön, Andi. Und ich habe meinen Ruf nicht, weil ich meine Klientinnen belüge. Die Frauen kommen wieder, weil ich ihnen die Wahrheit sage.«

»*Alle* Frauen?«, wollte ich wissen. »Also, machen Sie mal halblang! Einschränkungen mal ausgenommen, aber Sie sind ein moderner Sophist. Sie sagen Ihnen die Wahrheit, aber diese Wahrheit ist in Worte verpackt wie *üppig* und *Rubens* und *Kurven*. Das ist so, als wenn man sich Süßstoff in seinen Kaffee tut, nachdem man gerade einen fetten Cheeseburger mit Fritten verdrückt hat – wo ist der Unterschied?«

»Also, erstens weiß ich nicht, was ein Sophist ist«, sagte er. »Und zweitens: Was würden Sie lieber hören, dass Sie kurvig und sinnlich sind oder dass Sie nicht fetter sind als alle Frauen, die ich kenne, Ihre Brüste aber größer als die der meisten anderen? Wahrheit ist relativ, oder etwa nicht? Außerdem haben Sie mir eben gerade in Ihrer ersten Lektion klargemacht, dass es auch auf die Wortwahl ankommt, wenn man seine Leser fesseln will.«

Mir blieb der Mund offen stehen. Er lernte verdammt schnell.

»Es ist alles eine Frage der Wahrnehmung. Sehen Sie ...«
Er hob das Polster eines Hockers hoch, zog einen Kunstband

50

heraus und schlug ein Bild von Rubens auf. »Sehen Sie hier eine dicke Frau? Ich nicht. Diese Maler haben den weiblichen Körper als Inbegriff des menschlichen Lebens angesehen. Ihr Fleisch nährte Leben, ihre Kurven bejahten das Leben. Und Maler haben das in all seiner Schönheit festgehalten.«

Ich blätterte das Buch langsam durch und sah mir alle irdischen und himmlischen Figuren an, vor allem die, die meiner eigenen ähnelten. Warum kamen mir diese Körper so umwerfend vor und meiner so verkümmert?

»Gehen Sie noch mal zum Spiegel«, forderte Devin mich auf. »Und sehen Sie noch einmal hinein, und dann benennen Sie *irgendetwas*, was Ihnen an Ihrem Körper gefällt.«

Ich stellte mich wieder vor den Spiegel und sah skeptisch hinein, starrte mein Spiegelbild an, während ich dem Rhythmus des Songs bei seiner zweiten Wiederholung zuhörte. Ich sah alle meine Körperteile an.

»Ich mag meine Augen.«

»Ich auch. Was noch?«, fragte er hinter mir. Ich machte eine Pause und sah wieder in den Spiegel. »Sehen Sie *Ihren Körper* an.«

»Dass sich mein Speck gleichmäßig verteilt«, sagte ich. »Es ist ja nicht so, als ob ich Minititten hätte und einen dicken Bauch oder einen Arsch, der dreimal so breit wie meine Taille ist.«

Er nickte und sah weiter in den Spiegel.

»Außerdem mag ich meine Beine«, fügte ich hinzu. »Sie sind muskulös.«

Dann fiel mir ein, wie mir Andrew immer Komplimente für meine Beine gemacht hatte. Meine Beine und mein Gesicht – alles dazwischen existierte für ihn nicht, nahm ich mal an. Aber andererseits hatte ich das auch alles ganz schön bedeckt gehalten.

Devins Hand auf meiner Hüfte, der versuchte, mich zur Musik zu bewegen, riss mich aus meinen Gedanken.

»*Hihi!* Ich hab vergessen zu sagen, dass ich unglaublich kitzelig bin.«

Er machte einen Schritt rückwärts. »Ach, wie süß. Das finde ich wirklich süß. Wir werden das noch irgendwie nutzen. Aber bis dahin: Fangen Sie mal an zu tanzen!«

Devin ließ mich vorm Spiegel tanzen, ich sollte mich im Rhythmus der Musik bewegen. »Erspüren Sie die Worte«, sagte er immer wieder. »Sehen Sie sich nicht einfach als halb nackte Tanzende. Sehen Sie sich mit Ihren üppigen Kurven.«

Die Träger meines BHs glitten mir immer wieder von den Schultern und meine bloßen Füße schienen am Boden angewachsen zu sein. Ein paarmal wäre ich fast hingefallen. Aber als I *Just Wanna Make Love to You* zum fünften Mal erklang, hatte ich ihn komplett vergessen. Ich sah mir selbst dabei zu, wie ich die Hüften schwang und die Knie beugte und meine Brust herausdrückte, wie ich die Arme über den Kopf hob und mich verführerisch auf mein Spiegelbild zubewegte, als sei es mein Liebhaber. Mir kam es gar nicht in den Sinn, mich zu fragen, ob ihn das anmachte.

Schließlich stoppte er die CD.

»Gut. Ihre Hausaufgaben für diese Woche bestehen darin, sich in Ihren Körper zu verlieben. Sie sollen sich zu ihm hingezogen fühlen. Und außerdem: Tanzen Sie, denn nächste Woche werden Sie für *mich* tanzen – nicht für den Spiegel –, und Sie werden sich weiter ausziehen.«

Ich merkte mir, an passende Unterwäsche zu denken.

Devins Hausaufgaben waren: eine Abhandlung zu entwerfen, einen Essay von Patricia Hampl zu lesen und eine Liste seiner zwanzig Lieblingswörter zusammenzustellen. Ich sollte eine Liste von sexy Songs erstellen und nackt vorm Spiegel tanzen. Ich fragte mich, wessen Aufgaben leichter seien. Als ich im stickig heißen Zug saß, dicht gedrängt zwischen gesichtslosen, grauhäutigen Pendlern, schloss ich die Augen und hörte den ganzen Heimweg über die Stimme von Etta James.

Kapitel sechs

ZWEITE WOCHE UNSERER VEREINBARUNG

Ich tanzte die ganze Woche zu dem frühen Duran Duran, zu Janet Jackson und Robert Palmer, zu Etta James, Ella Fitzgerald und Ray Charles. Zu Jimi Hendrix, Joe Satriani und Stevie Ray Vaughn. In meinen abgeschnittenen Jeans und BH, in BH und Slip, im Badeanzug, dann ohne Oberteil und schließlich nackt. Bei Tag und bei Nacht. Immer vor dem großen Spiegel in meinem Schlafzimmer, auch wenn ich mich eines Spätnachmittags dabei erwischte, wie ich mein Spiegelbild im Schaufenster ansah. Ich beobachtete, wie sich meine Brüste bewegten, wie meine Arme Gesten in der Luft formten, wie meine Beine vor- und zurücksprangen, rund und muskulös. Ich beobachtete, wie meine Füße im Rhythmus tanzten, wie meine Hüften vor- und zurückschwangen, wie meine Haare mir ins Gesicht fielen und sich in meinen Nacken legten. Ich sah mir jede Kurve, jede Strähne, jede Speckrolle, jeden Muskel an. Und Devin hatte recht: Ich verliebte mich in meinen Körper.

Sie war exquisit. Ich hatte noch nie so eine Fülle gesehen, so viel Fruchtbarkeit in einem ein Meter zweiundsechzig kleinen Köper. Ich begann, sie im Geist mit einer Mischung aus konturierten Linien und skizzenhaft hingeworfenen Strichen nachzuvollziehen. Ich malte die Schatten in den Höhlungen, wo die Beine aufeinandertrafen, wo die Brüste sich aneinanderschmiegten und wie ein Wasserfall ergossen. Ich betonte ihre runden Schultern, die Feinheit ihrer Fingerspitzen, die Weichheit ihrer Wangenknochen. Jeden Tag posierte ich für diese Porträts, und in meinem Urteil über mich selbst verschwanden die hässlichen Spuren und die Schönheit erschien.

Das war weit weg von der Hassbeziehung, die ich mit meinem Körper führte, seit ich im Alter von neun Jahren eines

Sommerabends vor Scham am liebsten in Grund und Boden versunken wäre. An dem Tag hatte ich Shorts, ein Kinderbikini-Oberteil und Sandalen von Dr. Scholl getragen, meine Haut schimmerte bronzen von all dem sorglosen Spielen unter freiem Himmel und dem Schwimmen in den Sommerferien. Ich betrat das Wohnzimmer, wo mein Bruder Joey Gitarre spielte.

»Sieht das sexy aus?«, fragte ich ihn. Ich wünschte mir so sehr elegante Riemchensandaletten mit Keilabsatz, aber nie und nimmer hätte meine Mutter mir solche Schuhe gekauft.

Er lachte nur. Mein Bruder lachte mich aus, und ich muss in dem Moment genauso idiotisch ausgesehen haben, wie ich mich fühlte.

Als ich elf war, spielte ich nicht mehr draußen, sondern las drinnen – vor allem Romane über schüchterne Highschool-Heldinnen, die die Herzen der Kapitäne des Football-Teams gewannen. Heimlich schrieb ich auch Entwürfe für solche Geschichten. Mit fünfzehn aß ich Ring Dings. Mit achtzehn hatte ich mich dem Feind ergeben, als den ich meinen fetten Körper wahrnahm. Selbst wenn ich mich fünundzwanzig Pfund runterhungerte, spielte das keine Rolle mehr – der psychologische Kollateralschaden war bereits eingetreten. Und seit dieser Zeit pendelte mein Gewicht wie ein Jo-Jo alle drei bis vier Jahre genau um diese fünfundzwanzig Kilo. Seit meiner Trennung von Andrew war ich wieder ganz oben, und dazu kamen weitere fünf Pfund durch meine Spritztouren mit Maggie zum *Krispy Kreme Kiosk* im Studentenzentrum an der Uni.

Als Devin und ich uns zum zweiten Mal trafen, fiel ihm gleich meine Veränderung auf.

»Wow!«, rief er aus. »Sie haben geübt.«

»Woran erkennen Sie das?«

»Ihr Gang. Sie sind gerade sehr selbstbewusst hereingekommen. Als gehöre Ihnen dieser Raum.«

Ich konnte ihm meine Begeisterung nicht vorenthalten. »Es war unglaublich, Devin. Ich habe meinen Körper noch nie so angenommen. Es ist so ein gutes Gefühl, mich im Spiegel anzusehen und das zu mögen, was ich sehe, auch wenn die *Cosmopolitan* mir erzählt, dass ich viel zu dick bin.«

»Scheiß auf die *Cosmopolitan*«, sagte er. »Die Models werden sowieso alle nachbearbeitet. Sie sind real. Außerdem sehen Sie hinreißend aus.«

Ich wurde rot und wandte mich ab, weil ich mein Lächeln vor ihm verstecken wollte. Es war so lange her, dass mich jemand *hinreißend* genannt hatte.

»Wie sind Sie letzte Woche zurechtgekommen?«, fragte ich ihn. Er hob die Augenbrauen und gab mir drei Seiten, mit doppeltem Zeilenabstand getippt, wie ich es verlangt hatte. Auf einer davon hatte er seine zwanzig Lieblingswörter notiert.

Kuss	*pedantisch*
Wasserfarben	*vögeln*
Tarantel	*lüstern*
Schatten	*Keks*
Streicheln	*Abdeckplane*
Haustier	*Leinwand*
Kadmium	*Bunny*
Zärtlichkeit	*Didaktik*
See	*Terpentin*
ostentativ	*Cochlea*

Ich las die Liste aufmerksam durch und lächelte bei jedem zweiten Wort, nur bei *Tarantel* nicht.

»Warum haben Sie das Wort ausgesucht?«, fragte ich.

»Einfach weil es sich cool anhört.«

»Und die anderen?«

»Entweder weil ich das mag, wofür sie stehen«, antwortete

er, »oder weil sie sich gut anhören, wenn man sie ausspricht. Die Wörter mit *n* am Ende können sich zum Beispiel sehr sexy anhören, wenn man sie so aussprechen will.« In einem tiefen, weichen Ton gurrte er: »*Lüstern.*« Ich lachte und machte ihn nach.

»*Streichelnnnnn*«, übertrieb ich. Er sah mich kokett an.

»Ooooooo«, stöhnte er und zwinkerte mir zu.

Dann sprachen wir über den Hampl-Essay, und über die feine Trennung zwischen Erinnerung und Vorstellungsvermögen. Wo ist der Unterschied zwischen einer Lüge und Fiktion, fragte ich. Die Stimme, antwortete Devin. Eine interessante, wenn nicht sogar beeindruckende Antwort, fand ich. Schließlich las ich den Entwurf seiner Abhandlung:

In der fünften Klasse machten wir einen Ausflug zum Museum of Modern Art. Ich war elf Jahre alt. Ich wusste gar nichts über Kunst. Meine einzigen Erfahrungen bestanden in den Dingen, die wir für Kunst in der Schule machen sollten, meistens irgendwas mit Pappmaschee oder mit Posterfarben oder mit Seidenpapier. Ich erinnere mich, dass mir Malen mit Fingerfarben als Kind viel Spaß gemacht hat. Meine Mutter hatte mir Farben gekauft, und ich konnte mich stundenlang damit beschäftigen, meine dreckigen kleinen Hände in die Näpfe zu tauchen und irgendwelche Muster auf Zeitungspapier zu hinterlassen.

Mit der Klasse wollten wir uns eine Picasso-Ausstellung ansehen. Wir hatten uns schon eine Woche mit Picasso beschäftigt. Bei mir war nur hängen geblieben, dass er ein verrückter Spanier war, angeblich ein Genie. Das Museum war gigantisch groß. Ein Schloss aus Marmor. Eine gigantische Wand nach der nächsten voller Gemälde, Skulpturen, Zeichnungen, alter Wandteppiche.

Ein schon etwas betagter Führer erzählte uns etwas von Picasso und seinen Bildern, wie er sie gemalt hatte und so weiter, aber ich hörte nicht zu, denn Picasso interessierte mich nicht. Wir waren durch einen Raum gegangen, der mir aufgefallen war, den wollte ich mir ansehen.

Also stahl ich mich aus der Gruppe und von meinem Mitschüler davon (jeder von uns bekam einen Mitschüler zugewiesen, mit dem man auf Ausflügen zusammenbleiben musste, damit wir nicht verloren gingen) und ging in diesen Raum zurück. Er war nicht so groß wie die anderen Räume, aber genauso hell und ruhig. Es muss ein merkwürdiger Anblick gewesen sein: ein elfjähriger Junge in Jeans, einem Rolling-Stones-Glitzer-T-Shirt und mit Adidas-Turnschuhen, vollkommen fasziniert von den Bildern.

Das erste Bild nahm beinahe die ganze Wand ein. Es sah fast aus wie mit Fingerfarben gemalt, vielleicht war es mir deswegen aufgefallen. Von Weitem sah man ganz viele Blau-, Grün-, Weiß- und Gelbtöne, aber als ich näher heranging, sah ich fast jede Farbe, die ich mir vorstellen konnte in diesen winzigen, schnellen Pinselstrichen. Es war, als könnte ich plötzlich nur noch verschwommen sehen und keine Formen und Bilder mehr erkennen. Ich ging im Raum umher und sah mir die anderen Bilder an. Alle faszinierten mich, weil sie so mit Farbe, Licht und Formen umgingen. Die Tänzerin war mein Lieblingsbild. Es sah fast so aus, als wollte sie aus dem Bild herausspringen und sich nur für mich drehen. Sie war wunderschön.

Ich erinnere mich nicht mehr, wie lange ich dort war, es kam mir wie eine Ewigkeit vor. Ich kann mich auch nicht erinnern, ob andere Leute dort waren. Es war, als sei ich das einzige Kind auf der Welt. Aber dann rief mich jemand, eine Mutter einer meiner Mitschüler, die uns auf dem Ausflug begleitete. Sie schrie mich nicht an, schien aber zugleich erleichtert, dass sie mich gefunden hatte, und ärgerlich, dass ich weggelaufen war. Meine Lehrerin hatte jedoch keine Skrupel, mich anzuschreien. Aber das war mir egal. An dem Tag habe ich die Schönheit der Kunst entdeckt, wenn auch nicht durch Picasso. Erst sehr viel später lernte ich Picasso zu schätzen, aber bis heute sind es die Impressionisten, die mich immer wieder umhauen. Am Abend verkündete ich meinen Eltern, dass ich Künstler werden wollte. Meine Mutter sagte: »Das ist ja schön.« Aber mein Vater erklärte mir, dass Männer nur ein Thema malen, und zwar Häuser, und wenn ich ein Künstler werden wollte,

sollte ich mir erst mal ein paar Feenflügel pinseln. Seine Engstirnigkeit
konnte ich nie gut ertragen.

»Ich wusste nicht, wie ich es beenden sollte«, sagte er fast entschuldigend.

Ich las den Entwurf zweimal und schrieb mit meinem blauen Filzstift Bemerkungen an den Rand, unterstrich hier und da einen Satz und umkringelte bestimmte Wörter. Devin beobachtete mich dabei, und aus dem Augenwinkel nahm ich wahr, dass er besorgt wirkte. Er schrieb ziemlich abgehackt, Stil und Struktur waren repetitiv, er machte Kommafehler und vertat sich manchmal bei Metaphern. Der Text ähnelte den Entwürfen meiner Erstsemester. Und doch erkannte ich unter der Oberfläche etwas Komplexeres. Ich sehe das bei allen Aufsätzen meiner Studenten – die Möglichkeiten, die in ihren Fehlern liegen.

»Was gefällt Ihnen an dem Entwurf?«, unterbrach ich schließlich die Stille. Die Frage verblüffte ihn, und er vertiefte sich in die Lektüre meiner Bemerkungen, als seien sie ein Geheimcode, als sei ihm die Vorstellung, dass er den Aufsatz mögen könnte, vollkommen fremd.

»Ehrlich gesagt«, begann er, »ist das, was mir daran gefällt, das, worüber ich nicht geschrieben habe. Nicht nur, dass ich mich in die Bilder verliebt habe, ich habe sie auch ganz allein gefunden. Ohne Führung, ohne Lehrer. Es war die *Einsamkeit* des Moments – ich war in meiner eigenen Welt, zehn Minuten oder zwei Stunden, ich weiß es wirklich nicht. Und vielleicht spielte auch die Aufregung mit hinein, dass ich, ich sag mal, der Herde entkommen war.«

»Das sehe ich genauso«, antwortete ich. »In diesem Aufsatz steckt so viel, was hier noch nicht verbalisiert wurde. Sie können noch sehr viel damit machen.«

Wir sprachen über rhetorische Mittel und darüber, was er noch beschreiben konnte und wie er den Moment der

Offenbarung – das Entdecken der Schönheit in der Kunst und in der Einsamkeit –, aber auch die Ablehnung seines Vaters zeigen konnte, ohne sie seinen Lesern zu erklären. Als die Stunde zu Ende ging, sah Devin mich bewundernd an.

»Wow. Sie machen das super.«

»Danke.«

Vielleicht hörte es sich so an, als hätte mich seine Ehrlichkeit nicht überzeugt, denn er fügte hinzu: »Nein, ich meine das ganz im Ernst. Sie wissen wirklich, was in einem Text los ist, und können ihn zugleich konstruktiv kritisieren. Wahrscheinlich hatte ich erwartet, dass Sie den Aufsatz blöd finden. Wenn ich früher mal eine Lehrerin wie Sie gehabt hätte, könnte ich jetzt vielleicht viel besser schreiben. Verdammt, vielleicht wäre ich gar nicht so schlecht.«

»Sie sind auch jetzt nicht schlecht, ich finde es sogar ziemlich gut. Sie sind unerfahren, sonst nichts.«

»Genau wie Sie.«

»Hä?«

»In Ihnen steckt eine ausgehungerte, sexy Liebhaberin und wir werden sie rauslocken, genau wie Sie mir mit dem Schreiben helfen. Sie werden schon sehen.«

Das war so kitschig, dass ich mich beim Lachen verschluckte. Ich trank einen Schluck Wasser. Devin sah mich unbeeindruckt an.

»Okay«, sagte er. »Jetzt sind Sie dran. Ziehen Sie sich aus.«

Ich sah ihn ungläubig an und hüstelte.

»Mann, Sie könnten etwas taktvoller sein. Was ist denn aus dem Vorspiel geworden?«

»Vorspiel ist erst nächste Woche dran. Ich will gar nicht taktvoll sein. Taktvoll wäre: *Bitte ziehen Sie Ihre Sachen aus, eins nach dem anderen, und machen Sie sich keine Sorgen, Sie sind wunderschön*«, sagte er herablassend. »Das haben wir letzte Woche gemacht. Sie sind darüber hinaus. Lassen Sie es raus.«

»Wie viel soll ich rauslassen?«

»So viel Sie können.«

»Könnten Sie wenigstens die Jalousien etwas herunterlassen«, bat ich ihn, »damit sich nicht die ganze Stadt an einer freien Stripshow erfreut?«

Er ließ die Jalousien herab und schloss das Sonnenlicht aus, das Wände und Boden überflutete. Jetzt sah das Sofa nicht mehr sandfarben aus, sondern hatte ein warmes Grau angenommen. Er mochte neutrale Farben.

Dieses Mal trug ich einen rosa BH und den passenden Slip dazu, auch wieder von *Victoria's Secret*. Der Schweiß rann mir von der Stirn über das gerötete Gesicht. Er ging einen Schritt auf mich zu, aber ich wich zurück.

»Was haben Sie vor?«, fragte ich ihn.

»Entspannen Sie sich. Mann, Andi, Sie müssen mir vertrauen.«

Ich erinnerte mich:

Ich bin zwanzig Jahre alt und in einer Umkleidekabine bei Gap. Ein achtzehnjähriger Angestellter öffnet versehentlich meine Kabine für einen anderen Kunden und bekommt mich in BH und Slip zu sehen, wie ich mit einem Bein in einer zu engen Jeans der Größe 42 stecke. Ich schrecke zusammen und weiß nicht, welches Körperteil ich zuerst bedecken soll. Er entschuldigt sich prompt und unaufrichtig und schlägt die Tür zu. Ich fühle mich total gedemütigt. Als ich die zu enge Jeans zusammen mit anderen Sachen, die ich nicht kaufen will, zum Eingang der Umkleidekabinen bringe, reiche ich sie ihm, ohne ihm in die Augen zu sehen. Der flachsblonde Junge ruft mir hinterher, leise, aber so, dass ich es gerade noch hören kann: »Du wirst es überleben, du Schlampe. Der Anblick hat sich jedenfalls nicht gelohnt!«

»Fick dich, Devin.« Ich war so aufgebracht, dass ich ihn einfach duzte. »Zieh du dich doch aus! Meinst du, das ist leicht? Ich kenne dich doch gar nicht.« Ich erinnerte mich, dass ich ihm das schon einmal gesagt hatte.

Devin zuckte noch nicht einmal mit der Wimper, stattdessen tat er, wie ich ihm befohlen hatte, und zog Jeans und T-Shirt aus und stand in königsblauen Boxershorts vor mir. Sein Körper war wie in Stein gemeißelt. Die Haare auf seiner Brust waren dunkel und kurz, von seinem Brustbein bis zum Nabel verlief eine dunkle Linie. Er war gebräunt, seine Muskeln waren ausgeformt, ohne sich hervorzuwölben oder auch nur eine Spur prahlerisch zu wirken. Seine langen Beine sahen sehr kräftig aus. Ich sah mich einer Kopie von Michelangelos *David* gegenüber. Er stand vor mir, ohne sich im Geringsten zu genieren, und streckte die Arme aus, fast wie Christus. Mein Mund klappte auf wie der eines hechelnden Hundes.

»Sieh mal, wie einfach das sein kann«, sagte er.

Ich musste erst mal wieder zu Atem kommen, bevor ich etwas sagen konnte. »Natürlich ist es *leicht* für dich – sieh dich doch nur mal an! Wer würde so einen Körper nicht gerne vorzeigen?«

»Andi, hast du mir nicht gerade erst erzählt, du hättest dich in deinen eigenen Körper verliebt?«

»Ja, aber das ist schon wieder vorbei.«

»Warum?«

Ich antwortete nicht.

Devin sah mich mitfühlend an, dann ließ er die restlichen Jalousien im Nebenzimmer herab, schaltete die Stereoanlage an und suchte eine CD raus. »Etta James hatten wir schon«, sagte er, mehr zu sich als zu mir. Er wählte schließlich eine lateinamerikanische CD aus. Doch das synkopierte Schlagzeug konnte mit dem Rhythmus meines Herzschlags nicht mithalten. Er kam wieder auf mich zu, seine nackten Füße klatschten leise auf den Dielen, und dann stand er vor mir, viel zu dicht. Ich lehnte mich leicht zurück. Er sah mir direkt in die Augen. Sein strahlender Blick überwältigte mich, meine Unsicherheit verschwand. Aus seiner sienafarbenen Iris übertrug sich eine Art entschiedener Sanftheit auf mich, als wolle er mich davor beschützen, vor Angst zu erstarren.

»Es ist okay.« Er sprach leise. »Nur du und ich und die Musik. Niemand kann uns sehen, hier ist niemand. Tu einfach so, als seist du angezogen. Gefällt dir die Musik?«

Ich nickte.

»Gut«, sagte er. »Komm, wir tanzen.«

Meine verschwitzten Fußsohlen klebten am Boden fest. Devin versuchte es noch einmal, geduldig, ohne mich zu überreden. »Du kannst einem Mann kein Vergnügen bereiten, wenn du selbst keines empfindest. Männer mögen Frauen, die ihre Körper lieben, die sich in ihrer Haut wohlfühlen.«

»So einen Mann hab ich noch nie kennengelernt«, offenbarte ich ihm. »Nur solche, die Frauen mögen, deren Körper Barbie dazu gebracht hätten, sich ein paar ausgebeulte Sportklamotten anzuziehen.«

»Dann warst du mit den falschen Männern zusammen«, erwiderte er. »Schließ die Augen. Stell dir vor, du wärst in deinem eigenen Schlafzimmer.« Er kam näher und flüsterte: »Niemand kann dich *beurteilen*, niemand wird es tun.«

Woher wusste er das?

Ich begann, mich im Takt der Musik zu wiegen, und als ich die Augen öffnete, sah ich ihn lächeln. Ich lächelte zurück und bewegte mich weiter. Er tanzte jetzt auch, und schon nach ein paar Minuten wirbelten wir zu den Beats des Bossa Nova herum. Wir beide – ein Callboy und eine Schreibprofessorin – tanzten am helllichten Tag in unserer Unterwäsche auf den Dielen eines Lofts in der West Side. Meine Ängste waren verflogen, ich fühlte mich frei und leicht. Als die Musik langsamer wurde, streckte Devin die Hand nach mir aus. »Willst du?«, fragte er. Als ich mich seiner Umarmung überließ und mich an ihn drückte, kamen die Ängste zurück.

»Ich hab so was schon eine ganze Weile nicht mehr gemacht«, beichtete ich. *Nicht seit Andrew und ich bei der Hochzeit unserer Freundin Marcy vor zwei Jahren miteinander getanzt haben. Damals hat er mich eng umschlungen gehalten und mir heiß ins Ohr gehaucht, mir in die Augen gesehen und gesagt, dass er mich liebt. Und dass wir das nächste Mal auf unserer eigenen Hochzeit tanzen würden …*

»Ich meine natürlich, eng mit einem Typ getanzt, nicht mitten am Tag in meiner Unterwäsche herumgehüpft.«

Er bemerkte: »Von jetzt an wirst du eine ganze Menge Sachen machen, die du noch nie gemacht hast.«

Zur Hölle, ja.

Wir tanzten ein paarmal unbeholfen durch den Raum, dann gaben wir uns dem Rhythmus hin. Devin hielt meine Hand, als sei sie aus Porzellan, die andere Hand hielt er ebenso behutsam auf meinem Rücken. Seine Haut war überraschend weich, und sein Geruch war überwältigend – kein fabrizierter Duft konnte je so gut riechen. Falls jemand es einmal versuchen sollte: »Giorgio Armani stellt vor: *Devin* …« Mir lief es kalt von den Füßen hinten die Beine hoch und dann die Wirbelsäule entlang bis in den Nacken. Mutig beschloss ich, ihm in die Augen zu sehen – Gott, sein Blick war so freundlich, so unvoreingenommen, so *ehrlich*. Aus den Schauern wurde ein Kitzeln, und ich vergaß vollkommen, dass wir beide ausgezogen waren.

Ich wollte ihn küssen.

Die Musik hörte auf, und ich spürte, dass er meinen Impuls bemerkt hatte. Er ließ mich los und trat einen Schritt zurück.

»Du wirst die Typen mit einem Stock vertreiben müssen«, sagte er.

Ich sagte nichts, ich stand ganz still.

»Jetzt kannst du dich wieder anziehen.«

Er zog an einer Jalousie. Heller Sonnenschein blendete mich und beendete meine Benommenheit. Ich zog meinen Jeansrock an, dann die weiche rote Bluse. Auch er zog sich an.

»Weißt du«, sagte er. »Du hast wirklich einen schönen Körper. Du solltest mehr damit angeben. Und Rot steht dir richtig gut.« Diesmal glaubte ich ihm.

Meine Hausaufgaben: meinen Körper vorzeigen. Seine bestanden darin, ein Tagebuch zu schreiben, drei Absätze aus seiner Abhandlung zu redigieren und einen Artikel zu lesen (*Ich schließe die Augen beim Sprechen: Ein Argument, das Publikum auszublenden*, von Peter Elbow, den ich den Paul McCartney der Rhetorik nannte). Außerdem sollte er die Memoiren von Annie Dillard und Stephen King lesen. Am selben Abend kaufte ich mir Anziehsachen in der Roosevelt Field Mall: zwei tief ausgeschnittene T-Shirts mit Spitzenärmeln (zwei für zehn Dollar im Sonderangebot), ein rotes und ein lavendelblaues, und einen kurzen Leinenrock, der meinen Bauch flacher wirken ließ, aber meinen Hüftschwung zur Geltung brachte. Ich kaufte auch ein Paar Sandalen im Espadrille-Stil mit fünf Zentimeter hohen Absätzen (auch im Sonderangebot). An einer Auslage bei Gap erblickte ich auf dem Weg nach draußen einen Jugendlichen mit roten Haaren, der das Hemdenfalten kurz unterbrach und zu mir herübersah. Ich stolzierte beschwingt zu meinem Auto.

Kapitel sieben

DRITTE WOCHE UNSERER VEREINBARUNG

Bei meinem dritten Besuch zog ich die Sandalen aus und rollte mich bei Devin auf der Couch zusammen, als wohnte ich dort. Ich war selbst überrascht, dass ich mich dort so wohlfühlte und mir alles vertraut vorkam. Devin schien es nichts auszumachen.

»Also«, begann ich, »erzähl mir von deinem Wochenende.«

Er sah mich argwöhnisch an. »Willst du dir nicht meine Abhandlung ansehen? Ich habe mehr als drei Absatze redigiert.«

»Dazu kommen wir noch«, sagte ich. »Erzähl mir erst mal von deinem Wochenende. Oder noch besser, lies mir vor, was du darüber geschrieben hast.«

Er öffnete seinen Laptop und las mir einzelne Passagen aus seinem Tagebuch vor, im Wesentlichen ging es um seine Verabredungen. Er beschrieb die Frauen – er beschrieb sie sehr anschaulich – und wohin er mit ihnen gegangen war.

»Okay. Bitte schreib das jetzt so um, als würdest du einen Brief an deine Mutter schreiben.«

Jetzt sah er mich mit großen Augen und offenem Mund an. Er starrte ein paar Sekunden auf den Bildschirm, fing ein paarmal an, haute fieberhaft auf die Entfernen-Taste ein und kam immer wieder ins Stocken. In der Zeit las ich seine überarbeitete Abhandlung durch und schrieb wieder Bemerkungen an den Rand. Schließlich hörte er frustriert auf. Sein Blick signalisierte Kapitulation.

»Was«, sagte ich, eher eine Aussage als eine Frage.

Er sah mich verdutzt an. »Warum sollte ich meiner Mutter einen Brief darüber schreiben, was ich am Wochenende gemacht habe?«

»Weil sie woanders wohnt«, antwortete ich. »Und du ihr eine ganze Weile nicht mehr geschrieben und auch nicht mit ihr gesprochen hast. Sie soll eine Vorstellung von deinem Leben bekommen.«

»Erstens wohnt meine Mutter in Massapequa«, sagte Devin. »Zweitens will sie nichts von meinem Leben wissen – jedenfalls nicht von diesem Teil meines Lebens. Und drittens, mit welcher Absicht sollte ich …«

»Aha!«, unterbrach ich ihn. »Du hast das magische Wort benutzt: *Absicht.* Leser und Absicht sind untrennbar miteinander verbunden. Du schreibst eine Bewerbung mit der Absicht, zum Vorstellungsgespräch eingeladen zu werden. Wenn du eine Einkaufsliste zusammenstellst, besteht deine Absicht darin, dass du dich daran erinnern willst, was du einkaufen wolltest, oder sie demjenigen gibst, der den Einkauf machen soll. Wenn du eine Abhandlung verfasst, tust du es mit der Absicht, eine Erinnerung oder ein Ereignis für den Leser mit einer neuen Bedeutung aufzuladen, auch wenn du selbst der Leser bist. Diese unterschiedlichen Absichten sind in unterschiedliche Kontexte eingebettet, in das alltägliche persönliche Leben, ins Berufsleben und so weiter. Wenn dir deine Absicht unklar ist, bleibt sie auch deinen Lesern uneindeutig. Wenn dir unklar ist, wer deine Leser sind, dann wird auch dein Text uneindeutig.«

»Leuchtet mir ein.«

»Was ist beispielsweise die Absicht deines Tagebuchs?«

»Ich hab's geschrieben, weil du es mir aufgegeben hast.«

»Und die Leser?«

Er dachte nach.

»Weißt du, mir ist gerade aufgefallen, dass ich ja wusste, dass du es lesen wirst, und so hab ich meistens an dich gedacht.«

»Und wie hat das deinen Text beeinflusst?«

»Nicht so sehr, worüber ich geschrieben habe«, sagte Devin. »Sondern wie ich es geschrieben habe. Ich habe viel über Beschreibung und Bilder nachgedacht. Manchmal kam es mir sogar so vor, als würde ich mit dir sprechen.«

»Und wenn du für eine Zeitschrift schreiben würdest«, fragte ich weiter. »Sagen wir mal eine Homestory: *Ein Tag im Leben eines Callboy*, wie würdest du das schreiben?«

»Hängt von der Zeitschrift ab: *Reader's Digest* oder *Cosmo*.«

»Das ist genau der Punkt«, sagte ich begeistert.

Er grinste stolz. »Mir hat gefallen, was Peter Elbow gesagt hat, dass man seine Leser manchmal ignorieren muss, um zu einem besseren Text zu kommen«, sagte er und blätterte in dem fotokopierten Artikel, bis er die unterstrichene Stelle gefunden hatte. Er las sie laut vor: »*Wir Schriftsteller lernen also, wann wir an unsere Leser denken und wann wir sie ignorieren sollten.*«

»Ja, das stimmt«, pflichtete ich ihm bei.

»Aber mit dem Abschnitt«, sagte Devin, »in dem er die Behauptung verteidigt, dass die Leserschaft manchmal nur aus einem Leser, aus einem selbst besteht, hab ich mich schwergetan.«

»Na ja, ich glaube«, erklärte ich ihm, »dass er hier implizit auf die These eingeht, dass es so etwas wie einen privaten Diskurs nicht gibt beziehungsweise so etwas wie keinen Leser. Meiner Meinung nach ist an beiden Behauptungen etwas dran. In dem Film *Imagine* versucht John Lennon zum Beispiel, einen besessenen Fan wieder zur Vernunft zu bringen. Im Wesentlichen erzählt er dem Jugendlichen, dass er die Songs für sich selbst und für niemand sonst geschrieben hat.«

»Wow. Daran hab ich nie gedacht.«

»Dem Jugendlichen ist der Gedanke auch schwergefallen«, erzählte ich weiter. »Und als er John Lennon gefragt hat, was er mit *you're gonna carry that weight* gemeint hat, hat Lennon nur trocken geantwortet: ‚Das war Pauls Melodie, da musst du ihn fragen.‘«

Devin grinste, und ich fuhr fort: »Die Autoren der *Simpsons* oder der *Bugs-Bunny*-Cartoons haben auch behauptet, für sich selbst zu schreiben. Deswegen ist es auch so komisch geworden. Und an diesen Beispielen kann man auch erkennen, wo die Autoren aufgehört haben, für sich zu schreiben, weil sie die Erwartungen eines Publikums erfüllen wollten, vor allem wenn irgendein Arschloch im Fernsehsender es mal wieder besser wusste. Ergebnis ist: Die Folge bringt's nicht.«

»Wie's McCartney gesagt hat«, meinte er.

»Aber wenn Lennon Songs geschrieben hätte«, sprach ich weiter, »die er nie vorgespielt oder auf Band aufgenommen hätte? Was ist mit den Versionen, die nie jemand gelesen hat, die verbrannt worden sind? Das versteht Elbow unter einem privaten Diskurs. In diesen Fällen ignoriert man alle Gepflogenheiten der Wahrnehmung von Lesern, sich selbst eingeschlossen.«

»Cool.«

Dann beschäftigten wir uns mit den beiden anderen Memoiren. »Warum diese beiden?«, fragte er mich. »Was verbindet sie denn?«

Ich antwortete: »Annie Dillard und Stephen King könnten in Bezug auf Genre und Stil nicht weiter voneinander entfernt sein. In dieser Hinsicht sind sie, als kämen sie von verschiedenen Sternen. Dabei sprechen sie die gleiche Sprache – das heißt, sie kennen die Sprache so gut, dass sie sie benutzen können, wie ein guter Maler Licht, Farben und Formen einsetzt.«

Mein Vergleich aus der Malerei gefiel ihm. Als wir uns mit dem Inhalt und der Sprache der beiden Biografien näher auseinandersetzten, sprachen wir auch darüber, wie Devin Sprache nutzen könnte, um das, was er meinte, in seiner eigenen biografischen Abhandlung rüberzubringen.

»Ich könnte Wörter benutzen«, schlug er vor, »die den Leser bei der Stange halten. Nicht nur, um clever zu sein oder besonders literarisch rüberzukommen, sondern um ihnen das Gefühl zu geben, sie seien dort in dem Museum mit mir.«

»Sehr gut«, sagte ich. »Du bestimmst, was sie fühlen sollen. Du hast die absolute Macht über sie, Devin. Andere

Schriftsteller, Lehrer oder Leser können dir Hinweise geben und Feedback, sie können dir sagen, was ihnen gefällt und was nicht, aber am Ende ist es deine Geschichte, deine Wahrheit.«

»Wow«, sagte er. »Das habe ich nicht geahnt.«

»Was hast du nicht geahnt?«

»Dass ich so was könnte«, er klang erstaunt. »Ich meine, ich weiß ja, dass Schreiben Macht bedeutet. Aber ich glaube, ich hab nie gedacht, dass ich sie selbst mal einsetzen könnte.«

»Warum denn nicht?«, fragte ich. Er dachte darüber nach.

»Keine Ahnung.« Er grinste. »Aber ich freue mich, dass es so ist.«

Devin schloss seinen Laptop. Die Zeit war um.

»Also«, begann er. »Erzähl mir von *deinem* Wochenende. Wie ich sehe, warst du einkaufen. Das sind übrigens richtig schöne Sandalen.« Er zwinkerte mir zu.

Ich streckte ein Bein vor und zeigte ihm den Schuh stolz. Meine Fußnägel waren tiefrot lackiert. Er schlug ein neues Thema an. »Jetzt bist *du* mit dem freien Schreiben dran.«

Ich sah ihn mit gerunzelter Stirn an.

»Stell eine Liste zusammen mit allem, was dich in Stimmung bringt«, wies er mich an.

Sofort verkrampfte ich mich. Es entging ihm nicht, und er verdrehte die Augen. »Nicht schon wieder«, sagte er.

»Hatten wir das nicht schon?«, fragte ich.

»Wann?«

»An dem Tag bei *Junior's*.«

»Andi, wenn du nicht über guten Sex *sprechen* kannst, wie kannst du dann guten Sex *haben*?«

Darüber hätte ich mich mit ihm streiten können, aber ich sagte nichts, sondern starrte auf mein Notepad. Ich kämpfte mit der relativ leichten Aufgabe. Nach fünf Minuten standen erst drei Sachen auf meiner Liste:

- Wenn jemand meinen Hals streichelt
- Wenn jemand mir die Füße reibt
- Nat-King-Cole-Songs

Er bat mich, die Liste laut vorzulesen. Ich spürte, wie sich das Funkeln seiner Augen durch das Papier hindurch in meine Haut einbrannte.

»Süß«, sagte er.

»*Süß?*«, fragte ich beleidigt.

»Genau. Das ist alles?«

Ich sah ihn verlegen an. »Um dir die Wahrheit zu sagen, Devin, ich hab nie drüber nachgedacht.«

»Warum nicht?«

»Keine Ahnung«, antwortete ich. »Wahrscheinlich war ich immer so damit beschäftigt, alles richtig zu machen, dass ich nie drüber nachgedacht habe, was mir eigentlich gefällt und was nicht.«

»Okay. Dann sag mir doch mal, was du machst, um den Typ in Stimmung zu bringen.«

Ich dachte eine Weile nach: »Ich weiß es nicht.«

Er stand auf und zog das T-Shirt aus, und wie beim letzten Mal lief mir ein Schauer die Wirbelsäule herunter. »Tu so, als sei ich dein Liebhaber«, sagte er.

So tun? Au ja!

»Berühr mich, wie du ihn berührst. Du kannst alles machen, außer mich zu küssen.«

»Aber was, wenn Küssen für mich dazugehört?«

Sein Grinsen war halb bescheiden, halb verschmitzt. »Du brauchst aber nicht zu lernen, wie man küsst.«

»Woher willst du das wissen? Du hast mich doch noch nie geküsst.«

»Ich muss dich nicht küssen, um zu wissen, dass Küssen nicht dein Problem ist.«

»Und was ist mein Problem?«

»Dein Problem besteht darin, dass du *denkst,* du würdest schlecht küssen, du *denkst,* du seist schlecht im Bett. Du denkst zu viel. Tu es einfach, Andi. Sei eine gute Küsserin. Sei eine gute Liebhaberin.«

»Ha, du hast leicht reden.«

»Du kannst es leicht tun.«

»Wofür brauche ich dich dann überhaupt?«, fragte ich ihn. Weit entfernt von ihrer möglichen sarkastischen Bedeutung, war das eine gute Frage. Und ich wollte, dass er sie beantwortete.

»Du bist so gut im Ausweichen«, sagte er. »Du solltest mir zeigen, wie du deinen Freund anturnst.«

Verärgert zog ich die Stirn in Falten. Doch statt Öl ins Feuer zu gießen und meine Aufgabe weiter aufzuschieben, indem ich mich mit ihm auseinandersetzte, stand ich auf und ging langsam auf ihn zu. Ich fühlte mich albern in diesem Rollenspiel. Er war etwa eins achtzig groß und meine fünf Zentimeter hohen Absätze erleichterten es mir, mit den Fingern durch seine Haare zu fahren. Sie waren kurz geschnitten, voll und seidig, und ich kam ihm noch näher. Er folgte der Bewegung meiner Hand und legte eine Hand auf meinen Arm.

»Das hab ich manchmal mit Andrew gemacht«, sagte ich leise, fast flüsternd.

»Wer ist Andrew?«, fragte er ebenso leise. Plötzlich fiel mir auf, dass ich noch nie von Andrew gesprochen hatte.

»Mein Ex-Verlobter.«

»Ach, echt? Ich wusste gar nicht, dass du mal einen Verlobten hattest.«

»Tja, hatte ich aber.«

»Und er hieß Andrew?«

»Genau.«

»Hat man euch je Andy und Andi genannt?«

»Glaubst du vielleicht, du bist der erste Doofkopf, der das für besonders witzig oder originell hält?«

»Also, ja oder nein?«

»Er war immer Andrew.«

»Und nicht Drew?«

»Nein, zum Glück nicht«, sagte ich. »Ich stelle mir Typen, die Drew heißen, immer mit Pullovern mit Rautenkaros und in Dockers oder Mokassins vor.«

»Wann habt ihr euch getrennt?«

»Ungefähr vor anderthalb Jahren.«

»Bist du deshalb wieder nach New York zurückgekommen?«

Ich antwortete ihm nicht. Ich streichelte sein Gesicht, hielt es in den Händen, und dann glitten meine Finger am Hals über seine nackte Brust hinab. Seine Haut war fest, die Muskeln straff und die Arme kräftig. O Gott, ich wollte ihn so gerne küssen! Dann massierte ich seine Schultern, fast als knetete ich Brot, und vergrub meine Nägel in seiner Haut.

Er nahm mich bei den Handgelenken und sagte: »Okay, das langt.« Ich sah ihm in die Augen, aber als er meine Hände drückte, senkte ich den Blick – ich hätte nicht sagen können, wer von uns beiden mehr bebte. Er holte tief Luft, als müsse er die Fassung wiedergewinnen.

»Willst du wissen, was ich denke?«

»Was?« Mein Atem verlangsamte sich.

»Ich glaube«, sagte Devin, »du tust das, was du dir von einem Mann wünschst. Und das ist dir gar nicht klar. Ich glaube, du willst zum Beispiel, dass jemand deine Haare berührt …« Er strich eine Strähne meines Haares hinters Ohr. »Oder dir den Hals entlangstreicht …«, mit dem Handrücken fuhr er sacht über meine pulsierende Schlagader, am Kinn entlang und vorne am Hals entlang in mein Dekolleté hinein, wie ein schmelzender Eiswürfel. »sodass du dich ganz und gar mit Berührung vollsaugen kannst …«, flüsterte er mir ins Ohr.

Ich schloss die Augen, meine Atemzüge wurden tiefer. Als er meine Brust ganz leicht mit dem Zeigefinger streifte, stöhnte ich leise und lehnte mich ganz an ihn. Er packte mich genau in dem Moment, als ich die sexuelle Trance durchbrach. Wieder brannten sich seine Augen in mich ein.

»Kann ich etwas Eiswasser haben?«, fragte ich benommen. Ich setzte mich aufs Sofa, und er brachte mir eine Flasche Dasani und für sich ein Glas Wein. Nachdem er etwas getrunken hatte, begann er zu sprechen.

»Es geht um Kommunikation«, sagte er. »Du willst, dass er weiß, was dir gefällt, und du willst herausfinden, was ihm gefällt. Es ist wie mit den Lesern: Jeder ist anders. Der eine findet völlig scheiße, wozu der andere unheimlich viel Lust hat – vergib mir meine Wortwahl. Einem Typ gefällt's vielleicht, wenn du ihm durchs Haar streichst, ein anderer möchte lieber sonst wo gestreichelt werden. Liebende sind keine Gedankenleser, Andi. Geh nie davon aus, dass er weiß, was du dir wünschst – das musst du ihm schon selbst sagen. Und vertrau mir: Er will es wissen. Er fühlt sich gut dabei, wenn er weiß, was dir gefällt. Es befriedigt Männer, wenn sie eine Frau zum Höhepunkt bringen können, denn sie wissen nicht, was zum Teufel in ihr vorgeht. Außerdem erzählen sie dir dann eher, was ihnen gefällt.«

»Aber was ist, wenn ich keine Lust zu dem habe, was er von mir will? Oder wenn mir nicht gefällt, was er gerne hat?«

»Tja, dann könnte er der Falsche für dich sein.«

Ich sah ihn verwirrt an. »Nur weil wir uns nicht aufs Vorspiel einigen können?«

»Hängt natürlich davon ab, wie wichtig das für euch ist.«

Ich überdachte das und trank etwas Wasser.

»Stimmt es denn nicht, dass die meisten Männer das Vorspiel am liebsten überspringen würden?«, fragte ich.

»Nicht, wenn es das Beste am Sex ist.«

»Ich dachte immer, der andere Teil sollte der Knüller sein.«

Er beugte sich vor, und ich spürte noch immer die Hitze

seines Körpers von unserem Rollenspiel. »Ich verrate dir mal ein Geheimnis, Andi.«

»Ich hatte gehofft, du würdest mich küssen.«

»Alles, was sie dir über Sex erzählt haben, ist falsch«, flüsterte er.

»Wen meinst du mit *sie?*«

»Diejenigen, die dir erzählt haben, was du weißt.« Er lehnte sich zurück und sah mich fragend an. »Wie und durch wen hast du denn etwas über Sex erfahren?«

Das hatte mich noch niemand gefragt, und ich hatte auch noch nie darüber nachgedacht. Ich bin in einer patriarchalischen italienischen Familie an der Nordküste von Long Island aufgewachsen, als Jüngste von drei Geschwistern. Meine beiden Brüder, Joseph und Anthony, sahen gut aus, waren beliebt und sind sehr talentierte Musiker, die schon als Jugendliche professionell gespielt haben. Joey als Jazzsaxofonist, Tony als Rockgitarrist. Mir gegenüber waren sie immer sehr besitzergreifend, bis sie auszogen und mit ihren jeweiligen Bands auf Tourneen gingen. Sie schüchterten alle Raufbolde ein. Sie flankierten mich wie Bodyguards, egal ob wir einkaufen oder ins Kino gingen. Die konnte ich ja schlecht bitten, mich aufzuklären. Wenn ich mal in eine der düstereren Kneipen ging, in denen sie auftraten, sagten sie an, dass ich ihre kleine Schwester war und wortwörtlich »tabu« – was mir immer grottenpeinlich war. In der sechsten Klasse schickte mir Gary Whitmore einen Valentinsgruß mit einem Foto von ihm. Tony rief Gary an und warnte ihn, sich »gefälligst fernzuhalten«. Gary sprach nicht mehr mit mir, und eine Woche später schenkte er meiner Freundin Rosie einen kleinen Kuschelbären.

Ich erinnere mich nicht besonders gut an meinen Vater; er starb kurz nach meinem dreizehnten Geburtstag an einem Herzinfarkt. Er arbeitete viel, spielte Golf und Gitarre, und sonntags gingen wir alle zusammen in die Kirche. Er verbot mir,

Seifenopern zu sehen (»das ist ekelerregend«), Bikinis zu tragen (»du bist doch keine Frau, sondern ein kleines Mädchen«), und Fluchen war absolut verboten, verdammt noch mal. Nach dem Tod meines Vaters machte meine Mutter eine lange Trauerphase durch und hatte keine Zeit, ihre Tochter in Pubertätsfragen aufzuklären. Je älter ich wurde, desto mehr schien sie mich wegen meiner Jugend, meiner Vitalität und meiner Figur abzulehnen. Sie hatte an allem, was ich trug, etwas zu kritisieren, und schon den Klang meines Lachens fand sie anzüglich. Sie kaufte mir weite Pullover und Stretch-Leggings. Zum Ball in der zehnten Klasse hatte ich dreißig Pfund zugenommen, und die Jungen machten sich über mich lustig und glotzten den Heather-Locklear-Typen nach.

In der Schule wurde sexuelle Aufklärung so sachlich behandelt wie die Uni-Zulassungstests, und ich hatte einfach zu viel Angst, meine Freundinnen zu fragen. Eine von ihnen nannte mich prüde, nachdem ich mich geweigert hatte, mir ein *Playgirl*-Heft anzusehen, das sie irgendwie in die Finger gekriegt hatte.

Das erzählte ich Devin in einem einzigen Wortschwall. Tja, und wie hatte ich dann etwas über Sex erfahren?

»Durch Bücher von Judy Blume wahrscheinlich«, sagte ich schließlich.

»Vertrau mir, es gibt bessere Quellen.«

Ich ließ den Kopf sinken, Gott, wie erbärmlich war ich doch! Dieses Gefühl kannte ich. Eine überwältigende Scham vergiftete meine Organe, Gallenflüssigkeit schien mich von innen zu zersetzen.

Obwohl Devin mir gerade klargemacht hatte, dass Liebende keine Gedankenleser wären, reagierte er auf meine Gedanken, als hätte ich sie laut ausgesprochen.

»Wofür schämst du dich so?«

Ich hielt den Kopf gesenkt und brauchte ein paar Sekunden, um überhaupt antworten zu können. »Für meine Unerfahrenheit.«

»Ich finde nicht«, sagte er, »dass das irgendetwas ist, wofür man sich schämen müsste. Du lernst doch jetzt was Neues. Du bist bereit, deine eigenen Erfahrungen zu machen. Und außerdem hört es sich wirklich nicht so an, als hättest du in deiner Jugend viel Ermutigung bekommen.«

»Wie meinst du das?«

»Ich meine, dass man über dich gesagt hat, du seist *tabu*, und Sex war natürlich auch ein Riesentabu, ein Geheimnis, aber du warst es nicht wert, es kennenzulernen.«

Das war mir nie bewusst geworden. Plötzlich sah ich meine Kindheit durch eine ganz andere Brille.

»Und das ist wirklich gemein«, fuhr er fort. »Schlimm genug, dass die Gesellschaft uns eintrichtert, der Körper einer Frau sei etwas, was man benutzen könne. Du hattest mit einem zweiseitigen Schwert zu kämpfen. Deine Brüder haben die Botschaft ausgesendet, dass du niemandem zu Diensten sein solltest, und wenn sie es noch so gut gemeint haben. Und beide Vorstellungen sind so was von dermaßen falsch. Sie haben dich dafür bestraft, diejenige zu sein, die du warst. Dafür, dass du attraktiv warst und andere sich von dir angezogen fühlten. Wahrscheinlich haben sie gedacht, du seist zu gut für den durchschnittlichen Typen, aber du hast es anders verstanden, nämlich als seist du diejenige, die für andere nicht gut genug war. Ich wette, als Kind warst du lebhaft und sexy, und deine Familie hat dir das einfach ausgetrieben.«

Ganz sacht umfasste er mein Kinn und hob es hoch. Mir liefen die Tränen übers Gesicht. Er wischte sie behutsam weg. Ich versuchte, ihn nicht anzusehen, aber es ging nicht.

»Du bist wirklich sehr sexy, weißt du das?«

Ich schüttelte den Kopf.

»Willst du noch was wissen?«, fragte er.

Ich fühlte mich wie ein kleines Mädchen, das er wegen einem Kratzer auf dem Knie oder einer zerbrochenen Vase tröstete. »Was denn?«, wimmerte ich schon fast.

»Du hast mich ganz schön in Fahrt gebracht.«

Ich richtete mich auf.

»Wirklich?«

»Ja, verdammt.«

»Wie denn? Was hat dir denn gefallen?«

»Es hat mir gefallen, wie du meine Haare gestreichelt hast. Es ist schon eine Weile her, seit eine Frau das mal bei mir gemacht hat.« Er nahm meine Hand und hielt sie in der seinen. Er strich mir über die Finger. »Ich mag es, wie deine Hände sich anfühlen. Du hast so feine Hände. Ich wette, Männer lieben deine Sanftheit.«

Wenn es so war, hatten sie es mir nie gesagt.

Ich sah auf seine Hand herab und nahm sie in meine.

»Ich liebe Haare, die ich durch meine Finger gleiten lassen kann«, sagte ich mit einem Blick auf seinen braunen Stufenschnitt. »Ich mag *deine* Haare.«

Meine weibliche Seite überwältigte mich und meine Stimme wurde leise und ganz weich: »Und ich hab deine Hände auf meinem Hals geliebt«, fügte ich hinzu.

Er lächelte und senkte den Blick – ich hätte schwören können, er sei rot geworden. Ich rückte an ihn heran, unsere Knie berührten sich jetzt, und beugte mich vor. »Willst du noch mehr?«, fragte ich. Er lachte und wich ein ganz kleines bisschen zurück. Ich fühlte mich gedemütigt, bestimmt dachte er, ich machte einen Scherz.

»Also«, begann ich, nahm Haltung an und sagte wie im Unterricht, »ist es die Absicht des Vorspiels, dass man besseren Geschlechtsverkehr hat?«

»Hängt von den Lesern ab«, sagte er mit einem Zwinkern. »Aber ich glaube eigentlich, die Absicht des Vorspiels ist schlicht und einfach nur Vergnügen. Hör auf, dir so viele Sorgen darüber zu machen, und die Sache mit dem Geschlechtsverkehr regelt sich ganz von allein.«

»Du hast es immer mit dem Vergnügen – du bist ein Hedonist, weißt du das eigentlich?«

»Darin besteht mein Job«, erklärte er mir ernsthaft.

»Und du willst mir erzählen, deine Klientinnen würden das Vorspiel mehr genießen als den eigentlichen Sex?«

»Das *ist* der Sex.«

»Wie meinst du das?«

»Andi, ich gehe mit meinen Klientinnen nicht bis zum Ende.«

Einen Dollar für jeden Moment, in dem mich Devin überraschte, und ich hätte sein verdammtes Loft kaufen können.

»*Nein?*«

»Hast du den Vertrag denn nicht gelesen?«

»Aber du bist ein *Callboy*! Wofür bezahlen sie dir denn sonst so viel Geld?«

»Dafür, dass ich ihnen Vergnügen bereite.«

»Und das tust du, ohne tatsächlich …«

»Ohne meinen Penis einzuführen?«

Bei diesen Worten zuckte ich zusammen.

»Es gibt so viele Möglichkeiten beim Sex, Andi. Meistens kriegen die Frauen sowieso keinen Orgasmus durch Geschlechtsverkehr.«

»Das weiß sogar ich.«

»Hast du je einen Orgasmus gehabt?«

»Ja und nein.« Ich hoffte, er würde das auf sich beruhen lassen, aber er wartete offensichtlich auf die Fortsetzung. »Ich hatte noch nie einen mit einem Mann. Ich meine …«

»Du hast's dir selbst gemacht?«

»Genau«, sagte ich peinlich berührt.

»Das gibt es ganz oft«, sagte Devin. »Und wie haben die Männer, mit denen du zusammen gewesen bist, darauf reagiert, wenn du keinen mit ihnen hattest?«

»Na ja, mein erster Freund hat es persönlich genommen, dass er mich nicht dazu bringen konnte, also hab ich ihn vorgetäuscht.«

»Du hast alle deine Orgasmen nur vorgetäuscht?«

»Genau – darin habe ich wirklich Erfahrung.«

»Wie hast du das gelernt?«

»Durch Filme.«

»Pornos oder normale?«

»Mann, willst du mich verarschen? Normale natürlich.«

Er lachte. »Hatte ich mir schon gedacht. Ich wollte dir nur ein bisschen blöd kommen. Und was für einen Orgasmus hast du mit dir selbst? Ich meine, wie machst du es dir?«

Ich wurde knallrot. »Ich kann das nicht.«

»Du kannst was nicht?«

»Ich kann's dir nicht sagen.«

»Okay. Letzte Frage: klitoral oder vaginal?«

Mann, was für eine Scheiße! Ich hielt mir die Hände vors Gesicht und musste meinen ganzen Mut zusammennehmen, um die Frage zu beantworten. »Ersteres.« Schließlich stellte ich eine Gegenfrage: »Und was machst du?«

»Ich mache viele Sachen mit meinen Klientinnen, außer, du weißt schon …« Er benutzte nicht das Wort, sondern machte eine sprechende Geste mit der Faust. »… und keine ist hier je unbefriedigt weggegangen. Na ja, ein paar … Ich meine, sie wissen von Anfang an, was sie bei mir bekommen und was nicht, und wenn sie kommen und wiederkommen – vergib mir die Wortwahl –, dann offensichtlich doch nur, weil ihnen das genügt. Sie lieben es. Wirklich. Endlich mal müssen sie nicht so hart arbeiten, sie müssen sich kein Bein ausreißen, um einem Typen Vergnügen zu bereiten, nur damit er sich zur Seite rollt und einschläft, und sie sich ganz einsam fühlen. Ich hab's dir schon gesagt: Es geht nicht um mich, es geht um sie.«

»Ist das bei allen Callboys, die für dich arbeiten, so?«

»Nein. Bei Christian war das üblich, aber er hat keine Klientinnen mehr. Er managt das Geschäft.«

»Warum? Ich meine, warum hat er aufgehört?«

»Er wollte eine ernsthafte Beziehung.«

»Und?«

»Frauen sind viel toleranter«, sagte Devin, »wenn sie herausfinden, dass man es nicht wirklich macht. James hat fast ganz aufgehört, er hat nur noch ein paar reguläre Klientinnen, und Simon macht es immer noch, obwohl ich ihm gesagt habe, dass er es lassen soll. Beide lassen es sich extra bezahlen und stecken das Geld in die Tasche – wenn sie eingebuchtet werden, können Christian und ich immer noch sagen, dass wir es nicht wussten. Wir können ihre Verträge vorweisen, darin ist festgehalten, dass sie es nicht machen.«

»Gut ausgedacht. Und du?«

»Was ist mit mir?«

»Du nicht?«

»Nee.«

»Noch nie?«

»Ich hab's dir doch gesagt – meiner Erfahrung nach ist das nicht das, was die Klientinnen brauchen.«

»Es ist genau das, was *ich* brauche«, platzte ich frustriert heraus, überrascht, dass ich das wirklich laut gesagt hatte.

»O ja, du musst unbedingt mal wieder richtig durchgevögelt werden«, stimmte er mir zu. »Wann war denn dein letztes Mal?«

Wieder dachte ich nach. Wie konnte ich diese Frage wahrheitsgemäß beantworten? Ich dachte an das letzte Mal, als Andrew und ich zusammen gewesen waren, in einem Bed and Breakfast am Cape Cod, in der Nacht, in der er mir von Tanya erzählte. Eigentlich sollte es die Nacht werden, in der wir *es* endlich miteinander machen wollten. Blumen, Kerzen und Erwartungen ohne Ende. Wir waren seit vier Monaten verlobt …

Wir ziehen einander aus, und er lässt mich aufs Bett hinunter, im Hintergrund sanfte Musik einer elektrischen Gitarre. Er berührt mich überall dort, wo ich gerne berührt werde: oben an den

Schenkelinnenseiten, in der Ellenbeuge, hinter den Ohrläppchen. Ich streiche ihm durch die langen Haare und spüre, wie ich zu beben beginne. Wir sind beide nackt. Aber in dem Augenblick, in dem er in mich eindringen will, setze ich mich auf und entschuldige mich wortreich. Er starrt mich kurz kalt an, dann ruft er: »Okay, das war's.«

»Bitte«, flehe ich. »Ich brauche einfach noch etwas Zeit. Ich kann es. Ich will es. Ich bin einfach noch nicht bereit dafür.« Ich schlüpfe in den Morgenmantel und bedecke mich schnell.

»Wann denn, Cutch? Wann wirst du bereit sein? Das geht jetzt schon bald ein Jahr so.«

»Ich weiß es doch nicht«, jammere ich.

»Was ist denn bloß mit dir los?«

»Ich weiß es nicht … Ich kann es einfach nicht. Es fühlt sich nicht richtig an. Vielleicht wenn wir bis nach der Hochzeit damit warten. Vielleicht wäre es dann etwas ganz Besonderes.«

»Und dann? Dann erstarrst du in unserer Hochzeitsnacht? Tut mir leid, Schatz. Ich weiß, ich habe gesagt, dass ich auf dich warte, aber jetzt kann ich nicht mehr warten. Und ehrlich gesagt …« Er zögert. »Ich wollte es dir nicht sagen, aber es gibt eine andere. Sie heißt Tanya und ist in meiner Schreibgruppe.«

Es kommt mir vor, als würde alle Energie aus meinem Körper gesaugt.

»Ich war mal mit ihr zusammen. Ich habe ihr gesagt, dass ich dich liebe. Aber jetzt hat sie sich in mich verliebt, und ich hab ihr versprochen, sie wissen zu lassen, wie es mit uns am Wochenende läuft.«

»Versuchst du mir gerade zu erklären, dass du mich an diesem Wochenende austesten *willst, um herauszufinden, ob ich so gut bin, dass du dich wieder von deiner Geliebten trennst?«*

»Cutch, versteh mich doch. Sie hat keine Macken und sie ist mehr als bereit. Du kannst von mir nicht mehr verlangen, auf dich zu warten.«

»Ich habe dich nie darum gebeten, du hast es mir aus freien Stücken versprochen. Liebst du sie denn?«

Er macht eine Pause, dann sieht er mich direkt an. »Ich glaube schon. Sieh mal, ich wäre einverstanden gewesen, bei dir zu bleiben …«

»EINVERSTANDEN?«

»… aber diese Sexsache ist ein echtes Problem für mich. Du befriedigst mich einfach nicht, du genügst mir nicht. Es tut mir leid. Ich wollte dir nicht wehtun.«

Ich bin zu betäubt, um mich über ihn zu ärgern. Ich fühle mich, als wäre ich auf die Größe eines Flecks im Teppich zusammengeschrumpft. »Du kannst mich jetzt nach Hause bringen«, sage ich. Ich gehe wie ein Roboter zum Badezimmer, ziehe mich an und packe hastig die Tasche …

»Es ist anderthalb Jahre her, als ich noch mit Andrew zusammen war. Vielleicht auch länger«, log ich.

»Ohne Quatsch: Warum habt ihr euch getrennt?«

»Er wollte eine andere heiraten.« Ich sah auf den Boden und wich Devins Blick aus.

»Das tut mir leid«, sagte er mitfühlend. Er trank einen Schluck Wein. »Und das war's?«

»Was soll das heißen: *Das war's?* Reicht das nicht?«

»Hat er dir nicht gesagt, warum er plötzlich diese andere Frau wollte?«

»Unterstellst du mir, es sei *meine* Schuld gewesen?«

Er hob abwehrend die Hände. »Mann, komm runter! Ich hab dir überhaupt nichts unter… ich hab einfach nur eine Frage gestellt.«

»Warum?«

»Hör mal«, begann er sich zu verteidigen, »ich versuche doch nur, dich kennenzulernen, das ist alles. Du hast mich darum gebeten, dir ein paar Sachen beizubringen. Ich muss doch herausfinden, was du lernen solltest. Machst du das nicht mit deinen Studenten? Ihre Bedürfnisse herausfinden?«

Dieser Kerl ging mir tierisch auf den Zeiger. Alles, was ich ihm sagte, verwendete er gegen mich. Warf er mir buchstäblich ins Gesicht zurück. Ich stand auf.

»Vielleicht sollten wir die ganze Vereinbarung vergessen«, sagte ich. Devin stand auch auf.

»Das finde ich nicht. Ich glaube, du brauchst das wirklich. Und außerdem«, er deutete auf seinen Laptop, »gefällt es mir. Ich lerne was dabei.«

Ich sah zu seinem Laptop auf dem Couchtisch aus Zedernholz hinüber. Irgendwie kam es mir ungerecht vor. Er konnte sich viel zu leicht aus der Affäre ziehen, auf mehr als eine Art und Weise.

»Machst du das immer so?«, fragte er und kam mir ganz nah. »Gibst du auf, wenn es so richtig zur Sache geht?«

»Und du?«, fragte ich zurück, sah auf seinen Schritt und in seine Augen und deutete mit dem Kopf dorthin, wo wir während unseres Vorspiels gestanden hatten. Meine Dreistigkeit überraschte mich und ihn auch, denn er drückte das Kreuz durch und wandte den Blick ab.

»Die Zeit ist um«, sagte er kalt.

Kapitel acht

VIERTE WOCHE UNSERER VEREINBARUNG

Sonntagnachmittag, zwei Tage vor meinem vierten Treffen mit Devin, schlängelten Maggie und ich uns durch die Sportklamottenabteilung im *Express* in der Roosevelt Field Mall. Anziehsachen zu kaufen, war ein Albtraum für uns – ich brauchte Kurzgröße in XL, und sie brauchte Langgröße und hatte immer Probleme mit ihrer Oberweite. Und Jeans? Konnten wir völlig vergessen. Eine humanere Folter wäre es, mich auf einen Stuhl zu fesseln, an dem Frauen, die Kleidergröße 34 trugen, vorbeizogen und mir Gemeinheiten an den Kopf warfen.

»Und? Du hast kein Wort verloren über deinen letzten Unterricht bei Callboy Devin.«

»Schsch«, sagte ich. Maggie hatte nicht gerade eine Flüsterstimme. »Außerdem ist es kein *Unterricht*, Mags. Es ist … wir haben eine *Vereinbarung* getroffen.«

»War alles okay?«

»Na ja, es war in Ordnung.«

Sie hatte schon verstanden und drang nicht weiter in mich. Bisher hatte ich ihr ziemlich genau erzählt, was bei unseren ersten beiden Treffen abgelaufen war, aber über das letzte Mal hatte ich wirklich nichts gesagt. Sie sah mir einfach zu, wie ich Mieder und kurze Röcke rauszog und sie mir vor einem großen Spiegel an den Körper hielt.

»Die Sachen sind viel gewagter als früher«, sagte sie nur. »Und … was hast du bis jetzt gelernt?«

»Dass ich noch viel zu lernen habe.«

»Was bringst du ihm denn bei?«

»Wir sind gerade mit Elbows *Ich schließe die Augen* durch, und diese Woche kommt David Bartholomae dran.«

Maggie zog die Augenbrauen hoch. »Bartholomae? Mann, Andi, er will doch keine Doktorarbeit schreiben! Das Tempo ist aber rasant.«

Wieder versuchte ich ihre Lautstärke zu drosseln.

»Der Handel besteht darin«, sagte ich, »dass ich ihm etwas über Schreiben und Rhetorik beibringe und er mir … das beibringt, worin er sich auskennt.«

»Was schreibt er denn?«

»Einen biografischen Text«, antwortete ich. »Über seinen ersten Museumsbesuch als Kind. Er schreibt tatsächlich ziemlich gut. Er hat ein Händchen für Beschreibungen. Er braucht nur Übung und muss noch lernen, das Ganze ein bisschen zu würzen.«

»Wenn du es sagst«, meinte sie.

»Was soll denn das heißen?«, fragte ich zurück.

»Mir kommt es nur so vor, als würdest du eine große Chance vertun.«

»Eine Chance wozu?«

»Kein Ahnung. Tiefer zu gehen oder so. Mann, Andi, du lässt ihn *Bartholomae* lesen!«

»Aber das war der Deal«, erwiderte ich. »Ich bringe ihm das bei, was ich weiß. Und er mir das, was er weiß. Er scheint es richtig gut zu finden. Jedenfalls sagt er das.«

»Tja, dann ist es wohl in Ordnung. Du wirst ja wissen, was du tust.«

Maggie baute mein Selbstbewusstsein nicht gerade auf, und ich verbrachte den Rest des Tages damit, meinen Unterrichtsplan zu hinterfragen. Außerdem dachte ich mir unterschiedliche Versionen von Briefen, Anrufen und Gesprächen aus, in denen ich das Ganze absagen wollte, aber ich zog sie alle nicht durch.

Ich merkte, dass ich mich auf das Treffen mit Devin wie ein Kind auf einen Ausflug in einen Freizeitpark oder auf eine

Einladung zu Freunden mit einem Pool an einem heißen Sommertag freute. Als wir uns am Dienstag zur üblichen Zeit trafen, war Devin wieder ganz professionell, und keiner von uns sprach das Ende unserer letzten Zusammenkunft an.

Dieses Mal drehten wir die Reihenfolge um. Wir begannen mit seinem Unterricht. Devin ließ mich zwei nackte Modelle zeichnen, ein weibliches und ein männliches, die er für die Stunde angeheuert hatte. Da ich seit der Highschool keinen Zeichenunterricht mehr genommen und nie mit Modellen gearbeitet hatte, die weniger als alte Sweat-Shirts, ausgeblichene Jeans und ausgeleierte Socken angehabt hatten, waren meine Skizzen mehr als steif. Mit Ausnahme der Genitalien, die ich mehr oder weniger ignorierte. Devin sah mir bei den ersten Zeichnungen über die Schulter (was mich noch mehr verunsicherte als die Anwesenheit der Modelle), dann riss er die Blätter aus dem Block und hieß mich von vorne anzufangen, allerdings sollte ich mich nur mit den vernachlässigten Gegenden beschäftigen. Den Modellen schien seine Anweisung überhaupt nichts auszumachen, selbst als er ihre Haltung und das Licht für diesen Zweck veränderte. Wie machten sie das, fragte ich mich. Sie standen dort in der Mitte des Raumes, in ihrer Haltung erstarrt, und sahen mir zu, wie ich mich ganz auf sie konzentrierte.

Bei der vierten Skizze begann ich, den Radiergummi und andere Zeichenutensilien einzusetzen, die Devin mir zurechtgelegt hatte, und ich sah nicht mehr ganz so beklommen zwischen meinem Block und den Modellen hin und her.

In der siebten Zeichnung nickte er zustimmend. »Besser«, sagte er, »du wirst lockerer.«

»Danke«, sagte ich.

»Was denkst du?«

»Worüber?«

»Über deine Arbeit.«

»Ich finde nicht, dass ich ihnen besonders schmeichele.«

»Hast du überhaupt schon einmal einen nackten Körper so genau angesehen?«

Ich erinnerte mich an meine Freundin Candace, die einmal ein *Playgirl* aus einer Drogerie stahl, in der sie arbeitete.

Zuerst weigere ich mich, hinzusehen, aber sie nennt mich prüde. Um ihr das Gegenteil zu beweisen, nehme ich das Heft mit nach Hause, um es dort durchzublättern. Ich sehe es mir eine Stunde lang an, und dann verstecke ich es unterm Bett. Als ich es ihr zurückgebe, nennt mich Candace wieder prüde, weil ich mich weigere, ihr mein Lieblingsfoto *zu zeigen.*

»Irgendwie schon«, gab ich zur Antwort.

Warum ich nicht einfach log und Candace irgendein Foto zeigte, wusste ich nicht. Vielleicht fehlte mir das Vertrauen, ihr etwas vorzumachen, und ich hatte Angst, ein *falsches* auszusuchen. Damals hielt ich mich für ziemlich abartig – nicht weil ich mir muskulöse Männer mitsamt ihrer Anhängsel ansah, sondern weil sie mich gar nicht anmachten. Ich fand die Pin-ups von Typen wie Sting oder Jon Bon Jovi ohne Hemd und in engen Lederhosen viel anziehender und provokativer. Je weniger ich sah, desto besser. Und das hatte sich fünfzehn Jahre lang gehalten.

Nachdem ich die Modelle eingehend betrachtet und mich mit den Kohlestiften abgemüht hatte, war Devin mit der Interpretation verschiedener Artikel dran. Wir waren nach der Lektüre von Peter Elbow nun bei Donald Bartholomae und Kenneth Burke angelangt, die die These vertraten, dass alles Schreiben auf früheren Texten und sozialen Einflüssen basiere. Insofern seien Schreiben, Lesen und Unterrichten soziale Handlungen.

»Diese Argumentation würde dann auch für Kunst gelten«, meinte Devin. Ich widersprach ihm nicht.

Wir übten freies Schreiben und sprachen über die Lektionen, die wir in der Schule gelernt hatten (im Klassenzimmer und außerhalb), über Familienmottos und regionale Dialekte mit ihren unterschiedlichen Worten für dieselben Sachen, und wir sahen uns Sprache und Stil als Produkt dieser Faktoren näher an.

»Mit anderen Worten«, sagte Devin, »treten wir nicht nur mit unserer eigenen Interpretation an den Text heran, sondern auch mit unserer Erziehung, Religion, politischen Haltung und so weiter.«

»Weißt du, du wärst ein guter Schreiblehrer, Devin. Du verstehst diesen Kram wirklich.«

»Er sah mich mit einem bescheidenen Lächeln an. »Wirklich?« Mein Kompliment schien ihn zu freuen.

Ich erwiderte sein Lächeln, sah aber schüchtern zur Seite.

Zwei Tage später rief Devin mich morgens bei mir zu Hause an. Ich hatte gerade geduscht und sprintete zum Telefon, bevor der Anrufbeantworter ansprang. Mit einer Hand hielt ich das Handtuch fest, mit der anderen nahm ich den Hörer ab und sagte atemlos: »Hallo?«

»Hey«, sagte er. »Ich bin's.« Als würden wir uns seit Jahrzehnten kennen.

»Hi.« Mir fiel das Herz in die Hose. »Was gibt's?«

»Nix weiter.«

Eine peinliche Stille entstand.

»Rufst du wegen deiner Hausaufgaben an?«, fragte ich ihn. Von meinen Haaren tropfte Wasser auf das Telefon und auf den Teppich.

»Äh, nein, nicht direkt.« Er machte noch eine Pause. »Ich habe mich nur gerade gefragt, ob du heute Nachmittag schon was vorhast, sagen wir so gegen drei?«

Die Frage verblüffte mich.

»Nein, ich glaub nicht. Warum?«

»In Soho gibt es eine Galerie«, sagte er, »die eine Ausstellung von einem neuen Künstler hier aus der Stadt zeigt. Ich dachte mir, du hättest vielleicht Lust, sie mit mir anzusehen.« Er klang nervös.

»Mit dir?« Ich kam mir idiotisch vor, als ich das sagte.

»Ja.«

Zusammen?

»Hm, ja, okay.«, sagte ich.

»Kommst du zu mir?«, schlug Devin vor.

Eine Verabredung? War das nicht ein Verstoß gegen unseren Vertrag?

»Okay.«

»Bis später«, sagte er.

»Okay.«

Ich legte das Telefon mit zitternder Hand und klopfendem Herzen auf. Was zum Teufel ging hier vor? Warum hatte ich ihn nicht an den Vertrag erinnert? Vor allem, da er derjenige war, der ihn gebrochen hatte – Mr Verlieb-dich-bloß-nicht-in-mich, Mr Rund-um-die-Uhr-Geschäftsmann, Mr Keine-privaten-Verabredungen. Sollte ich ihn zurückrufen und ihm das sagen? Sollte ich absagen? Sollte ich einfach nicht hingehen? Aber was sollte ich anziehen?

Ich klingelte um Viertel vor drei in einem Bleistiftrock aus Leinen und einer weißen Baumwollbluse bei ihm. Ich fand das lässig, es sah nicht so sehr nach einem Rendezvous aus. Er trug Jeans und ein T-Shirt. Großer Gott, er war umwerfend, vor allem in Jeans und T-Shirt. Sein Gesicht hellte sich auf, als er mich sah.

»Du siehst gut aus.«

Ich versuchte vergeblich, ein Lächeln zu verbergen.

»Warum machst du das?«

»Warum mache ich was?«

»Dich zu zwingen, nicht zu lächeln, wenn dir jemand ein Kompliment macht.«

»Das mache ich doch gar nicht. Ich hab einfach nur – mache ich das oft?«

»Du hast so ein schönes Lächeln, Andi, versteck es nicht.«

Und gleich tat ich es wieder. Aber seinem elektrisierenden Lächeln hatte ich nichts Gleichwertiges entgegenzusetzen.

Auf dem Weg nach Soho erzählte er mir jede Menge und noch mehr von der Ausstellung und dem Künstler.

»Du kennst dich aber echt in der Szene aus«, meinte ich. Er zuckte die Achseln, als wollte er sagen: *Ist doch nichts Besonderes.* »Warum machst du da nicht mehr draus? Es ist noch nicht zu spät.« Und ich fügte schnell hinzu: »Wie alt bist du denn eigentlich? Wenn ich fragen darf?«

Er zog eine Braue hoch. »Achtunddreißig. Aber ich hab ja schon einen Job. Außerdem ist im Kunstgeschäft viel mehr Druck, als man auf den ersten Blick vermuten würde. Und man bekommt nur schwer einen Fuß in die Tür, es ist wie beim Musikmachen oder Schauspielern.«

»Ich bin sicher, bei deinen Kontakten und so, wie du dich vernetzt, hättest du damit gar kein Problem.«

»Aber ich bin gerne Callboy.«

Aus irgendeinem Grund beunruhigte mich das. Ein Gefühl von Hoffnungslosigkeit machte sich in mir breit.

Die Galerie war klein und leer, deswegen brauchten wir nicht lange, um uns die Ausstellung anzusehen. Ich merkte, dass ich mich mehr mit der Tatsache beschäftigte, dass ich hier mit Devin war und wir unseren Vertrag brachen, als mit den Bildern selbst.

Als wir alles gesehen hatten, fragte er mich: »Willst du was essen gehen?«

Mein reflexives Lächeln-Verstecken gipfelte in einer Grimasse: Ich musste aussehen wie jemand, der gerade auf eine ungeschälte Zitrone gebissen hatte.

»Okay.«

Um die Ecke gab es ein Restaurant – so klein wie die Galerie, aber fast bis auf den letzten Platz besetzt.

»Und was hältst du von der Ausstellung?«, fragte Devin mich, als wir saßen.

Ich holte tief Luft, ich hatte Angst, etwas Dummes zu sagen. »Sie war gut.«

Das hörte sich genau wie bei meinen Studenten bei ihrer ersten wechselseitigen Beurteilung an. Guter Essay. Gute Wortwahl. Guter Anfang.

»Einfach nur gut?«, fragte er.

»Ich meine, ich habe ganz offensichtlich nicht so ein Auge dafür wie du«, fügte ich hinzu.

»Brauchst du auch nicht, um es zu genießen.«

»Na ja, ich hab's getan, ich meine, ich hab's genossen. Wie hat sie dir gefallen?«

»Ich würde sagen, es war vielversprechend. Die Siebdrucke fand ich ein bisschen zu matschig, aber sonst ...« Er verstummte.

»Was meinst du mit *matschig*?«, fragte ich ihn.

»Siebdruckfarben sollten klar und leuchtend sein. Diese hier sahen einfach nur unordentlich aus. Die Farben waren ...«, er suchte nach dem richtigen Wort. »... ich weiß nicht, *matschig* eben. Als hätte ein Kind all seine Fingerfarben zusammengemischt oder die Ostereier in jedes einzelne Farbbad getaucht.«

Ich lachte; genau das hatte ich als Kind getan.

Seine Augen blitzten: »Ich mag dein Lachen, Andi.«

Bevor ich reagieren konnte, kam die Kellnerin und nahm unsere Bestellung auf. Ich entschied mich für Spaghetti mit Fleischbällchen, Devin für Pasta mit gebratenem Gemüse. Dazu für sich ein Glas Wein, das er nach der Traubensorte und dem Abfüller ausgesucht hatte. »Und ein Ginger Ale in einem Weinglas für die Professorin«, sagte er und zwinkerte mir zu. Die Kellnerin lächelte mich höflich an, bevor sie mir die Speisekarte abnahm. Nachdem sie gegangen war, wandte Devin sich an mich: »Sorry, aber ich wollte dich nicht *Dame* nennen, und einfach *sie*, kam mir so unhöflich vor.«

Ich nickte. »Wortwahl«, sagte ich. »Das macht viel aus.«

»In der letzten Zeit ist mir das so richtig aufgefallen.«

Sag was Geistreiches, sag was Geistreiches …

»Und warst du in der letzten Zeit mal wieder auf Long Island?«

Absolut nicht geistreich. Nicht mal annähernd.

Devin schüttelte den Kopf. »Seit Wochen nicht mehr. Ich hatte eine Klientin in Manhasset, aber sie ruft mich nicht mehr an. Ich glaube, sie hat endlich jemanden kennengelernt und ist jetzt mit ihm zusammen. Sonst gibt's da nur noch meine Familie, und ich bin eigentlich nicht so ein Familienmensch.«

»Wissen die, womit du dein Geld verdienst?«

Er nickte und hob die Augenbrauen. »O ja.«

»Und sie missbilligen es«, stellte ich fest. Es war keine Frage.

»Klar.« Die Kellnerin kam mit unseren Drinks, und er stürzte fast das halbe Glas auf einen Zug hinunter. Heikles Thema, wie mir schien.

»Erzähl mir von deiner Familie«, sagte Devin. »Wie war es für dich, auf der Insel aufzuwachsen? Du bist zurückgekommen, also muss es dir ja gefallen haben.«

Ich trank mein Ginger Ale und hustete. »Ja, ich glaube schon, dass es mir dort gefallen hat. Ich hatte ja auch keinen Vergleich, bis ich weggezogen bin. Ich hab es immer gemocht, am Ozean zu leben – ich bin gerne *am* Meer, aber nicht *darauf*. Ich werde leicht seekrank.«

»Gehst du gerne schwimmen?«

»Das hängt von der Strömung ab. Als Kind bin ich einmal fast abgetrieben. Zum Glück war mein älterer Bruder in der Nähe, er hat mich rausgezogen.«

»Du siehst zu deinen Brüdern auf, stimmt's?«

Ich nickte. »Sie haben sich immer um mich gekümmert. Schon bevor mein Vater gestorben ist. Sie haben mir vorgelesen und mich mitgenommen, wenn sie mit ihren Freundinnen an den Jones Beach gegangen sind. Ich durfte sogar helfen, wenn sie ihre Songs einspielten. Wir hatten ein Studio im Keller, und ich hörte ihnen stundenlang zu. Ich richtete die Mikrofone aus, wenn sie nicht zu hoch waren, oder bediente die Aufnahme- und Stopptasten.«

»Warum hast du eigentlich nie ein Instrument gelernt?«

Weil ich darin nicht gut war, sagte eine Stimme in meinem Kopf. »Ich hab versucht zu trommeln, als ich klein war, und sie haben mir natürlich beide Gitarrenunterricht gegeben. Aber ich hatte nicht genug Geduld. Und sie hatten so viel Talent. Nicht dass ich komplett taub wäre oder so. Wahrscheinlich höre ich Musik, wie du dir ein Kunstwerk ansiehst. Ich höre all die Nuancen der Komposition.«

»Gut gesagt«, meinte er.

»Wahrscheinlich ist das auch meine Sicht aufs Schreiben. Das war schon immer mein Ding, von Anfang an. Und Unterrichten, nehme ich an. Meine Brüder sind jedenfalls grässliche Lehrer.«

»Du bist eine sehr gute Lehrerin«, sagte er ernst.

»Und du bist ein guter Lehrer.«

»Was schreibst du denn eigentlich?«

»Vor allem biografische Skizzen, persönliche Essays. Von der Art, was du jetzt schreibst und worüber wir diese Texte lesen.«

»Ich würd's gerne mal lesen.«

»Mein Zeug?«, fragte ich ziemlich bestürzt.

»Klar, warum nicht?«

»Es ist schon eine ganze Weile her, seit ich es jemandem gezeigt habe«, sagte ich. *Du meinst, seit du es einem Typ gezeigt hast, einem Typ wie …*

»Ich wette, es ist gut.«

»Vielleicht«, sagte ich. »Vielleicht findest du es auch matschig.«

Er lachte.

Ein schöner Abend. So natürlich.

Unser Essen kam.

»Erzähl mir was von *deiner* Familie und *deinen* Erfahrungen auf der Insel«, sagte ich und wickelte Spaghetti auf dem Löffel um die Gabel. »Hast du Geschwister?«

»Zwei Schwestern«, sagte er, bevor er von seiner Pasta probierte. »Mmmm, köstlich.« Als er runtergeschluckt hatte, fuhr er fort. »Ich bin der Mittlere. Sie leben beide noch auf der Insel. Eine ist eine Fußballmutter, die andere Verwaltungsassistentin in irgendeiner Firma. Wir haben kein besonders enges Verhältnis. Mein Dad ...,« er brach ab. »Mein Dad hält nicht besonders viel von mir.«

Das wusste ich schon aus seiner biografischen Skizze.

»Das tut mir leid. Vielleicht hilft es dir, wenn ich dir sage, dass es mir mit meiner Mutter auch nicht anders geht.«

»Warum sollten wir dann so ein gutes Essen auf sie verschwenden?«, fragte er und hielt sein Weinglas hoch. Ich tat dasselbe. »Prost«, sagte er.

»Auf das Schöne«, sagte ich und sah ihn direkt an. Erst in der allerletzten Nanosekunde schlug ich die Augen nieder.

»Ja, genau.«

Wir stießen an und tranken. Devin machte eine Pause, bevor er weitersprach, als hätte ihn der Moment wirklich berührt.

»Was das Leben auf der Insel angeht, ich war ein normaler Junge, ich war immer mit meinen Kumpels auf den Rädern unterwegs. Einmal wurde ich verwarnt, weil ich in der Jungenstoilette geraucht hatte. Und meine Schallplatten hab ich bei *Record World* gekauft.«

»Und du hast dir Kunstbände angesehen und bist ins Museum gegangen. Klar, total normal.«

»Und du hast deine Nase in jedes Buch gesteckt, wette ich«, gab er mit einem verschmitzten Lächeln zurück.

»Mehr oder weniger, ich hatte so meine Phasen.«

»Aber du hast doch wohl keine Boy-George-Poster aufgehängt, oder?«

»Simon LeBon«, antwortete ich.

»Der war cool.«

»Und du?«

»Charlie's Angels.«

Ich verdrehte die Augen. Natürlich. »Nicht Janet Jackson oder Debbie Gibson?«

»Debbie Gibson war viel zu jung für mich. Mit Janets Musik konnte ich nichts anfangen.«

Tja, und wie kam es dazu, dass dieser normale Junge nun Frauen seine sexuellen Dienste anbot? Und davon lebte? Das wollte ich ihn eigentlich fragen. An welchem Punkt hatte er entschieden, dass das ein guter Karriereschritt wäre? Das hatte er doch kaum mit seinem Berufsberater in der Schule abgesprochen. Oder in einer Broschüre gelesen. Dafür gab es doch keine Anwerbetage. Aber ich fragte ihn nicht danach. Stattdessen nahm ich ihn in die Mangel: Welche Musik er mochte, zu welcher Highschool er gegangen war, warum er lieber in New York als in den Vorstädten lebte.

Die Zeit verging wie im Flug, und irgendwann sah ich uns beide von außen. Wir waren so unbefangen, lachten und erzählten uns Geschichten aus Long Island, aus der Zeit, bevor ich nach Massachusetts gezogen war. Als ich über meinen ersten Besuch in Boston sprach, wie ich mich auf der Suche nach der *Cheers Bar* verlaufen hatte, wie mich meine Brüder besucht hatten und darauf bestanden, dass wir ins *Samuel Adams Pub* pilgerten (das war deren *Junior's* – ich saß bei meinem Wasser, als sie Biere durchprobierten wie bei einer Weinverkostung), spürte ich einen Stich Heimweh nach Boston und seiner Geschichte, seinen Akzenten und seiner unregelmäßigen Straßenführung. Devin hörte mir sehr aufmerksam und interessiert zu, war ganz bei der Sache. Es war, als wären wir allein im Restaurant. Als hätten wir ein Rendezvous.

Die Rechnung übernahm Devin.

»Mach dir deswegen keine Sorgen«, sagte er.

»Aber Devin ...«

»Ich hab dich eingeladen.«

»Danke«, sagte ich immer noch nicht ganz überzeugt. Was hatte diese Geste zu bedeuten? *Ich bin ein netter Typ, es war meine Idee, also bezahle ich jetzt auch.* Oder: *Dies ist ein Rendezvous, ich bin der Gentleman, also zahle ich auch.*

Als wir nach dem Essen vor dem Restaurant auf dem Bürgersteig standen, hatte die Dämmerung gerade eingesetzt.

Er sah sich um, dann fragte er mich: »Hast du Lust auf einen Film?«

Das brachte mich komplett durcheinander. Was wurde hier eigentlich gespielt? Hatte er Angst, nach Hause zu gehen? Und warum musste er eigentlich nicht arbeiten? Er war doch immer ausgebucht. Aber ich brachte es nicht über mich, ihn damit zu konfrontieren. Wenn ich ihn an den Vertrag erinnerte, hieß das, dass wir unsere nächsten Treffen vergessen konnten, und das wollte ich nicht. Außerdem hätte er mich für meine bisherigen Leistungen bezahlen müssen, und ich hatte, ehrlich gesagt, gar keinen Clou, wie ich das in Rechnung stellen konnte. Vielleicht würde er sich ja auch weigern oder darauf bestehen, dass ich ihn bezahlte (was unglaublich teuer werden würde), weil ich ja schließlich eingewilligt hatte, ihn zu treffen. (Ich sah uns schon vor dem alten Fernsehgericht mit Richter Wapner und dem Gerichtsdiener Rusty, wie wir versuchten, den Vertrag zu erklären: »Wissen Sie, Euer Ehren, wir hatten da so eine Vereinbarung ...«)

Vielleicht war dies ja auch gar kein Rendezvous, sondern einfach nur ein unschuldiges Treffen unter Freunden, um es mal so zu sagen. Oder, vielleicht noch beängstigender, es war ein Rendezvous. Was, wenn er mich küsste? Was, wenn er mit mir schlafen wollte? Wäre das dann ein Teil unserer Vereinbarung? Dann würde er wohl den eigentlichen Grund herausfinden, warum ich Unterweisung brauchte.

Also sagte ich lieber nichts.

»Es wird langsam spät. Ich sollte zurück auf die Insel. Ich muss morgen arbeiten.«

»Du kannst immer bei mir übernachten – auf der Couch, meine ich.«

Mir war, als hätte ich einen Tritt in den Magen bekommen. Ich konnte mir niemanden schlafend auf Devins Couch vorstellen. Darauf zu sitzen war eine Sache, aber darauf zu schlafen? Das Möbelstück würde protestieren und mit einer einstweiligen Verfügung dagegen vorgehen. Sogar es eine Couch zu nennen, war schon eine Beleidigung.

»Trotzdem vielen Dank. Es war wirklich schön. Ich habe so etwas schon lange nicht mehr in der Stadt gemacht.«

Er fuhr in der U-Bahn bis zur Penn Station mit mir und bot mir sogar an, mich in der Long Island Railroad zu begleiten, um sicherzugehen, dass ich gut nach Hause kommen würde.

»Ich komme schon klar«, sagte ich. »Wirklich, vielen Dank.«

»Okay, Andi. Bis bald.«

Ich wartete auf einen Kuss, eine Umarmung … auf irgendwas. Ich hatte gesehen, wie er die Verlagsvertreterin Allison auf die Wange geküsst hatte. Aber jetzt? Hier? Nichts. Nicht einmal ein Händedruck.

Ich fuhr nach Hause, starrte an meinem Spiegelbild vorbei ins schwarze Fenster und ließ jedes Wort und jede Bewegung des Tages noch einmal ablaufen. Ein paar Reihen weiter saß mir ein junges Paar gegenüber. Ihr Kopf lag auf seiner Schulter und das blondgesträhnte Haar fiel ihr über die Augen. Eine Strähne strich er behutsam hinters Ohr, ohne sie beim

Schlafen zu stören. Dann küsste er sie auf den Scheitel, legte seine Hand auf ihr Bein, bevor er selbst die Augen schloss, als wäre das Leben für ihn in dem Moment vollkommen. Und das war es wahrscheinlich auch. Er sah so aus wie eine jüngere Version von Andrew.

Kapitel neun

FÜNFTE WOCHE UNSERER VEREINBARUNG

Das war gar nicht gut.

Seit Donnerstag hielt ich Wache neben dem Telefon und versuchte, es mit telepathischen Mitteln zum Klingeln zu bringen. Wenn ich geduscht oder die Post hereingeholt hatte oder kurz draußen gewesen war, prüfte ich zwanghaft auf dem Anrufbeantworter, ob Devin angerufen hatte.

In der Zwischenzeit beschäftigte ich mich irgendwie. Ich ging an den Jones Beach und versuchte zu lesen, oder mit dem Laptop zu *Starbucks* und versuchte zu schreiben, und ich aß noch mal mit meiner Mutter zu Mittag. Wir saßen uns im *Northport Restaurant & Diner* gegenüber, und meine Mutter machte eine Bemerkung darüber, dass die Ausschnitte meiner T-Shirts immer tiefer wurden.

Sie hatte immer schon gut ausgesehen – sie war eine von den Müttern, die in ordentlichen Hosen und geschminkt Lebensmittel einkaufen gingen, gut frisiert und mit passenden Accessoires. Als mein Vater starb, verbrachte sie Monate im Bett, und sie ließ den grauen Haaransatz rauswachsen. Fast über Nacht erschienen Falten auf ihrem kummervollen Gesicht. Als sie sich langsam wieder unter die Lebenden gesellte (und ich meine höllische Pubertät durchlebte), begann Mom mehr für sich zu tun, als nur ein glückliches Gesicht zu machen. Sie ließ sich liften, begann zu joggen und stellte ihre Garderobe neu zusammen. Während ich gegen meine krausen Haare und Snickers-Riegel ankämpfte. Und gegen zu viele Leggings und geerbte Jeans. Von meinen beiden älteren Brüdern konnte ich nicht lernen, wie man sich anzieht. Eigentlich hätte Mom mir helfen sollen, aber sie kritisierte mich nur. Rückblickend kommt es mir so vor, als hätten wir um Modegeschmack und

Attraktivität konkurriert – und sie wollte sich bestimmt nicht ausstechen lassen.

Auch heute hatte Mom sich wieder gut zurechtgemacht. Der silbern schimmernde Bob stand ihr ausgezeichnet, das Make-up stammte wohl aus Lancômes exklusiver Serie, und sie sah zehn Jahre jünger aus, als sie war. Mit dem Hosenanzug, dessen Jacke sie locker über ihr Seidenhemd und die bloßen Schultern gehängt hatte, wirkte sie wie eine Unternehmerin. Sie beklagte sich darüber, dass die Klimaanlage zu warm eingestellt sei.

»Und was machst du so?«, fragte sie, nachdem wir bestellt hatten.

»Ach, was man im Sommer so macht«, sagte ich und vermied es, ihr in die Augen zu sehen. »Du weißt schon, Lesen, an meinen Essays arbeiten, mich mit Freunden treffen.«

»Kenne ich die?«

»Ach, nur meine Freundinnen Maggie und Jayce«, sagte ich, während meine vernünftige Gehirnhälfte mit meiner verrückten diskutierte, ob ich Devin erwähnen sollte. Raten Sie mal, wer verlor. »Und einmal in der Woche fahre ich zu einem Kurs in die Stadt, einer Art Selbsthilfekurs.«

Sie sah mich irritiert an.

»Was für eine Selbsthilfe denn?«

O Mist! Ich bereute es sofort.

»Ach, das Übliche, du weißt schon.«

»Nein, weiß ich nicht«, sagte sie erstaunt. »Wobei brauchst du denn Hilfe? Ich meine, ich weiß ja, dass es dir nicht gut ging, nachdem Andrew dich betrogen hat …«

Ich korrigierte meine Mutter nicht.

»… aber jetzt geht es dir doch gut. Du arbeitest, zahlst deine Rechnungen, gehst aus.«

»Mom, ich will an mir arbeiten. Was ist daran falsch?«

»Ich glaube nur, dass du dein Geld aus dem Fenster wirfst, das ist alles. Dir geht es doch gut.«

Anscheinend war ich im Vortäuschen so gut geworden, dass ich selbst meiner Mutter etwas vormachen konnte. Damit aus meiner kleinen Lüge keine Lawine wurde, sagte ich lieber nicht, dass ich meine Dienste gegen die eines anderen tauschte, sondern rief die Kellnerin und bestellte einen von den riesigen Keksen, die sie hier hatten.

»Solltest du das essen?«, fragte meine Mutter, als die Kellnerin Sekunden später mit meiner Bestellung zurückkam.

Ich starrte sie an und befahl meinen Augäpfeln, sie mit Laserstrahlen zu beschießen, kaute mein Cookie und sagte nichts. *Zur Hölle, ja.*

Am folgenden Dienstag rief Devin an, um sich zu erkundigen, ob wir uns erst um halb acht treffen könnten.

»Was, hast du heute Abend keine Klientin?«, fragte ich ihn.

»Ich hab ihr abgesagt.«

»Warum?«

»Ich möchte dir die kultivierten Freuden eines Rendezvous in der Badewanne nahebringen.«

»Du nimmst mich auf den Arm.«

»Nein, ich meine es ernst.«

Ich war baff.

»Und das geht um zwei Uhr nachmittags nicht?«, fragte ich.

»Am Tag ist es nicht dasselbe. Man braucht die richtige Atmosphäre – Kerzen und so.«

Ich willigte ein, mich später mit ihm zu treffen, und rief Maggie in der Sekunde an, in der ich aufgelegt hatte.

»Kannst du dir vorstellen, dass er deswegen einer Klientin abgesagt hat? Wie viel Geld ihn das kostet!«

»Offensichtlich will er lieber mit dir zusammen sein«, sagte sie. Mein Herz machte einen Satz, auch wenn ich nicht so recht daran glauben konnte.

»Sein Partner ist bestimmt sauer auf ihn«, sagte ich.

»Wahrscheinlich hat er für Ersatz gesorgt. Er ist schließlich kein normaler Callboy.«

»Was mir gerade einfällt: Sollte ich vielleicht einen Badeanzug mitnehmen?«

»Warum denn das?«

»Na ja, entweder ich ziehe den Badeanzug an oder ich bin nackt.«

»Ich dachte, darum geht es?«

»Wahrscheinlich. Worauf hab ich mich bloß eingelassen, Mags?« Das fragte ich sie mindestens einmal die Woche, seit ich mich regelmäßig mit Devin traf.

»Nimm Wechselwäsche mit, für alle Fälle.«

»Für welche Fälle?«

»O Mann, dass du das auch noch fragen musst!«, sagte Maggie lachend. Mein Gesicht brannte, und ich beendete unser Gespräch abrupt.

Ich tauchte in Jeans, einem hellblauen Tanktop und Flip-Flops bei ihm auf, aber ohne Wechselwäsche. Meine Haare waren ziemlich gewachsen, sie waren fast schon lang genug für einen Pferdeschwanz. Sie wellten sich, und ich hielt sie mit einem Stirnband aus dem Gesicht. Devin sah in seiner üblichen Jeans und einem ausgebleichten *U2-Elevation*-Tournee-T-Shirt entspannt aus. Er war barfuß und solariumgebräunt, die braunen Haare trug er wie immer perfekt frisiert mit ein paar orange-blonden Strähnen im Pony.

Während meines Teils führte ich die Konzepte des Argumentierens und der klassischen Rhetorik ein. Wir diskutierten *Phaedrus*, Platos Antwort auf die Sophisten, und seine Abhandlung über provisorische versus absolute Wahrheit, die Devin jedoch verwirrte.

Ich erklärte es ihm so: »Die Sophisten waren eher die Gastgeber der Talkshows, die Fernsehprediger und Motivations-Coaches ihrer Zeit. Die Stephen Colberts. Redner, die man anheuern konnte. Mit ihrer großspurigen Art, Massen zu bewegen und sogar zu verzücken, erhielten sie den Status von Rockstars.«

»Hört sich nach guten Auftritten an.«

»Fand Plato nicht. Er meinte, dass Sophisterei nicht höher stehe als Kochkunst und dass Rhetorik nicht so sehr der Wahrheitssuche diene als vielmehr der Überredung.«

»Als du mich also einen modernen Sophisten genannt hast, war das gar kein Kompliment?«

Ich wollte etwas sagen, ließ es dann aber lieber bleiben. Was für ein verflucht gutes Gedächtnis er hatte!

»Aber jetzt kommt's«, sagte ich, seinen Kommentar ignorierend. »Wenn du den Text genau liest, merkst du, dass Plato die Leser *belehrt*, und dabei nutzt er Metaphern und stilistische Mittel der Rhetorik.«

»Na und?«

»Na und?«, entgegnete ich. »Ist dir denn nicht klar, dass ich genau denselben Kram heute noch unterrichte? Metaphern. Rhetorik als Mittel der Kommunikation und Überzeugung. Er hat Typen wie Aristoteles den Weg freigeräumt, der das Ganze dann systematisierte, mitsamt den unterschiedlichen Schreibformen und all dem.«

»Und die Wahrheit?«, fragte er.

»Was ist mit der Wahrheit?«

»Ist Rhetorik ein Mittel, das der Wahrheit dient oder nicht?«

»Plato war nicht der Ansicht«, erklärte ich. »Für ihn stand sophistische Rhetorik der Suche nach der absoluten Wahrheit sogar im Weg. Ich unterrichte es heute anders. Ich sage, dass die Sprache ein Weg ist, um Bedeutung zu erschaffen, um Wahrheit in vielen Formen auszudrücken. Plato wollte Rhetorik analytisch und dialektisch nutzen. Lies es noch einmal durch, dann wird dir die Dialektik zwischen Sokrates und Plato auffallen.«

Er runzelte die Stirn. »Danke, ich bin satt«, sagte er mit aufgesetzter Höflichkeit. Man hätte meinen können, ich wollte ihm eine zweite Portion Leber auftun.

Nun sollte er ein Warhol-Gemälde ohne all die Worte beschreiben, die man normalerweise in Artikeln über Kunst verwendete, und eine Rede schreiben – und da fiel ihm eine Metapher analog zu Platos Kochkunst ein, was mich gebührend beeindruckte. Als unsere Schreibarbeit zu Ende war, verließ Devin das Zimmer, um das Badewasser einzulassen, während ich wieder einmal im Loft herumspazierte und seine Kunstsammlung bewunderte. Er hatte ein neues Bild gekauft – klein und quadratisch, Öl auf Leinwand, unterschiedliche rote Schichten, die oben von einem gelben Streifen durchbrochen wurden, der wie gerissenes Papier aussah. Sehr abstrakt.

»Fertig!«, rief er.

Ich betrat das Badezimmer. Um einen großen, randvoll mit Schaumblasen gefüllten Whirlpool hatte er Kerzen platziert, die nach Lavendel und Vanille rochen und den Raum in warmes Licht tauchten. Dicke, weiche Handtücher lagen wie im Spa auf der Ablage des Whirlpools und Jazzmusik erklang leise von den Wänden. Die Lautsprecher konnte ich nicht sehen. Ich holte tief Luft.

»Wow«, sagte ich kaum hörbar.

»Gefällt's dir?«

Ich nickte. »Wie im Himmel.«

»Gut, dann nichts wie rein.«

Ich sah ihn zögernd an. »Soll ich mich ausziehen?«

»Es würde die Stimmung kaputt machen, wenn du in Klamotten reingehst, meinst du nicht?«

»Gibt es eine Alternative?«

»Hast du einen Badeanzug mitgebracht?«

Ich wurde rot. »Nein.«

»Dann gibt es keine Alternative«, erwiderte er. »Wenn du dir solche Sorgen gemacht hast, warum hast du keinen Badeanzug mitgebracht? Es ist ja nicht so, als hättest du nicht gewusst, was auf dich zukommt.«

»Du hast mir nichts davon gesagt.«

»Ja, denn ein Badeanzug läuft dem Zweck des Ganzen zuwider.«

»Mann, diese Wanne ist ja fast so groß wie ein kleiner Pool.«

Er lachte und sah mich geschmeichelt an, als hätte er sie selbst gebaut. »Also, gehst du jetzt rein oder wartest du noch auf eine gedruckte Einladung auf Büttenpapier?«

Ich sah den Whirlpool an. Die Schaumblasen sprudelten und blubberten leise vor sich hin. Ich dachte nach.

Warum nicht?

»Okay. Sieh nicht hin«, sagte ich. Er verließ den Raum. Ich zog mich nackt aus, legte meine Kleider übereinander neben die Wanne und stieg vorsichtig hinein, damit weder Schaum noch Wasser über den Wannenrand trat. Das Wasser war warm und weich wie Samt. Ich versammelte so viel Schaum wie möglich über mir, und dann lehnte ich mich mit geschlossenen Augen an das Frotteekissen.

»Okay«, rief ich. »Ich bin drin.«

Devin erschien mit zwei Champagnerflöten – Ginger Ale für mich und Champagner für ihn. (Er hatte jetzt immer Ginger Ale im Kühlschrank nur für mich.) Er sah mich erfreut an. Im Schatten der Kerzen wurde ich rot.

»Wie ist das Wasser?« Seine Stimme war so sanft wie die Atmosphäre des Raumes.

»Göttlich«, antwortete ich und öffnete mich mit jeder Sekunde mehr der Situation. Er kniete sich neben mich vor dem Rand der Wanne nieder und ich schloss wieder die Augen. Ich spürte eine fast magnetische Aura um ihn, die uns zusammenzog.

»Also, was willst du denn jetzt?«, fragte er mich. »Soll ich dir den Rücken einseifen, deine Haare waschen, dir die Füße massieren oder was?«

»Machst du das wirklich mit deinen Klientinnen?«

»Klar, wenn sie mich darum bitten.«

»Worum bitten Sie dich denn noch?«

»Ihnen andere Körperteile einzuseifen.«

Während ich mir ausmalte, welche Stellen das wohl sein könnten, öffnete ich die Augen und setzte mich etwas aufrechter hin, wobei ich mich wieder anspannte. Devin plätscherte mit einer Hand im Wasser.

»Ach, Andi«, sagte Devin, du warst gerade dabei, dich zu entspannen – ich konnte es deinem Gesicht ansehen. Jetzt bist du wieder verkrampft. Wie kommt das bloß?«

»Wir haben zu Hause nie über Körperteile gesprochen. Bei uns sprach man über Gitarrenteile, nicht über Körperteile.«

Er verdrehte die Augen, dann murmelte er: »Großer Gott, es ist ein Wunder, wie du empfangen werden konntest. Wo waren deine Eltern eigentlich zur Zeit des Zweiten Vatikanischen Konzils?«

Wo war meine Mutter gewesen?, fragte ich mich. Ich dachte an unsere Unterhaltungen beim Abendbrot zurück, und es kam mir so vor, als hätten mein Vater und meine Brüder nicht nur meine Erinnerungen, sondern auch die Unterhaltungen dominiert. Ich konnte mich nicht daran erinnern, dass meine Mutter sich je eingemischt hätte, außer um zu fragen, wer noch etwas haben wollte, oder um den Tisch abzudecken. Und wenn ich es mir recht überlegte, konnte ich mich ebenfalls nicht daran erinnern, auch mal zu Wort gekommen zu sein. Warum? Es war ja nicht so, als hätten mich meine Brüder total ignoriert. Nein, sie luden mich oft ein, mit ihnen und ihren Freunden bei *Howard Johnson* einen Milchshake zu trinken, oder ließen mich zusehen, wenn sie probten. Ihre Interessen waren auch meine. Aber das beruhte offensichtlich nicht auf Gegenseitigkeit.

»Keine Ahnung«, sagte ich lahm.

»Es ist doch schließlich nur ein Körper«, sagte er.

»Ein Körper ist das eine«, erwiderte ich. »Aber Körperteile sind etwas völlig anderes. Man hat schon das Bedürfnis, zu duschen, wenn man nur *Körperteile* sagt. Jedenfalls in meiner Familie.«

»Das ist doch absurd«, sagte er. »Warum sollte ein *Körper* steril und wissenschaftlich sein oder aber ein Kunstwerk, *Körperteile* aber beschämend und tabu? Das ergibt doch keinen Sinn. Wie können denn Körperteile weniger natürlich oder ästhetisch sein als der ganze Körper?«

»Vielleicht weil ein Körper mehr ist als die Summe seiner Teile?«

»Ich meine es ernst.«

»Ich auch, Dev.« Ich war selbst von meiner spontanen Namensgebung überrascht, fuhr jedoch fort. »Es gibt einige Körperteile, die ich nicht so gerne fotografieren und an die Wand hängen würde. Die Nase zum Beispiel. Eine hässliche Vorwölbung mit haarigen Löchern. Igitt. Hast du schon mal jemanden getroffen, der gesagt hat: *Wow, was hat das Mädchen für eine Nase!* Oder zum Beispiel …«

Devin ging nicht auf meinen Redefluss ein, stand auf, zog die Boxershorts aus, kam in die Wanne und setzte sich mir gegenüber hin. Ich hielt mich so gerade wie möglich, ohne ihm meine nackten Brüste zu zeigen, und versuchte gleichzeitig weiter zurückzuweichen.

»Entspann dich«, sagte er. »Hier ist genug Platz für uns beide. Außerdem sehe ich dich nicht an und berühre dich auch nicht, wenn du es nicht willst. Aber nur für die Akten: Ich habe genug nackte Körper gesehen und berührt, um zu wissen, dass …«

»… dass alle Körper schön sind. Ja, ja, den Spruch kenne ich schon.«

»Das ist kein Spruch«, sagte er verärgert. »Und ich wollte gerade sagen: um einer Frau ihre Hemmungen zu nehmen.«

Er wusste genau, woran er heute Abend arbeiten wollte. Er hatte meine Gedanken gelesen.

»Weißt du was?«, regte er an. »Wir unterhalten uns einfach, worüber du willst. Über Musik, das Wetter ... hast du gestern Abend das Spiel gesehen?«

Und so unterhielten wir uns über das Spiel der Yankees, und bevor ich es mich versah, war es, als säßen wir uns im *Junior's* gegenüber und nicht in einer kerzenbeschienenen Badewanne. Da wurde mir bewusst, dass mein ursprünglicher Widerstand wenig mit Hemmungen zu tun hatte und viel mehr damit, dass ich *wollte*, dass er meinen nackten Körper ansah und berührte, dass er mich begehrenswert fand. Ich strich mit dem Fuß an seiner Wade hoch und dann setzte ich mich vor ihn, und er liebkoste meinen Hals und Rücken mit einem nach Lavendel duftenden Schwamm, während wir leise miteinander sprachen. Ich vergaß meine Hemmungen und auch, dass ich nackt war, und lehnte mich in seine festen, starken Arme. In dieser Nacht verstand ich das Geheimnis, warum seine Klientinnen immer wiederkamen. Er wusste genau, was er tun musste, damit man sich sexy, hemmungslos und schön fand. Als wäre man die einzige Frau auf der Welt.

Aber wie fühlte *er* sich? Erregte ihn das? Musste er mit sich kämpfen, um nicht mehr zu tun, als meinen Rücken einzuseifen? Oder war ich einfach nur eine Klientin für ihn? Hatte er gelernt, wie er sich emotional und körperlich von den Frauen distanzierte, denen er diente? War das denn möglich? Schließlich war er ein Mann. Oder war er vielleicht schwul ... konnte es das sein?

Als die Kerzen langsam herunterbrannten und die Schaumbläschen eine nach der anderen platzten, stand er auf und hielt mir ein großes Handtuch hin. Ich versuchte zu sehen, ob er eine Erektion hatte, aber er war zu schnell für mich.

»Hier.« Er schloss die Augen und hielt mir das Handtuch

mit ausgestreckten Armen hin, von denen das Wasser herabtropfte. »Bist du so weit?«

Diese Geste berührte mich. Er hatte gerade eine geschlagene Stunde nackt mit mir verbracht, respektierte jedoch meine Privatsphäre ohne Wenn und Aber. Ich stand auf und wickelte mich in das butterweiche Handtuch, das er um mich legte, bevor ich aus der Wanne stieg.

»Mein Gott, das fühlt sich so gut an. Hast du eine ganze Flasche Weichspüler in die Wäsche gekippt?«

»Wie süß. Kann ich die Augen jetzt wieder aufmachen?«

»O ja, klar. Danke.«

»Bitte sehr.« Und damit stieg er schnell aus der Wanne und nahm sich ein Handtuch. »Und? Hat's dir gefallen?«

»Ich finde, wir sollten das einmal die Woche machen.«

Er grinste. »Du hast es gut gemacht. Du hast dich entspannt und dich wohl mit mir gefühlt. Ich bin stolz auf dich.«

Ich glühte. Dann sah ich ihn verblüfft an.

»Warum bist du mit mir in die Wanne gestiegen? Hast du nicht gesagt, dass du das normalerweise nicht machst?«

»Die Situation war danach – du brauchtest einen männlichen Körper und die Gewissheit, dass daran nichts Sündiges ist.« Er wurde rot und sah mit einem nervösen Lächeln weg. Gut, dass ich nicht die Einzige war, die das Ganze aufregte.

»Du bist wirklich unheimlich gut«, sagte ich, eher freundschaftlich als flirtend.

Er antwortete nicht. Er brauchte es gar nicht. In dem Moment fühlten wir uns einfach verbunden.

Ich fragte mich allerdings, warum ich nie so einen Abend mit Andrew verbracht hatte. Um es genau zu sagen, hatte ich noch nie eine so intime Begegnung mit irgendjemandem gehabt. Es lag nicht daran, dass Andrew keine sexy oder romantischen Sachen mit mir machen wollte. Er führte mich zu Candle-Light-Dinners oder sang mir einen Folk Song vor,

den er für mich geschrieben hatte, aber ich war seinen Annä-
herungsversuchen ausgewichen, und plötzlich konnte ich mir
absolut nicht vorstellen, warum. Warum hatte ich ihm nie *vertraut?* Ich war schließlich mit ihm verlobt gewesen. Wie konnte
ich einem Mann mehr vertrauen, den ich noch nicht einmal
geküsste hatte, einen Mann, den ich kaum kannte?

Im dämmrigen Licht des Badezimmers warf Devin einen
Blick auf seine Uhr, dann wickelte er mich enger ins Handtuch,
wie in die Sicherheit eines Kokons.

»Ich glaube, wir sind durch mit dem Tag«, sagte er und sah
mich ernst an.

Ich nickte albern. »Okay.« Ich starrte noch etwas vor mich
hin, bevor ich fragte: »Wie spät ist es denn?«

»Kurz nach zehn.«

»Mmmmmmmmmmm.«

Küss mich.

»Es wird spät.«

»Ja.«

KÜSS MICH!

»Willst du hierbleiben?«

»Okay.«

Bitte, bitte?

Er verließ das Badezimmer und kehrte gleich darauf mit
einem schwarzen T-Shirt zurück. »Hier«, sagte er und warf es
mir zu. Da ich quasi in einer Zwangsjacke steckte, fiel es lautlos
auf den Boden. Dann sagte er: »Ich schlafe auf der Couch.«

Die Worte explodierten in meinem Kopf und brachten mich
wieder zu Bewusstsein. Auf der *Couch?*

»Bist du sicher?«, fragte ich und versuchte meine Enttäuschung und Verwirrung zu verbergen. Hatte er mich nicht gerade
gefragt, ob wir die Nacht zusammen verbringen wollten? Waren
wir wieder zwölf? Wollte er jetzt Popcorn machen, und wir würden
die ganze Nacht wach bleiben und Duran-Duran-Videos gucken?

»Kein Problem.«

Ich trocknete mich still ab und streifte das T-Shirt über, während er sein Bett bezog. Dann kroch ich unter die Laken. Sie waren so überirdisch weich wie die Handtücher.

»Devin?«

»Ja?«

»Warum hast du mich gefragt, ob ich hier übernachten will?«

»Du warst im siebten Himmel. Kein Zustand, um zu dieser Zeit in den Zug zu steigen. Ich möchte nicht, dass dir etwas zustößt.«

»Oh.« Ich wusste nicht, ob ich mich über seine Aufmerksamkeit freuen oder über sein missverständliches Verhalten ärgern sollte.

»Gute Nacht, Andi. Schlaf gut.«

»Danke. Du auch.« Doch bevor er gegangen war, rief ich ihn noch einmal.

»Hey, Dev?«

»Ja?«

»Vielen Dank für alles. Dafür, dass du deiner Klientin abgesagt hast, meine ich. Das muss dich ganz schön was gekostet haben.«

Er sah mich mit einem zufriedenen Gesichtsausdruck an. »Gute Nacht«, wiederholte er.

Er löschte das Licht, und ich atmete seinen Duft in den Laken ein, bis ich nicht mehr anders konnte, als mich dem Schlaf zu ergeben.

Kapitel zehn

Am nächsten Morgen wachte ich von der schrillen Sirene eines Feuerwehrwagens auf und hatte einen kurzen Gedächtnisverlust. Doch der Geruch der Laken brachte mich in die Gegenwart zurück. Ich setzte mich im Bett auf und sah mich um. Die Wände waren salbeigrün gestrichen und sahen bei Tageslicht ganz anders aus als im gedimmten Licht des Abends. Heller. Edel. Dem Bett gegenüber hing die Lithografie einer Landschaft und ich hatte ganz plötzlich das Bedürfnis, durch sie hindurch in die dargestellte Welt zu springen wie Julie Andrews und Dick Van Dyke und die anderen in *Mary Poppins*.

Im Gegensatz zu der Unruhe der Stadt war es in der Wohnung selbst um – ja, wie spät war es denn überhaupt? – noch unheimlich still. Ich sah mich nach dem Wecker auf dem Nachttisch um, es war 9:41 Uhr.

Wo war Devin?

Das Schlafzimmer war vom Rest des Lofts abgeteilt. Als ich mich ganz weit über die Bettkante lehnte, um nachzusehen, ob er vielleicht im Wohnzimmer war, verlor ich das Gleichgewicht und fiel vom Bett auf meinen Ellenbogen.

Scheiße!

Ich rappelte mich eilig wieder auf, denn ich erwartete, dass Devin auf den dumpfen Fall hin hereingerannt käme. Er sollte mich nicht in einem Durcheinander von Bettlaken auf dem Boden vorfinden. Doch in der Wohnung blieb alles still. In seinem T-Shirt wagte ich mich wie eine verschreckte Katze vor und rief einmal vorsichtig »Devin?«, bekam aber nur das leise Echo seines Namens zu hören. Ich fühlte mich so, als wäre ich vor der Öffnungszeit in eine Galerie eingedrungen, als wäre ich irgendwo, wo ich nicht sein sollte.

Die Tür zum Badezimmer stand offen, die heruntergebrannten Kerzen von gestern standen noch dort. Auf dem Sofa waren keine Spuren eines Schläfers zu entdecken. Keine verkrumpelten Laken, kein Kopfabdruck. Ich sah mich auf allen Tischen und Arbeitsflächen nach einer Nachricht um. Nichts.

Er ist nicht hier.

Ich ließ mich aufs Sofa fallen und war zehn Minuten total außer Gefecht gesetzt, starrte die Tür an und versuchte ihn dazu zu bringen, zurückzukommen.

Warum hatte er mich hier allein gelassen? Würde er zurückkommen?

Ich suchte nach einer Erklärung: Vielleicht hatte er eine frühe Klientin. Vielleicht war es Teil seines Unterrichts, dass ich mich um mich selbst kümmern sollte. Oder er war unterwegs und brachte irgendeiner anderen verklemmten Stümperin bei, besser im Bett zu sein. Vielleicht hatte er ja durch mich einen Nebenerwerbszweig eröffnet. Oder er kaufte neue Kerzen oder etwas zu essen, um mir ein Frühstück zu machen. Das wäre ja nett.

Weitere fünf Minuten tödlicher Stille verstrichen. Die Tür blieb verschlossen. Was sollte ich bloß machen? Auf ihn warten? Wie lange denn?

Ich stand auf.

»Scheiß drauf.«

Ich ging ins Badezimmer. Dort sah ich neue Handtücher, genauso ordentlich zusammengelegt wie die von gestern Abend. Daneben Seifen, Deos und Shampoos in Probiergrößen, aber von exklusiven Firmen, und auf dem Waschbecken eine neue Zahnbürste. Aber kein Zettel. Im Schlafzimmer lagen meine Kleider ordentlich auf einem Stuhl neben dem Bett zusammengefaltet, was bedeutete, dass er irgendwann, während ich geschlafen hatte, im Zimmer gewesen sein musste, denn ich hatte die Klamotten auf einem Stapel im Badezimmer zurückgelassen. Aber auch dort kein Zettel.

Ich zog mich an und überlegte, ob ich sein T-Shirt mitnehmen sollte. Ich musste es waschen. Aber würde ich es je zurückgeben?

Ich knüllte das Oberteil zusammen und versuchte, es in meine Handtasche zu stopfen. Aber es passte nicht hinein, sondern quoll oben heraus. Als ich mich der Tür näherte, ging sie auf und Devin kam mit zwei großen Kaffeebechern und einer Papiertüte herein.

»Hey!«, sagte er, als wäre er überrascht, mich zu sehen. Als er mich von Kopf bis Fuß musterte, wurde mir bewusst, dass meine Haare bestimmt noch verfilzt und mein Gesicht fleckig waren.

»Gehst du schon?«, fragte er. »Ich hab Bagels geholt.«

»Mit Zwischenlandung in Cleveland oder was?«

Er lachte. »Sechs Straßen weiter gibt es einen tollen Laden, vor dem immer eine Schlange bis auf die Straße steht. Aber das Warten lohnt sich, wirst du gleich sehen.« Er warf die Tüte auf die Kücheninsel und stellte die Becher daneben ab. »Ich hab einen Chai mit Milch für dich und ein halbes Dutzend Bagels mitgebracht – ein normales, ein Pumpernickel, ein Körner, eins mit allem für mich …«

So sah Frühstück mit Devin also aus.

Meine Stimme war futsch.

»Gut geschlafen?«, fragte er.

»Ja, richtig gut.«

»Gut.«

»Und du?«, fragte ich.

»Auch gut.« Er lächelte, seine Augen funkelten. Er nahm zwei blaue Keramikteller von einem Regal über dem Waschbecken und stellte sie auf die Kücheninsel, dann hielt er mir die Tüte hin. »Und? Such dir eins aus.«

»Äh, ich muss gehen.«

Sein Lächeln verflüchtigte sich und das Funkeln verschwand aus seinen Augen. »Wie kommt's? Wir haben's doch nicht eilig. Ich muss erst heute Abend arbeiten.«

114

»Ich hab ein Planungstreffen«, log ich. »Und ich komme zu spät, wenn ich mich jetzt nicht in Bewegung setze. Ich muss noch duschen und mich umziehen.«

»Du kannst doch hier duschen. Ich hab dir alles zurechtgelegt.«

»Ja, hab ich gesehen. Danke, aber ich muss mich umziehen und meine Aktentasche holen.«

»Du hast noch nicht einmal mehr Zeit, dich hinzusetzen und was zu essen?«

Ich schüttelte den Kopf.

Enttäuscht sah er auf den Teller hinunter, den er für mich hingestellt hatte.

»Wahrscheinlich hätte ich dich wecken sollen. Na ja, nimm wenigstens ein Bagel mit für unterwegs.«

»Danke«, sagte ich und nahm einen normalen und die Hälfte der Servietten, die er vom Laden mitgebracht hatte.

»Frischkäse? Butter?«

»Ohne alles langt mir.«

Er schob mir einen der Becher hin. »Vergiss deinen Chai nicht.«

»Danke.«

Wir standen auf gegenüberliegenden Seiten der Kücheninsel und sahen uns an, als spielten wir Fangen.

»Tja«, begann ich, schon sicher, dass ich verlieren würde. »Noch mal vielen Dank für gestern Abend und dafür, dass ich hier schlafen durfte.«

»Gerne.« Dann fiel ihm auf, dass sein T-Shirt aus meiner Handtasche hervorquoll.

»Soll ich das T-Shirt hierlassen? Ich wollte es waschen und dir dann zurückgeben.«

»Brauchst du nicht.«

Enttäuscht zog ich es hervor und überlegte, wohin ich es legen konnte. Devin streckte die Hand aus. »Ich hab's«, sagte er.

Widerstrebend ließ ich es los.

»Tja«, sagte ich. »Ich bin spät dran.«

»Okay. Bis bald.«

»Ja, bis bald.«

Wir gingen auf die Tür zu, er öffnete sie und hielt sie mir auf. Gerade als ich durchgehen wollte, mit meinem Bagel und dem Chai, beugte er sich vor und hauchte mir einen Kuss auf die Wange. Die Geste überraschte mich dermaßen, dass ich fast einen Satz gemacht hätte, um ihr zu entgehen.

»Bis bald«, sagte er noch mal.

Ich rannte fast zur U-Bahn-Station.

»Warte mal … was mache ich hier eigentlich?«, fragte ich mich laut. Ich hatte es geschafft, mich selbst davon zu überzeugen, dass ich zu einer Sitzung musste, obwohl ich den ganzen Tag überhaupt nichts vorhatte.

Auf dem Bahnsteig schlugen mir wilde Horden von Pendlern meinen Bagel aus der Hand. Er kullerte langsam auf die Gleise hinunter, wo ihn die Nagetiere fressen würden. Als der Zug in die Penn Station einfuhr, war ich sehr niedergeschlagen. Und bevor ich in die Bahn stieg, warf ich den Becher Chai Latte fort. Er war mindestens noch halb voll.

Kapitel elf

»Ich kapier's nicht«, sagte Maggie und warf die dritte Süß-
stofftablette in ihren Eiskaffee. »Warum bist du denn gegangen?«

Maggie und ich saßen uns im *Empress Diner* in der Nähe
des Wantagh Parkway gegenüber. Ich hatte sie angerufen, als
der Zug aus der Penn Station gefahren war, und sie gefragt, ob
sie sich mit mir zum Lunch treffen würde. Ich brauchte eine
Freundin.

»Ich weiß es nicht. Ich musste einfach da raus. Ich konnte es
nicht mehr aushalten.«

»Was konntest du nicht mehr aushalten?«

»Die Enttäuschung«, antwortete ich. »Erst zieht er mich mit
dieser supersexy Badewannen-Einladung an Land, dann fragt
er mich, ob ich bei ihm bleiben will, schläft aber auf dem Sofa.
Und als ich aufwache, ist er noch nicht mal da. Dann kommt er
mit einer Tüte Bagels zurück – das ist doch kein Frühstück. Zur
Hölle, das kann ich doch an jeder Straßenecke bekommen.«

»Hast du denn einen Brunch erwartet?«, fragte Maggie.
»Wirklich, Andi, du bist einfach zu streng mit ihm. Woher willst
du denn wissen, dass er es dir nicht richtig schön angerichtet im
Bett servieren wollte?«

Das stimmte. Ich wusste es nicht.

»Außerdem war das alles noch Teil des Unterrichts, oder?«,
meinte sie. »Das war doch kein richtiges Rendezvous. Und er
hätte dich nicht einladen müssen. Er hätte dich genauso gut
allein auf deinem kleinen Endorphin-Hoch auf den Straßen
herumlaufen lassen können. Wenn du mich fragst, hat er ganz
schön auf dich Rücksicht genommen.«

Das stimmte auch.

»Und warum macht er dann nicht weiter?«, fragte ich. »Wenn er sich so viel Mühe gibt und so viel Zeit mit mir verbringt und sich um mich kümmert, warum geht er nicht bis zum Ende?«

Ich fand, das war eine gute Frage. Aber er ging auch mit seinen Klientinnen nicht bis zum Ende. Warum nicht?

»Warum machst du es dann nicht?«, fragte sie mich. »Du hast doch genauso viele Gelegenheiten gehabt, ihn zu küssen, oder?«

Verdammt, schon wieder ein Punkt zu ihren Gunsten.

»Ich kann es nicht«, sagte ich.

»Warum nicht?«

»Ich weiß es nicht.« Das war die Wahrheit. Irgendetwas hinderte mich jedes Mal daran. Vielleicht die Angst, zurückgewiesen zu werden. Oder der verdammte Vertrag. Was auch immer es war, ich wurde allmählich stinksauer.

»Wenn dich das so aus der Fassung bringt, dann solltest du es ihm sagen. Oder die ganze Vereinbarung kippen.«

Wenn ich ihm sagte, dass ich mir mehr erhofft, dass ich gestern Nacht mehr gewollt hatte, dann musste ich ihm ja auch meine Gefühle gestehen, und das beabsichtigte ich nun wirklich nicht. Erstens wäre es ein weiterer Vertragsbruch. Und außerdem hatte ich Angst davor, dass er mir sagen würde, wie idiotisch es von mir wäre, mich auf so eine Illusion einzulassen. Mann, nach all dieser Zeit fühlte ich immer noch den Stich von Andrews Ablehnung, und die Erniedrigung, weil ich irrtümlicherweise gehofft hatte, dass ich es wert wäre, auf mich zu warten.

Nein, ich konnte nur cool tun und vorgeben, dass ich nicht mehr bräuchte und wollte, noch nicht mal einen Bagel. Dass ich befriedigt nach Hause gegangen wäre. Wie sollte ich auch wissen, dass sich Devin so nicht hinters Licht führen ließ.

Am selben Nachmittag rief er mich an.

»Ich wollte mich nur vergewissern, dass du pünktlich zu deiner Sitzung gekommen bist«, sagte er.

»Oh, ja, alles in Ordnung.« Ich fühlte mich schuldig, weil ich weiter log. »Es tut mir wirklich leid, dass ich heute Morgen so rausgerannt bin.«

»Kein Problem.«

Ich machte eine kurze Pause. »Na, und hast du vielleicht Lust, heute Abend das Spiel anzusehen oder eine DVD oder so?«

Wo kam das denn jetzt her?

Ohne auch nur den Bruchteil einer Sekunde zu zögern, antwortete Devin: »Heute kann ich nicht. Ich hab eine Klientin, weißt du nicht mehr? Wie sieht's morgen Nachmittag aus? Wir können uns einen frühen Film ansehen. Gibt es das *Shore Theatre* in Huntington Village noch?«

»Ich glaube schon.«

»Okay, dann lass uns das doch machen. Mann, ich bin da hundert Jahre nicht mehr gewesen.«

»Ich auch nicht«, sagte ich.

Ich wartete darauf, dass er sagte, dass es ein Rendezvous sei. Aber stattdessen sagte er: »Weißt du, ich hab wieder versucht, diesen Plato zu lesen, nachdem du gegangen bist.«

Ich musste albern grinsen, er hätte doch auch sagen können: *Weißt du, ich habe den ganzen Tag an dich gedacht.*

»Und?«

»Ich verstehe es immer noch nicht.«

»Dann lies es noch mal.«

»Kann ich mir nicht einfach reinziehen, was Cliff drüber schreibt?«

Ich lachte. »Mann, bist du aber hinterm Mond. Die Studenten sprechen jetzt von den SparkNotes, die sind auch online. Und ich glaube nicht, dass es die für *Phaedrus* gibt.«

»Sollten sie aber.«

Wir unterhielten uns noch ein paar Minuten darüber, wie wir Shakespeare und Homer in der Highschool mithilfe der CliffNotes gelesen hatten. Und dann einigten wir uns darauf, dass ich ihn am nächsten Tag an der Hicksville Station abholen würde.

Nachdem wir aufgelegt hatten, ging ich an den Computer, öffnete Google und suchte nach SparkNotes und *Phaedrus*. Zehn Treffer. Überrascht ging ich sie durch und überlegte mir, sie für Devin auszudrucken. Nee, dachte ich dann. Das soll er doch selbst rausfinden.

Kapitel zwölf

Ich holte Devin auf dem Bahnsteig von Hicksville ab, und dann stiegen wir in meinen blauen Corolla und fuhren nach Huntington, wo es inzwischen so voll war wie in Manhattan. Bars, Pizza-Imbisse, griechische Restaurants, Cafés, Rechtsanwälte, Delikatess- und Klamottenläden säumten die Main Street, die Wall Street und die New York Avenue. Während meiner Teenagerzeit hatte ich mich mit meinen Freundinnen immer im Zentrum am *Shore Theatre* an der Wall Street getroffen. Früher beherbergte es unsere vier armseligen Kinos, doch nach einem großen Feuer hatte es eine erstaunliche Metamorphose durchgemacht. Nach der Renovierung gab es neue Kinos mit gestaffelten Sitzreihen und freiem Blick, neue Sound-Systeme und dazu einen neuen Namen: das *Shore Multiplex*, das jetzt irgendeiner Kinogesellschaft gehörte.

Wir kauften zwei Karten für die Nachmittagsvorstellung, um *Die Bourne Verschwörung* anzusehen, und waren an diesem Donnerstagnachmittag Anfang August zwei von fünf Kinobesuchern. Trotz meiner Einwände bestand Devin darauf, die Karten zu bezahlen. »Du bist ja schon gefahren«, sagte er. Wir setzten uns relativ weit hinten an den Gang. Ein Mann im mittleren Alter saß fünf Reihen vor uns in der Mitte, und eine Frau und ein Mann in Bürokleidung hatten sich die letzte Reihe unter dem Projektor ausgesucht.

»Glaubst du, sie schwänzen die Arbeit und wollen hier vögeln?«, flüsterte Devin mir zu, als ein Hotdog auf der Leinwand die Besucher bat, ihre Handys auszustellen.

»Meinst du, sie sind mit anderen verheiratet?«, flüsterte ich zurück.

»Meinst du, sie denken dasselbe über uns?«

»Eher nicht, weil wir sitzen, wo wir sitzen.«

Er lächelte. Mann, sogar in der Dunkelheit des Kinos funkelten seine Augen.

Und dann konnte ich feststellen, dass Devin im Kino sehr gesprächig war. Er redete nicht nur über das, was sich auf der Leinwand abspielte, sondern auch über das ganz normale Leben. Als Matt Damon zum Beispiel durch einen Flur kroch, erzählte er mir, dass es dort aussah wie in einem Gebäude in New York, das einer seiner Klientinnen gehörte und in dem sie einmal Verstecken mit ihm gespielt hatte. Normalerweise hätte ich ihm gesagt, er solle die Klappe halten, oder ihm einen Twizzler-Riegel in den Mund gestopft, und wenn es meine erste Verabredung mit ihm gewesen wäre, hätte ich mir geschworen, dass es nicht zu einer zweiten kommen würde. Aber er laberte immer weiter, und ich saß nur da und dachte: *Bitte leg deine Hand auf mein Knie, bitte leg deine Hand auf mein Knie, bitte leg deine Hand auf mein Knie.*

Ich fröstelte und verschränkte die Arme, die Klimaanlage war wohl auf Tundra gestellt.

»Frierst du?«, fragte er mich. Jetzt flüsterte er nicht mehr.

»Ich spüre meine Zehen nicht mehr.«

Er setzte sich jetzt so, dass er mich ansehen konnte, und beugte sich ungelenk vor, umarmte mich – für den Bruchteil einer Sekunde dachte ich, er wollte mit mir schlafen – und rieb meine Arme ab, um mich zu wärmen. Er versperrte mir nicht nur die Sicht auf die Leinwand, meine Körpertemperatur schnellte auch in Sekunden von minus dreihundert auf plus sechzig Grad hoch. Das war die Wirkung seiner Hände auf meiner Haut.

Ich wand mich. »Dev, ich kann nichts sehen.«

Er hörte auf und lehnte sich in seinem Sitz zurück. »Tut mir leid«, sagte er. Aus dem Augenwinkel sah ich, wie er blicklos auf die Leinwand starrte, es sah so aus, als würde er sich selbst genauso ausschimpfen, wie ich es oft tat.

»Eigentlich wollte ich sagen: Vielen Dank«, meinte ich. Er nickte. War er wirklich verlegen?

Als der Film zu Ende war und die Lichter angingen, stand ich auf, reckte mich und sah mich um. Das Pärchen hinter uns war gegangen, ich fragte mich, wann das gewesen sein mochte. Der Mann vor uns stand auf und ging hinaus. Devin blieb sitzen.

»Siehst du dir gerne den Nachspann an?«, fragte ich ihn.

»Die Leute haben hart dafür gearbeitet, dass ihre Namen hier über die Leinwand flackern. Das sind wir ihnen schuldig.«

»Einmal wurde ein Song von meinem Bruder Joey in einem Film gespielt.«

Devin machte große Augen. »Wirklich? In welchem Film?«

»So 'ne Art unabhängiger Film«, antwortete ich. »In der Art von *Die Sopranos* treffen auf *Harry und Sally*. Ein Mann und eine Frau aus befeindeten Familien freunden sich an, bla bla bla. Joeys Song wurde gespielt, als der pöbelnde Vater den Freund vermöbelt hat. Ironischerweise heißt der Song *Peace in the Valley*. Ein jazziges Instrumentalstück.«

»Hört sich cool an.«

Nach dem Abspann gingen wir aus dem Kino und blinzelten im Sonnenlicht. Ich ließ mich wieder aufwärmen, setzte die Sonnenbrille auf und sah mich um.

»Mein Gott, ich bin seit Jahren nicht mehr hier gewesen«, sagte ich und meinte damit Downtown-Huntington. »Mehr als zehn Jahre, wahrscheinlich sogar fünfzehn.«

»Ich auch nicht«, sagte er. Er trug Ray Bans für zweihundert Dollar. »Wollen wir ein bisschen rumlaufen? Uns ansehen, was sich verändert hat?«

Wir schlenderten durch das Zentrum und zeigten uns die Bars und Clubs, in die wir mit gefälschten Ausweisen gekommen waren, die zugenagelten Spelunken, in denen meine Brüder gespielt hatten, und das Gebäude, wo früher der Schuhladen gewesen war, in dem meine Mutter uns diese Buster Browns, richtige Streberschuhe, gekauft hatte. Als wir uns auf einer Nebenstraße dem Parkplatz näherten, sagte Devin: »Das hat Spaß gemacht.«

Was zum Teufel meinte er damit? *Es macht Spaß, Zeit mit dir zu verbringen, weil du es bist und ich dich sehr mag, mehr als nur eine Freundin,* oder *es macht Spaß, weil es ein schöner Tag ist und ich als beschissener Callboy über meinen Tag bestimmen kann und ganz viel Geld verdiene,* oder *es macht Spaß, weil du meine Freundin bist und Freunde solche Sachen an einem Sommertag tun?*

Diesmal beschloss ich, genauer nachzufragen: »Wie meinst du das?«

Die Frage schien ihn zu verwundern: »Es macht … einfach Spaß, mit dir was zu unternehmen.«

Mir sank das Herz. Die Antwort mit dem beschissenen Callboy wäre mir lieber gewesen.

»Danke«, sagte ich.

»Wollen wir schon irgendwo etwas essen?«, fragte er.

»Klar. Lass uns bei *Francesco* auf der Route 110 Pizza essen. Dort bin ich auch schon seit Urzeiten nicht mehr gewesen.«

Ich fuhr uns hin, und wir teilten uns einen Peperoniauflauf, aßen eingelegten Knoblauch dazu und erzählten uns noch mehr Geschichten über unsere Jugend in den Achtzigern und wo wir abgehangen hatten (ich in der Walt Whitman Mall, er an der Sunken Meadow Promenade oder in den Diner-Imbissen in und um Massapequa). Dann fragte mich Devin über Massachusetts aus. War das Seafood wirklich so gut? Wie waren die Strände im Vergleich zu unseren? Welche Stadt mochte ich lieber, Boston oder Manhattan? Dehnten sie dort wirklich die Vokale so? Und so weiter. Im Verlauf des Gesprächs bekam ich immer mehr Heimweh nach den geschmacklosen Bagels, der abscheulichen Pizza und der tröstenden Wärme der Muschelsuppe. Ich sehnte mich danach, mit meinen Freunden

Baseballspiele anzusehen oder Tennis zu spielen und die Meeresbrise zu riechen, die zu Sonnenuntergang durch meine geöffneten Fenster hereinwehte. Ich wünschte mir wieder ein langsameres Lebenstempo.

»Ist alles okay mit dir?«, fragte er.

»Ja«, sagte ich wehmütig.

»Du bist eine Million Meilen entfernt.«

Langsam schüttelte ich den Kopf. »Nur jenseits der Braga-Brücke.«

Wir sahen uns die Zugfahrzeiten an, und ich fuhr ihn nur an die Huntington Station und nicht den ganzen Weg bis nach Hicksville. Sich am Abend dem Ansturm der Rushhour zu stellen, war ungefähr so, als führe man eine Einbahnstraße hinunter, auf der eine Herde wild gewordener Stiere auf einen zugerast kam. Statt einzuparken und ihn zum Gleis zu bringen, hielt ich mit laufendem Motor bei den Taxen an.

»Vielen Dank, Andi.«

»Ja, es hat wirklich Spaß gemacht«, sagte ich und ärgerte mich sofort über das Wort Spaß.

»Es war einfach unheimlich schön.«

»Ja, fand ich auch.«

Wir saßen eine ganze Minute da rum wie bei einer ersten Verabredung und wussten beide nicht, was wir machen sollten. Keiner wollte den ersten Schritt tun. Die Klimaanlage surrte laut.

Genau wie am Morgen davor lehnte er sich schnell vor und küsste mich auf die Wange, bevor ich die Möglichkeit hatte, mich zu bewegen oder ihn zu küssen.

»Bis nächste Woche«, sagte er, stieg aus dem Auto und bahnte sich einen Weg durch die herausströmenden Pendler.

Ich fuhr ganz still nach East Meadow, selbst die Klimaanlage störte mich nicht. Wahrscheinlich näherte Devin sich schlafend der Penn Station, während ich mich langsam Zentimeter um

Zentimeter die Jericho-Schnellstraße herunterarbeitete, hellwach und tief in Gedanken. Es war wirklich ein sehr schöner
Tag gewesen.

Kapitel dreizehn

AUGUST

SECHSTE WOCHE UNSERER VEREINBARUNG

In der sechsten Woche wurden der Unterricht und die Hausaufgaben riskanter, herausfordernder und rhetorischer. Devin ließ mich an einem phallischen Wassereis lutschen, ich ließ ihn Kommentare schreiben über eine Razzia im Prostituierten-Milieu, bei der der festnehmende Beamte anscheinend eine Prostituierte vergewaltigte, nachdem diese sich offenbar geweigert hatte, es ihm umsonst zu machen, wenn er sie laufen ließ. Er setzte sich mit logischen Trugschlüssen auseinander, ich machte alle möglichen Stretching-Übungen, um gelenkiger für diverse sexuelle Positionen zu werden. Ich trug ihm auf, Aristoteles' *Rhetorik* zu lesen, wofür ich im Gegenzug den Film *Sex für Paare – So machen Sie mehr aus Ihrem Liebesleben* ansehen musste, der den Titel *Abspritzen mit den Jones* verdient hätte.

Devin bat mich darum, ihm die verschiedenen Schreibformen zu erläutern, und ich skizzierte ihm, was man in der Rhetorik unter die Kategorien Einleitung, Darlegung des Sachverhalts, Beweisführung und Redeschluss subsumierte. Außerdem beschrieb ich ihm, wie man sie nutzen konnte, um mit sprachlichen Mitteln seine rhetorischen Ziele zu erreichen.

»Und was hast du gegen sie einzuwenden?«, fragte er.

»Eigentlich nichts«, antwortete ich. »Es ist nur die Art und Weise, in der sie unterrichtet werden.« Dann ließ ich mich zu einer Schmährede hinreißen: Meistens unterrichtete man die Schreibformen, einzeln und aus dem Zusammenhang gerissen, als lineare Formeln, was dazu führte, dass die Studenten ihre eigentlichen Ziele aus den Augen verloren und sich stattdessen auf das fertige Produkt konzentrierten, das dann zwar allen formalen Kriterien entsprach, in dem es aber keinen einzigen originellen Gedanken mehr gab.

»Mit anderen Worten: Sie werden nicht als Mittel *zum* Zweck unterrichtet, sondern als Mittel *und* Zweck«, sagte Devin.

»Du hast's kapiert, Baby«, sagte ich, und mein Adrenalinpegel stieg rasant an. »Das ist der heutige Traditionalismus in seiner puritanischsten Form.« Dann fasste ich Robert Connors Artikel *Aufstieg und Fall der Schreibformen* zusammen und gab Devin einen Crashkurs in der Geschichte des Unterrichtsfachs Kreatives Schreiben an amerikanischen Universitäten. Er hörte meinen Ausführungen mit einem merkwürdigen Ausdruck von Freude und Bewunderung zu.

»Du bist ein akademischer Snob – weißt du das eigentlich?«, provozierte er mich. »Wie weißt du denn, dass du auf deine eigene Art und Weise nicht auch irgendwie eine Fundamentalistin bist?«

»Eine gute Schreiblehrerin«, erwiderte ich. »hat alle Theorien verinnerlicht und unterrichtet sie auch. Ich spreche auch über die Schreibformen – aber es ist nicht so, als würde sich mein ganzer Kurs um sie drehen. Ich finde sie aber genauso notwendig wie den klassischen Kanon seit Aristoteles. Ich unterrichte Schreibtheorien in Hinblick auf ihren jeweiligen spezifischen sozialen Kontext, und die Genres, die in diesem Kontext entstehen, je nach ihrem eigentlichen rhetorischen Zweck und den Lesern. Ich ermuntere meine Studenten zur Metakognition, indem sie ihren eigenen Schreibprozess reflektieren. Schlussendlich glaube ich jedoch an die Kraft des Ausdrucks und an Prozess-orientierte Methoden: Sprache zu gebrauchen, um Bedeutung zu schaffen und das eigene Selbst im Verhältnis zu anderen verstehen zu lernen. Und das ist kein Rundum-Sorglos-Paket. Es funktioniert nämlich nicht immer. Aber bei mir schon.«

»Trotzdem bist du ein Snob.«

»Und meine Rhetorik-Professorin liebt mich dafür.«

Devin hatte seine biografische Abhandlung beendet:

Wie gewonnen, so zerronnen

Als ich elf Jahre alt war, habe ich mit der fünften Klasse einen Ausflug zu einer Picasso-Ausstellung ins Museum of Modern Art nach New York gemacht. Ich wäre lieber ins Shea-Stadium gefahren, um dem Schlagtraining zuzusehen, oder hätte am Jones Beach ein paar Surfstunden genommen. Mir Bilder anzusehen, stand ziemlich weit unten auf der Liste meiner Freizeitveranstaltungen. Vor dem Ausflug hatten wir uns eine Woche mit Picasso beschäftigt, aber ich erinnere mich nur noch daran, dass er irgendein komischer spanischer Kauz war, angeblich ein Genie.

Da ich an der Südküste von Long Island aufgewachsen war, beeindruckte Manhattan mich nicht so wie jemanden, der aus einem anderen Teil des Landes kam, einem idyllischeren und weniger dicht bevölkerten. Schließlich war es immer da. An klaren Tagen konnte man sogar von einem bestimmten Punkt am Northern State Parkway ganz schemenhaft die Doppelspitze der Twin Towers erkennen. (Natürlich nur, wenn man Ausschau nach ihnen hielt.)

Dies war mein erster Besuch im MOMA, und ich erwartete nicht, dass das Museum mich beeindrucken würde, sondern eher, dass ich gelangweilt wäre. Doch in dem Moment, in dem ich das Museum betrat, war das alles wie weggeblasen. Dieses Marmorschloss – gigantisch hohe Wände voller Bilder, Skulpturen, Zeichnungen und Wandteppichen warteten darauf, dass ich sie erkundete, und ich konnte gar nicht alles auf einmal aufnehmen. Ich hatte große Lust, auf den schimmernden Fluren auf meinen Socken entlang zu rutschen, doch plötzlich verkündete ein Dozent, *dass die Führung durch die Ausstellung jetzt beginnen sollte. (Den Begriff* Dozent *sollte ich später noch in anderem Zusammenhang hören, aber damals als Elfjähriger bedeutete er einfach nur: langweiliger alter*

Führer.) Ein magerer Mann mit weißen Haaren, der uns jedes Gemälde so ausführlich erklärte, als wären wir Kunsthistoriker und freiwillig hier – und keine genervten Kinder, die lieber ins Shea Stadium gegangen wären. Meine Mitschüler langweilten sich und machten sich über ihn und die Bilder lustig, indem sie seine Stimme und Gesten nachäfften.

Schon im zweiten Raum hörten wir dem Dozenten nicht mehr zu. Wir kamen an einem anderen Raum vorbei, der meine Aufmerksamkeit erregte. Ich stahl mich von meinem gefürchteten Kumpel *Steven Marino weg (der eigentlich gar nicht mein Kumpel war; wir alle hatten einen, damit wir auf Ausflügen nicht verloren gingen). Als wir ein kubistisches Gemälde von Picasso ansahen, entkam ich der Truppe.*

In diesem neuen Raum stand die Zeit still. Das erste Bild, das ich sah, beanspruchte fast eine ganze Wand. Es kam mir bekannt vor, wie ein Fingerfarbenbild aus meiner Kindheit. Aber als ich näher heranging, konnte ich fast jede nur vorstellbare Farbe in den hingeworfenen winzigen Pinselstrichen ausmachen. Ich sah alles verschwommen und konnte keine Umrisse oder Formen mehr erkennen; aber ich konnte die Bewegung des Künstlers sehen, als wüsste ich, was er gedacht hatte, als er es malte. Wenn ich wieder zurücktrat, lösten sich die vielen Farben und Pinselstriche vollkommen in die Formen von Wasserlilien auf. Ich spazierte im Raum herum und ging so nah an die Bilder heran, wie ich mich traute. Ich lief fast auf den Zehenspitzen, aus Angst, die Bilder zu stören – sie sahen so lebendig aus und ich war ein Spion.

Ich muss einen merkwürdigen Anblick abgegeben haben: ein Elfjähriger in Jeans, einem Glitzer-T-Shirt von den Rolling Stones und Adidas-Turnschuhen, der von den Bildern an den Wänden fasziniert war. Mir war das egal. Ich war eingetaucht in das Gestöber von Tausenden von Pinselstrichen. Gewagte und sanfte, rote und grüne, alle übereinander, alles in einem Raum.

Das Gemälde von einer Ballerina, das fast versteckt in einer Ecke hing, war das atemberaubendste von allen. Sie sah aus, als wollte sie aus dem Rahmen hervorspringen und nur für mich tanzen. Sie sah so vergänglich, zierlich und sinnlich aus.

Das war also Kunst. Plötzlich war Picasso nicht mehr irgendein komischer spanischer Kauz, und dies waren nicht irgendwelche Gemälde – es waren Formen, Umrisse, Farben. Es war wie mit den Twin Towers: Du musstest wissen, wohin du gucken solltest. Sie nahmen mich mit an einen Ort, der weit entfernt war von meinen Kindheitserfahrungen mit Pappmaschee und Fingerfarben, in eine Welt, die so weit aus der Zeit entrückt schien, wie ich von meinen Klassenkameraden entfernt war, bis eine der uns begleitenden Mütter mich fand (Stephen musste mich wohl verpetzt haben). Sie zerrte mich wieder zu den anderen Schulkindern zurück, die immer noch ein Bild nach dem nächsten ansahen. Ich erinnere mich nicht mehr, ob meine Lehrerin böse mit mir war, weil ich mich aus der Gruppe entfernt hatte, denn ich bereute meine Flucht nicht. Ich hörte nicht, wie sie mich bestrafte, ich sah nur, wie ihre Lippen sich in winzigen, gewagten Pinselstrichen aus allen Rottönen bewegten. Der Dozent redete weiter auf uns Kinder ein, und wir sahen uns stumpfsinnig die Picassos an, die Mütter behielten mich im Auge und ich sah alles und nichts: nichts, was real aussah, die ganze Welt in Pinselstrichen. Solche Bilder wollte ich auch malen.

Am selben Abend, ich war noch immer ganz erfüllt von meiner Entdeckung, verkündete ich meinen Eltern, dass ich Künstler werden wollte. Ich war mir ganz sicher.

Mein Vater knurrte etwas Unverständliches, meine Mutter sah lange genug von ihrem Buch auf, um zu sagen: »Das ist ja schön.«

Ich versuchte es noch einmal. »Dad«, drang ich in ihn, »ich werde Künstler – ein Maler.«

»Alles, was Männer anmalen, sind Häuser.«

»Aber ...«

»Wenn du Maler werden willst, solltest du dir als Erstes mal ein paar Feenflügel malen.«

Das war's. Ich sagte nichts mehr und ging hinaus.

An dem Tag brach mir das Herz. Ich entdeckte eine Leidenschaft und verlor sie auf eine Art und Weise, die so schnell und vergänglich war wie die Pinselstriche. Ich hatte erfahren, was Schönheit war und eine neue Art zu sehen gefunden, und das konnte ich nicht mehr ändern oder vergessen. Genauso wenig wie ich meinen Vater dazu bringen würde, die Harmonie des Chaos in einem einzigen Pinselstrich zu erkennen. Meinen Vater sah ich nicht mehr verklärt, sondern in den ausgewaschenen Farben der Wirklichkeit. So wie er wollte ich nie werden. Er stand für alles, was ich nie sein würde.

In den folgenden Jahren machten wir noch mehr Ausflüge in Museen, aber nie mehr sollte ich eine ähnliche Hochstimmung wie bei meiner Flucht und die Freude der Zeitlosigkeit erleben wie in der fünften Klasse. Aber ich entdeckte die Einsamkeit und ließ sie nie wieder gehen.

Wir hatten beide große Fortschritte gemacht. Ich hatte mein Visier seit der Badewannen-Episode heruntergelassen und fühlte mich schon viel wohler, wenn ich mich vor Devin auszog und ihm meinen Körper zeigte. Ich ließ mich intensiver auf den Lernprozess ein, ohne mir dauernd Sorgen über all das zu machen, was ich nicht wusste. Maggie und ich kauften uns sogar ein *Playgirl* und blätterten in dem Heft, auf dem Boden ihres Schlafzimmers sitzend wie zwei neugierige Teenager, und sahen uns in aller Ruhe das Poster von dem nackten Typen in der Heftmitte an. Ich kam zu dem Schluss, dass mich Devin im Versace-Anzug oder nur in seidenen Boxershorts mehr anturnte als diese gut ausgestatteten muskelbepackten Models. Aber mit Maggie zu kichern und so viel Spaß dabei zu haben, löste das Karma der pubertären Angst, die ich damals durch Candace erlitten hatte.

Devin seinerseits las und schrieb über die Hausaufgaben hinaus für sich selbst. In der vergangenen Woche hatte ich *Sakrileg* von Dan Brown auf dem Couchtisch liegen sehen, das Marilyn-Monroe-Lesezeichen darin vermutete ich im neunten Kapitel (tatsächlich war es im zehnten), und zwei Ausgaben des *New Yorker*, die beide mit einigen Eselsohren an interessanten Artikeln gekennzeichnet waren. Die Eintragungen in seinem Tagebuch wurden länger und handelten seltener von seinen

Verabredungen als von seinen Freizeitbeschäftigungen – und in der letzten Zeit hatte er mehr freie Zeit gehabt. Er ging wieder in Museen – was er auch in der Highschool- und Collegezeit getan hatte.

Ich hatte abgenommen. Ich bemerkte es erst, als Maggie mich zu einem Treffen mit der Dekanin bei ihr zu Hause einlud und mein dunkelgrauer Nadelstreifenrock sehr locker auf den Hüften saß. Das musste wohl an all dem Tanzen, Laufen und Stretchen liegen, und dann hatte ich in der letzten Zeit auch weniger Süßigkeiten gegessen. Der Dekanin (eine Klientin von Devin) und meinen anderen Kolleginnen (ebenfalls Devins Klientinnen – und ich gab mir große Mühe, das Bild loszuwerden, wie er sie in der Badewanne wusch) fiel meine Gewichtsabnahme aber auf.

»Machst du eine Low-Carb-Diät?«

»Weight Watchers?«

»Bist du im Fitnessstudio?«

»Neue Klamotten? Neue Frisur?«

Aber der wahre Schuldige kam ans Tageslicht, als Jayce Devin und mich eines sonnigen Nachmittags ins Brooklyn Museum of Art gehen sah.

»Lässt du dich flachlegen, Andi?«

»Kümmer dich um deinen eigenen Scheiß«, antwortete ich.

Die Uni in Brooklyn bereitete sich auf das Herbstsemester vor, und meine Abteilung summte vor Aktivität – von zusätzlichen Kursen in der letzten Minute zu Streichungen im Lehrplan oder der Verlegung von Stunden, dem Planen der Orientierungswoche, dem Festlegen der Lektüre bis Semesterbeginn und so weiter. Gerüchte, dass ich die neueste Klientin des Callboys sei, hatten sich schneller verbreitet, als die Luft durch die Klimaanlage zirkulierte. Ich war nicht sicher, glaubte aber, dass Jayce den Flurfunk losgetreten hatte. Nur Maggie kannte die Einzelheiten unserer Vereinbarung, und ich vertraute ihr;

andere waren da allerdings nicht ganz so verlässlich. Als mich die Lehrbuchvertreterin Allison rundheraus fragte, ob ich Devins Dienstleistungen in Anspruch nähme, leugnete ich es.

»Komm schon, du brauchst doch nicht zu lügen. Weißt du denn nicht, wie viele von uns das machen?« Irgendwie hatte ich den Eindruck, Allison wollte herausfinden, was ich nun genau mit ihm machte, um sich mit mir zu vergleichen. Ich glaubte, dass sie es bereute, mir seine Karte so bereitwillig gegeben zu haben. Vielleicht wollte sie ihn ganz für sich allein. Gott weiß, dass ich das wollte.

»Es geht dich überhaupt nichts an«, antwortete ich mit brennendem Gesicht.

Die Häufigkeit der Telefonate zwischen Devin und mir hatte sich inzwischen von einmal über dreimal die Woche auf fast jeden Tag gesteigert und dauerte jeweils zwischen einer halben und einer Stunde. Außerdem verbrachten wir neben unseren regulären Treffen immer mehr Zeit miteinander. Manchmal kam er auf die Insel, und dann fuhren wir raus ans East End, besuchten die Weingüter und nahmen Fähren von Greenport nach Shelter Island oder nach Sag Harbor. Wir entdeckten kleine Secondhand-Buchläden und konnten locker eine Stunde lang die Regale absuchen. Bei Yankee- und Mets-Spielen brüllten wir den Spielern und Schiris von der Tribüne aus irgendwas zu. (Er war ein Fan von den Mets, ich von den Yankees.) Und wir lachten über dieselben Stellen bei den *Simpsons*.

Ich genoss seine Gesellschaft. Uns gingen nie die Gesprächsthemen aus, auch wenn wir uns selten wirklich verletzliche intime Dinge erzählten, abgesehen von unseren Sitzungen. Unser Umgang war platonisch, ungezwungen und leicht, trotz der romantischen und sexuellen Attraktion, die ich vor ihm (und mir selbst) verbarg. Selbst nebeneinander auf dem Sofa zu sitzen und sich ab und an zu streifen, fühlte sich gut an. Es war wie ein Rendezvous ohne sexuellen Druck. Dieses eine Mal war ich nicht diejenige, die bestimmte, ob Sex überhaupt eine Rolle spielen sollte. Das nahm mir nicht nur Verantwortung ab, sondern auch die Kontrolle über die Situation. Je länger er mir Sachen über Sex beibrachte, desto mehr wollte ich mit ihm schlafen, und desto mehr frustrierte es mich, dass er es anscheinend nicht wollte.

Doch ich genoss – wenn auch heimlich – das eine, was keinen körperlichen Kontakt erforderte: seine Aufmerksamkeit. Mochte er doch in der Nacht *ihnen* gehören, *mich* rief er am nächsten Morgen an.

Weil ich das wusste, fühlte ich mich irgendwie anders als die anderen. Deswegen klammerte ich mich natürlich auch an die Hoffnung, dass sich die Sache zwischen uns doch noch irgendwie weiterentwickeln würde.

Eines Tages sah ich mir bei einer Monet-Ausstellung im Brooklyner Museum of Art in einer romantischen Stimmung die Gartenszenen an, während er jedes Bild mit dem Blick eines Wissenschaftlers auf eine Naturerscheinung taxierte.

»Die Impressionisten sind wirklich unheimlich bezaubernd«, sagte ich verträumt, als wir zum nächsten Bild gingen. Devin blieb wie angewurzelt stehen und sah mich an, als hätte ich den größten Unsinn geredet.

»Was? Du findest die Impressionisten *bezaubernd?* Du kannst sie nicht bezaubernd finden. Niemand findet die Impressionisten *bezaubernd.«*

Er redete hochnäsig auf mich ein, während ich dort stand, ohne die Todsünde begreifen zu können, die ich gerade begangen hatte.

»Warum denn nicht?«

»Du tust es eben nicht. Niemand findet sie *bezaubernd*. Es geht nicht.«

»Zum Teufel, wovon sprichst du überhaupt?«

»Die Impressionisten sind nicht *bezaubernd*«, meinte er. »Tiere, die herumhüpfen, sind vielleicht bezaubernd. Flauschige Häschen auf Wiesen oder kleine Hunde mit gestrickten Pullovern. Diese kleinen Mützen von Neugeborenen. Babys sind bezaubernd. Die Impressionisten nicht.«

»Aber wa…?«

»Man findet Männer, die sich das Ohr abschneiden, nicht bezaubernd. Und Männer, die bleihaltige Farben essen, auch nicht. Männer, die sich geweigert haben, mit ihrer Arbeit Kompromisse einzugehen, selbst wenn das bedeutete, dass ihre Familien deswegen nichts zu essen hatten. Männer, die sich Mätressen hielten. Die allein, bitter und verarmt gestorben sind. Hier in diesen Bildern passiert etwas Größeres, etwas jenseits von Bezauberung.«

»Findest du sie denn nicht schön?«, fragte ich ihn.

»Nein, jedenfalls nicht so wie *du*.« Seine Worte klangen scharf und anklagend. »Du siehst nur die hübschen Dinge: Lilien und bunte Farben und Strudel. Monet war dunkel und ernst.«

Ich hörte ihm zu, unschlüssig, ob ich beleidigt oder fasziniert sein sollte.

Er fuhr fort: »Die Impressionisten haben alle Regeln gebrochen, damals malte man nicht wie sie. Aber sie taten, was sie tun wollten. Sie haben sich selbst in den Pigmenten auf die Leinwände ergossen. Es braucht sehr viel Kraft, so zu malen. Sie wollen nichts kontrollieren; sie sind *Vorreiter*.«

Devin nahm mich plötzlich am Handgelenk, zerrte mich an einer Wand von Meisterwerken entlang und blieb vor einem Spätwerk von Monet stehen. »Sieh dir dies hier an«, befahl er mir und begann, systematisch die Farben des Bildes, das Licht, die Beschaffenheit und den Aufbau aufzuschlüsseln. »Es ist dunkel und intensiv – es eignet sich absolut nicht für eine Grußkarte.«

Ich staunte und war sowohl von dem Gemälde als auch von seiner Analyse beeindruckt. Tatsächlich hatte ich Monet – oder Devin – noch nie in diesem Licht gesehen. Er stand jetzt sprachlos vor dem Gemälde und war immer noch vollkommen in seinen Bann gezogen. Ich sah ihn aus dem Augenwinkel an: Für einen Moment erschien er mir wehmütig. Ich dachte daran, wie ihn sein Vater entmutigt hatte, seine künstlerischen Interessen zu verfolgen. Das Ganze war eine wortreiche Tirade gewesen, eine Explosion unterdrückten Verlangens. In dem Moment fühlte ich mich so, als könnte ich seine Gedanken lesen, und ich musste dem Drang widerstehen, meine Hand in seine zu legen.

»Kalender mit Kätzchen, die von Ästen baumeln, unter denen steht: *Halt dich gut fest, Kleines*, die sind vielleicht bezaubernd«, murmelte er nach einer Weile. Wir sahen uns an und fingen an zu kichern. Dann gingen wir zum nächsten Bild und blieben wieder stumm davor stehen.

Und in dem Moment fiel mir auf: Keiner von uns würde sich je trauen zuzugeben, dass wir die Regeln unserer Vereinbarung gebrochen hatten.

In der nächsten Woche hatten wir beide so viel zu tun, dass wir unser letztes Treffen verschieben mussten. Die Englischabteilung hatte ihr Willkommenstreffen zur Orientierung der Fakultätsmitarbeiter (die ich in diesem Jahr eher mit links geplant hatte und leitete). Danach trafen wir uns in der *Heartland Brewery* auf einen Drink. Jayce, Maggie und Jonah Stockwell, unser neu ernannter Vorsitzender, lachten sich halb tot, als ich ihnen von dem Essay eines Studenten über einen armen Emigranten namens Robert erzählte (dessen Namen ich französisch aussprach), der zu Hause eine Dose Mais gegen den Tisch schmettern musste, um sie zu öffnen, weil sein Land so verarmt war, dass es dort keine Büchsenöffner zu kaufen gab. In Amerika angekommen, fiel er dankbar für den Überfluss nach einem Supermarktbesuch auf der *Insel der Kartoffelchips* (seine Worte) auf die Knie. Da sah ich aus dem Augenwinkel einen Mann in einem Helmut-Lang-Jackett und Gap-Jeans, begleitet von Della Manson, hereinkommen: einer dicklichen, aber dennoch irgendwie elfenhaften Frau mit gefärbten aschblonden Haaren mit grauem Ansatz, der mindestens schon drei Zentimeter herausgewachsen war. Eine Mittvierzigerin, die sich wie eine Mittzwanzigerin zu kleiden versuchte und dadurch wie eine Mittfünfzigerin aussah. Und was ich gar nicht mochte, war, dass sie die Erstsemester-Schreibkurse *Getto 101* nannte.

Konsterniert hielt ich mitten im Satz inne und hielt mein Ginger-Ale-Glas so fest, dass es fast zerbrochen wäre. Maggie platzte nicht besonders taktvoll heraus: »O mein Gott, Andi, ist das nicht dein … dein Typ… da drüben mit Della?« Sie schaffte es gerade noch, Devin nicht vor Jonah einen Callboy zu nennen, der sich gerade noch zurückhalten konnte, mir einen abkanzelnden Blick zuzuwerfen.

»Ich hab keine Ahnung, wen du meinst, Mags«, versuchte ich zu bluffen, um cool aus der Sache herauszukommen, und warf ihr einen Blick zu, der eine Wand durchbohrt hätte. »Ich habe doch gar keinen Typ.«

Als ihr endlich dämmerte, dass sie vor Jonah etwas Falsches gesagt hatte, versuchte sie, das Ruder herumzureißen und mich zu retten. »Natürlich nicht. Ich dachte nur, es sei der Typ, den du in der letzten Woche getroffen hast. Weißt du, der Freund von deinem Bruder.«

138

Doch so leicht ließ sich die Sache nicht wieder einrenken. Außerdem kannten alle Devin, den Callboy.

»Na klar«, kicherte Jonah hinter vorgehaltener Hand und holte sich einen neuen Drink. Als er gegangen war, wandte mir Mags ihr Gesicht zu. Ihres war rot wie Merlot, meines blass wie Chardonnay.

»Es tut mir ja soooo leid! Mein Gott, ich kann nicht glauben, dass ich das vor Jayce und Jonah gesagt habe.«

»Scheiße«, blaffte ich und kippte meinen Drink so schnell herunter, dass mir die Kohlensäure in den Nasenflügeln brannte.

Della musste wohl von einem der fest angestellten Dozenten von Devin gehört haben, und ich stellte mir vor, dass dieser Auftritt eine Art selbst auferlegte Initiation war, der Wunsch, am Tisch der Erwachsenen zu sitzen. Ich starrte sie giftig an, ich war so wütend, wie das erste Mal, als ich Andrew und Tanya zusammen sah, wie sie in einer Apotheke anstanden, um Hustensaft zu kaufen und sich dabei ansteckende Küsse gaben. Als Tanya den Handschuh auszog, um das Medikament zu bezahlen, fiel ein Sonnenstrahl durch das Fenster hinter der Kassiererin direkt auf den Verlobungsring aus Platin. Wie ein Scheinwerfer, der nur für mich auf den Ring gerichtet worden war. Wenn ich gekonnt hätte, hätte ich sie angefallen und zu Boden gerungen und ihnen die Köpfe mit dem Rasierschaum und dem Venus Rasierer von Gillette aus meinem Einkaufskorb geschoren. Aber im *Heartland* war ich nur wie versteinert und bebte innerlich.

»Ausgerechnet sie«, murmelte ich. »Sie verbessert die Arbeiten ihrer Studenten immer noch mit rotem Stift und Korrekturzeichen. Bei ihr müssen sie den längst überholten Essay *Noch einmal zum See* lesen. Außerdem ist sie *nur Lehrbeauftragte* – zur Hölle, ihr wird noch nicht mal die Krankenkasse gezahlt! Wie kann sie ihn sich da leisten?«

»Vielleicht hat sie auch so eine Vereinbarung wie du?«

»Ach ja? Und was will sie ihm beibringen – grammatikalische Unterordnung vielleicht?«

»Vielleicht hat sie ihr Erspartes zusammengekratzt. Oder ihr Auto verkauft.«

Trotz des Versuchs, mich zum Lachen zu bringen und ihren Schnitzer von vorhin auszubügeln, goss Maggie nur Öl ins Feuer.

»Sie sieht noch nicht einmal gut aus«, sagte ich, woraufhin ich sofort Devins Stimme hörte: *Alle Frauen sind schön, Andi.*

Verficktes Rabenaas.

Was mich noch mehr demütigte, war, dass Devin klar zu erkennen gab, dass er mich kannte, als er mich sah. Er bot Della an, ihr einen Drink zu besorgen, und ging an die Bar, wo auch ich stand. Jetzt war es zu spät, so zu tun, als würde ich ihn nicht sehen oder einfach zu verschwinden. Dies war einer der seltenen Momente, in denen ich mir wünschte, zu trinken – ich hätte mir gleich einen ganzen Kasten Vodka Limo reingezogen.

»Hey, Andi.«

Ich sah ihn genauso an, wie ich Maggie vorhin angesehen hatte, als sie ins Fettnäpfchen getreten war.

»Hey.«

»Was geht denn so?«

»Und bei dir?«

»Ich arbeite. Was machst du?«

»Ich entspanne mich, nach einer supergeilen Orientierungsveranstaltung.«

»Also ist alles gut gegangen? Klasse. Ich weiß, wie schwer du dich mit der Planung getan hast. Hey, hast du morgen frei? Der neue Film von Woody Allen läuft an, und wir könnten ihn zusammen ansehen.« Jayce sah zu, dass sie ja kein einziges Wort verpasste, während Della ihn mit der gleichen eifersüchtigen Wut anblitzte, die auch ich verspürte. Ich sah mich um, um zu sehen, wer zu uns herübersah, und kam ihm etwas näher.

»Mach, dass du wegkommst, und wehe, du sprichst heute Abend noch einmal mit mir.«

»Was hast du denn bloß?«

»Ich bin mit meinen *Kolleginnen* hier!«

»Von denen die Hälfte meine Klientinnen sind, wie du wahrscheinlich sowieso schon weißt.«

»Ich bin jedenfalls keine deiner Klientinnen. Und ich hab keine Lust, nur weil ich mit dir hier stehe, dafür gehalten zu werden. Geh zu deiner Klientin – die übrigens so viel über Rhetorik und Schreibtheorie weiß wie ein Rhesusaffe – und sag ihr, wie schön sie ist, denn ich glaube, sie ist dringend darauf angewiesen.«

Seine sienafarbenen Augen durchbohrten mich. Aber diesmal war sein Blick weder verführerisch noch tröstend, sondern beunruhigend, als wolle er mich warnen.

»Ich ruf dich morgen an.«

Bevor ich antworten konnte, hatte er bereits am anderen Ende der Bar zwei Drinks bestellt. Ich hielt mich immer noch an meinem Glas fest und kaute auf den schmelzenden Eiswürfeln herum. Ich zitterte am ganzen Körper, als wäre mir kalt. Jayce kam zu mir herüber und legte mir den Arm um die Schulter.

»Na, wie lange geht das mit euch beiden denn schon so?«, fragte sie mich obenhin.

»Mit uns beiden geht gar nichts, Jayce.«

»Ach, komm schon. Ich weiß doch, dass du dich mit ihm triffst!«

»Wir sind nur Freunde, okay?«

»Freunde?«, brachte sie mühsam hervor, als wäre die Vorstellung vollkommen absurd: Wer freundete sich schon mit einem Callboy an?

»Jayce, wenn du das herumtratschst, so hilf mir Gott, ich werde einen Weg finden, wie dein Leben eine Scheißwendung nimmt.«

Fast konnte ich meinen Bruder Tony in seiner Lederjacke sehen, wie er mir mit erhobenem Daumen seine Zustimmung signalisierte, als ob ich mich gegen den Rabauken wehrte, der mir immer mein Milchgeld abknöpfte. Aber sie war kein Rabauke – sie war meine Freundin, und sie sah verletzt aus.

»Aber Andi, das ist doch nichts, wofür man sich schämen müsste. Ehrlich gesagt, finde ich es ziemlich cool, dass du ...«

»Ich muss jetzt gehen ...«

Ich zerrte meine Handtasche vom Barhocker und fegte an dem kleinen Grüppchen der Fakultätsmitglieder meiner Uni vorbei, die alle schon ziemlich einen im Tee hatten. Und an Devin und Della. Letztere hatte sich gerade eine Zigarette angesteckt und sah sehr zufrieden bei dem Gedanken aus, was sie von ihm bekommen würde, sowie sie ihn hier rausgeschleust hätte.

Und da wusste ich, wie sich Allison und Wanda und all die anderen (sogar Della) fühlten, wenn sie Devin mit einer anderen Frau sahen. Die Zeit stand still. Der Traum war vorbei. Klar, sie konnten sich wissende Blicke zuwerfen. Sie konnten sich auch den Anschein geben, als machte es ihnen nichts aus – ich war sicher, sie hatten gelernt, den anderen etwas vorzumachen und cool zu tun –, aber innerlich konnten sie der Wahrheit nicht entkommen. In ihrem Innersten sehnten sie sich nach ihm und wollten ihn ganz für sich allein haben. Er schaffte es, dass wir uns besonders fühlten, und dann sahen wir, dass wir so besonders nun auch wieder nicht waren. Und diese Enttäuschung war schlimmer, als hätte er wirklich uns gehört und wir hätten ihn an eine andere Frau verloren. Denn er gehörte niemandem.

Kapitel vierzehn

Devin hielt Wort und rief mich am nächsten Tag an. Ich musste schlucken und tief Luft holen, bevor ich sprechen konnte.

»Es tut mir leid wegen gestern«, sagte ich.

»Schon okay.«

»Es war das erste Mal, dass ich dich in Gesellschaft gesehen habe, seit wir unsere Vereinbarung haben. Es hat mich überrascht.«

»Ich hätte dich nicht ansprechen sollen«, kam er mir entgegen. »Das war total unprofessionell von mir. Ich gehe nie auf meine Klientinnen zu, wenn sie mir nicht zuerst ein Zeichen machen.«

Dass er mich als *Klientin* bezeichnete, beunruhigte mich. Was hatten wir denn in den letzten sechs Wochen in seiner Wohnung und in den letzten drei Wochen in den Museen, Cafés und Buchläden getan? Er konnte mich doch nicht so einfach mit seinen anderen Klientinnen vergleichen. Hatte ich mich geirrt, als ich Jayce gesagt hatte, dass wir Freunde seien? Aber es schien kein anderes Wort dafür zu geben.

Ich wollte die Stille in der Leitung nicht wahrhaben.

»Also«, nahm er das Gespräch wieder auf, »willst du diesen Film nun sehen? In der *Newsday* hat er dreieinhalb Sterne bekommen.«

Ich war verblüfft. Ich hatte nicht erwartet, dass er mich anrufen würde, und noch viel weniger, dass er bei seiner Einladung blieb. Wenn ich überhaupt etwas erwartet hatte, dann vielleicht, dass er anrufen würde, um zu sagen, dass es besser wäre, wenn wir uns nicht mehr sehen würden, auch wenn offiziell noch ein Treffen ausstand. Dass wir uns zu nah gekommen wären und den Vertrag gebrochen hätten, und dass wir lieber, statt die Strafe zu zahlen, getrennte Wege gehen sollten. Doch stattdessen schlug er mir eine Zeit für den Kinofilm vor. Mann, er hatte sogar Karten vorbestellt: Er ging ganz offensichtlich davon aus, dass wir zusammen dorthin gehen würden. Zur Hölle, er hatte es einfach geplant, als sei ich am Vortag nicht komplett ausgeflippt. Ich war nicht daran gewöhnt, dass ein Mann zu mir hielt, vor allem nicht, wenn ich unsicher war.

»Klar«, sagte ich ziemlich benommen.

Kapitel fünfzehn

LETZTE WOCHE UNSERER VEREINBARUNG

Am Vortag hatten wir den Schreibunterricht beendet. Devin gab seine überarbeiteten Texte ab, darunter die biografische Abhandlung, eine Erläuterung und eine eher literarische Erzählung, die ich ihm bei unserem ersten Treffen aufgegeben hatte, sowie fünf Tagebucheinträge und ein kurzer, reflektierender Essay, wie ich ihn auch von meinen Studenten erwartete.

Ich habe gelernt, dass meine Stärke beim Schreiben in meiner Geduld liegt. Ich überlasse mich dem Prozess, statt irgendetwas zu forcieren. Und doch bin ich oft überrascht von dem, was entsteht. Oft kommt erst in der dritten Fassung zum Vorschein, was ich eigentlich wirklich sagen will. Ich schreibe gerne deskriptiv und benutze gerne Bilder. Sprache ist der Kunst insofern nicht unähnlich, als dass Worte Licht und Schatten, Nuancen und Färbungen, Beschaffenheit und Sinnlichkeit transportieren. Mit Worten kann man komplexe Bilder malen.

Meine Schwäche liegt wahrscheinlich in meiner mangelnden Überzeugungskraft. Auch das hat damit zu tun, dass ich Zeit brauche, um das, was ich wirklich sagen will, aufzudecken. Wenn ich dem schließlich auf die Schliche komme, habe ich die Leser schon mit allen möglichen Informationen abgelenkt, die für die Argumentation nicht unbedingt notwendig wären. Aber ich bin sicher, wenn ich mir gute Beispiele ansehe und weiter übe, kann ich besser werden. Außerdem möchte ich meine Fähigkeiten verbessern, einen Text kritisch zu lesen, so wie ich jetzt bereits visuelle Objekte analysieren kann.

Die angenehme Überraschung bestand darin, wie viel Spaß mir das Schreiben und der Prozess gemacht haben. Ich werde noch viel mehr darüber lesen (auch wenn ich zugeben muss, dass die griechischen Klassiker nicht mein Geschmack waren – vielleicht werde ich es mal mit den römischen versuchen), und mir ist aufgefallen, dass ich einiges jetzt anders sehe. Das hätte ich niemals erwartet. Und nicht nur das, sondern ich denke auch über das nach, was ich sehe. Mir kommen auch sehr viele Erinnerungen in den Sinn – angenehme und unangenehme, die mir neue Perspektiven ermöglichen. Alles im allem glaube ich, dass ich mich tapfer geschlagen habe, und ich bin dankbar, dass ich eine Lehrerin hatte, die nachdenklich, herausfordernd und talentiert ist.

Ich konnte fast sehen, wie er mir zuzwinkerte, als ich die letzten Worte las. Ich schrieb mein letztes Feedback:

Devin,

diese Textsammlung zeigt, dass du nicht nur eine Vielzahl von Schreibaufgaben gemeistert hast, sondern dass du auch deine Stimme und deinen Stil je nach Zweck oder Leserschaft verändern kannst. Mich beeindruckt vor allem dein Gebrauch von Metaphern und deine Beschreibungen. Sie sind detailliert, deine Worte bersten vor Energie und deine Sätze sind rhythmisch; mit all diesen Elementen gelingt es dir, ein großes Bedeutungspanorama zu gestalten. Auch steht dir ein großes Vokabular zur Verfügung. Mir gefällt deine Stimme.

Ich stimme deiner Selbstbeurteilung hinsichtlich der Argumentation zu, auch wenn du gezeigt hast, dass du dir die Zeit nimmst, über dein Thema nachzudenken, und in der Lage bist, die verschiedenen Seiten einer Sache zu beleuchten. Deine Tagebucheinträge werden von Mal zu Mal besser – du hast den Dreh raus, wie man Einzelheiten beschreibt, und du hast ein kritisches Auge, sicherlich als Resultat deiner Beschäftigung mit Kunst. (Dein Bericht über die Matisse-Ausstellung las sich für mich wie ein professioneller Artikel.) Außerdem hast du das Konzept des Überarbeitens als einen Prozess, der sich ständig weiterentwickelt und nicht linear vonstattengeht, verstanden. Du warst dem Prozess gegenüber offen, warst bereit, neues Terrain zu betreten, und ich freue mich sehr, die Ergebnisse dieser Bereitschaft auf diesen Seiten wiederzufinden. Du bist tatsächlich ein Schriftsteller.

Mein *letztes Mal* war ein Rendezvous mit Devin. Wir trafen uns abends bei mir, und er hatte mir aufgetragen, mich sexy anzuziehen. In der Woche davor hatte ich zweihundert Dollar für Seiden- und Spitzen-BHs, für Slips, Strings und Mieder und für eine Bodylotion mit Vanilleduft bei *Victoria's Secret* auf den Kopf gehauen. Er stand in seinem üblichen Anzug von Versace vor der Tür und erfasste mit einem Blick mein schwarzes Cocktailkleid und die feinen Strümpfe bis zu den Oberschenkeln. Schon jetzt taten mir meine Füße in den acht Zentimeter hohen Riemchensandalen höllisch weh. Nach diesem Blick holte er tief Luft, warf mir mit dem Ausruf »*Bellissima!*« einen Kuss zu und verschlang mich mit den Augen.

Ich strahlte.

Er hatte spritzigen, gekühlten Cider und Erdbeeren in kleinen silbernen Schälchen mitgebracht. Er deckte den Tisch mit Champagnerflöten aus Kristall. Ich nahm einen Schluck und kostete eine Erdbeere, die ich in eine Schüssel mit geschmolzener Schokolade getaucht hatte, und als sich die Aromen in meinem Mund vermischten, schossen mir heiße Ströme die Wirbelsäule hinab.

»Weißt du«, begann er, »ich wollte dich immer fragen, wie es kommt, dass du nichts trinkst.«

»Ich vertrage es einfach nicht«, antwortete ich. »So wie manche Leute keine Milch vertragen.«

»Und fehlt es dir?«

»Alkohol? Nie.«

»Wie kommt's?«

»Ich konnte Alkohol noch nie ausstehen. Ich war in zu vielen Bars und Clubs, als meine Brüder aufgetreten sind, und dabei habe ich gesehen, wie er wirkt, von ehemals brillanten Professoren, die sich das Hirn weggesoffen haben, ganz zu schweigen. Es ist einfach nur traurig.«

»Hm.«

Wir tanzten zu Diana Kralls Coverversion von *The Look of Love*, ohne uns zu unterhalten. Sogar mit meinen hohen Absätzen ging ich ihm nur bis an die Schultern, und ich berührte ihn im Nacken, während er leicht wie mit Federn über meinen Rücken strich. Wir sahen uns tief in die Augen, und die Welt verschwand. Dann nahm er mich bei der Hand und führte mich in mein Schlafzimmer. Ich hatte rosa Glühbirnen in die Leselampen gedreht und feine, cremefarbene Bettwäsche gekauft. Auf der Kommode und dem Nachttisch neben meinem Lesestuhl brannten Kerzen, die Vanilleduft verströmten.

»Schön«, befand er, als er den Raum begutachtete.

Er beugte sich über mich und ließ mich auf das Bett fallen. Das Mantra hieß jetzt: *Hab keine Angst!* Männer mögen Frauen, die weder zu schüchtern noch zu energisch sind, die gerne spielen und sich nicht dauernd mit ihren eigenen Körpern beschäftigen. Die sich einfach entspannen können, um Spaß zu haben.

»Schließ die Augen«, sagte er.

Das tat ich.

»Okay, und jetzt öffne sie wieder.« In der ausgestreckten Hand hielt er eine weiße Schachtel mit einer roten Schleife.

Ich nahm die Schachtel, löste die Schleife und sah hinein, und dann blickte ich ihn ungläubig an.

Es war aus Plastik und glatt und hatte ein Leopardenmuster. Man benötigte zwei Batterien. Es war groß und aufgerichtet, und ein Kondom ließe sich leicht darüberziehen und abnehmen.

»Gefällt es dir?«, fragte er mich.

»Ich bin … etwas … überrascht«, stammelte ich.

»Hast du denn noch nie einen Vibrator benutzt?«

Ich antwortete nicht.

»Ich glaube, du hast auch noch nie einen gesehen, oder?«

Ich zog die Augenbrauen hoch.

»Na ja, dieser hier ist jedenfalls für dich. Ich dachte, dir gefällt die Leopardenhaut.« Er zwinkerte mir zu.

Sie gefiel mir wirklich. Ich nahm ihn aus der Schachtel und stellte ihn an. Der Vibrator machte ein sanft schnurrendes Geräusch.

»Die Batterien waren dabei«, bemerkte er.

»Was, keine blinkenden Lichter? Redet er wenigstens dreckig mit mir?«

»Nein, aber er ruft dich morgen an.«

Devin löschte das Licht und blies alle Kerzen bis auf zwei aus. Er wechselte die CD von Diana Krall zu Tschaikowskis *Schwanensee* (beide standen auf meiner Liste von Musik, die mich in Stimmung bringt). Ich lag auf den Ellenbogen gestützt einfach so da. Er setzte sich neben mich.

»Zieh die Schuhe aus«, befahl er mir. Ich lockerte die Riemchen mit den Füßen und schleuderte die Sandalen eine nach der anderen weg. Er strich an meinen Oberschenkeln hoch und zog langsam die Strümpfe herunter. Dann öffnete er den Reißverschluss meines Kleides und zog es mir aus, wobei er mit dem schwarzen Seidenstoff an meinem Leoparden-Tanga entlangfuhr.

»Hey, die passen ja zusammen!«, sagte er und hielt den Vibrator an den Stoff des Strings. Ich warf den Kopf zurück und lachte gelöst, flirtete mit ihm.

Dann setzte ich mich auf und schlang die Arme um seine Schultern, aber er nahm sie weg und schubste mich ganz sanft, sodass ich wieder auf dem Rücken lag, mit dem Kopf auf dem Kissen. Ich konnte die Musik im Hintergrund kaum noch hören, obwohl sie laut war. In einer unwillkürlichen Bewegung drückte ich meinen Mund auf seinen. Er stoppte mich, gab mir stattdessen eine Erdbeere zu essen und danach ein Stückchen Eis mit Cidergeschmack, auf dem ich lutschen konnte. Aber das befriedigte mich nicht; ich spuckte den Eiswürfel gegen die Wand und küsste ihn wieder. Diesmal gab er nach und wirbelte seine Zunge um meine. Endlich. O Gott, es fühlte sich so gut an – ich hatte nicht gewusst, dass sich ein Kuss so *sinnlich* anfühlen konnte. Seine Lippen waren weich und fest und feucht zugleich. Wir küssten uns noch ein bisschen, und ich ließ meine Finger durch seine Haare gleiten, dann stieg er auf mich und hielt mich auf dem Bett fest.

Langsam zog er mir den Tanga aus und umfasste meine Taille, ohne mich zu kitzeln, nur um mir zu zeigen, wie ich mich bewegen sollte. »Denk ans Tanzen«, flüsterte er. »Entspann dich.« Als er meinen Hals küsste, überrollte mich eine Welle unterdrückter Erinnerungen:

… Ich bin neun Jahre alt und verkünde, dass ich Shaun Cassidy heiraten will. Meine Brüder lachen mich aus und ziehen mich damit auf. »Warum sollte Shaun Cassidy dich heiraten wollen? Du bist doch erst neun.« »Er wird auf mich warten«, insistiere ich. »Aber er kennt dich doch gar nicht«, sagt Joey. Mein Vater mischt sich ein: »Du wirst gar nicht heiraten. Das ist ja zu komisch, du weißt doch gar nicht, was du da sagst.«

… Ich bin zehn Jahre alt und ziehe meiner Barbie Shorts und ein Bikinioberteil an und bemühe mich nach Kräften, ihre und Kens geraden, steifen Gliedmaßen so aufeinanderzulegen, dass sie sich umarmen und zusammen schlafen. Als meine Mutter das sieht, schimpft sie mit mir. »Spiel doch lieber mit deinen Puppen!« – »Aber die mag ich nicht mehr.« – »Dann spiel etwas anderes. Und zieh ihr was anderes an – sie sieht ja wie eine Dirne aus.« Ich weiß nicht, was eine Dirne ist, aber wegen der Art, in der sie das ausspricht, weiß ich, dass es etwas Schlechtes ist. Als ich an mir heruntersehe, fällt mir auf, dass ich auch Shorts und ein Bikinioberteil trage …

… Ich bin elf Jahre alt und meine Eltern gucken im Fernsehzimmer die Serie Die Dornenvögel. *Ich gehe mit meinem Mathebuch hinein und setze mich auf die Couch. Genau in dem Moment, in dem Rachel Ward ihren australischen Liebhaber im Teich verführt. Ich sehe neugierig zu. Mein Vater wird wütend: » Weißt du, was sie da tut? Sie gibt sich diesem Mann hin!« Ich weiß nicht, was »sich hingeben« bedeutet, aber*

er schreit mich immer weiter an, weil ich diese reißerische Szene angese-
hen habe, weil ich überhaupt im Zimmer bin, weil Rachel Ward promis-
kuitiv ist. Meine Mutter verteidigt meine Naivität und meine Eltern
streiten sich. Ich gehe ganz niedergeschlagen aus dem Zimmer, immer
noch mit dem Mathebuch unter dem Arm, ohne Hilfe bei den Hausauf-
gaben bekommen zu haben. In meinem Zimmer schüttele ich mich, weil
ich mich schäme – »sich hinzugeben« hat mir richtig gefallen.

Tränen liefen mir die Wangen hinunter und hinterließen
Spuren auf meinem Make-up und auf dem neuen Kissenbezug.

»Devin, hör auf …«

Er hörte auf und sah mich an.

»Ich kann nicht«, rief ich. »Ich kann es einfach nicht. O
Gott.«

»Warum nicht?«

»Ich hab es noch nie getan.«

Er setzte sich ziemlich verwirrt auf.

»Was?«, fragte er dann eher geschockt als aus der Fassung
gebracht.

»Ich meine, ich hab schon Sachen mit Typen gemacht. Du
weißt schon, ich hab's ihnen mit der Hand gemacht und so.« Ich
fand mich total blöd, als ich sagte, *Ich hab's ihnen mit der Hand*
gemacht. »Aber ich bin noch nie den ganzen Weg gegangen.«

»Willst du mir sagen, dass du Jungfrau bist?«

»Vor langer Zeit habe ich einmal beschlossen, dass ich warten wollte, bis ich verheiratet war – irgendwie erschien mir das
romantisch. Ich war zwanzig, als ich mein erstes Date hatte –
mein Vater war gestorben, meine Brüder meinten es zu gut mit
meinem Schutz, und dann ging mein Gewicht dauernd hoch
und runter, ich hatte vorher kaum eine Chance. Der erste Typ,
mit dem ich zusammen war, erklärte mir, dass ich eine Enttäuschung sei. Er sagte, dass er es schon besser getroffen habe. Ich
sei ein katholisches Schulmädchen, denn ich wüsste überhaupt
nichts und außerdem wolle ich warten.«

»Was für ein Arschloch«, antwortete Devin. »Es tut mir so leid, dass du ihm geglaubt hast.«

»Danach habe ich beschlossen, nicht mehr zu warten. Ich wollte dazulernen, aber es war alles so peinlich und ich hatte zu viel Angst, irgendjemand könnte herausfinden, dass ich keine Ahnung hatte, was ich da tat.«

»Also hast du nie Geschlechtsverkehr mit den Typen gehabt, mit denen du ausgegangen bist?«

»Ich wollte es ja, oft sogar, vor allem mit Andrew«, antwortete ich. »Gott, ich habe Andrew mehr als alle anderen geliebt. Aber immer wenn ich es versucht habe, hat mich irgendetwas zurückgehalten, und ich konnte es einfach nicht durchziehen. Und deswegen haben meine Beziehungen nie länger als ein paar Monate gehalten. Außer die mit Andrew. Nachdem wir uns kennenlernten, habe ich erst wieder gedacht und ihm das auch gesagt, dass ich warten wolle, bis wir verheiratet sind, und er hat sich darauf eingelassen. Er hat mich sehr geliebt, und ich war mir sicher, dass er der Richtige war. Aber wir wurden beide unruhig. Ich dachte, dass ich mich mit der Zeit wohler fühlen würde. Dass meine Unerfahrenheit und Unsicherheit sich mit der Zeit in nichts auflösen würden. Aber das ist nie geschehen, und je mehr Zeit verging, desto mehr Angst hatte ich, die Sache nicht durchziehen zu können. Immer wenn ich es versuchte, gefror ich zu Eis. Schließlich erklärte Andrew mir, dass ich ihm nicht mehr gefiel. Dass das, was ich nicht wusste, zwischen uns stand. Ich versuchte, es ihm recht zu machen, ich habe es wirklich versucht. Aber ich wusste einfach nicht wie. Ich meine, woher sollte ich es denn wissen?«

Schließlich unterbrach Devin meinen Wortschwall. »Es ist okay.« Und dann sagte er noch mal: »Andi, es ist okay«, und rieb mir die Schulter und den Arm.

»Nein, es ist nicht okay!«, protestierte ich. »Ich bin vierunddreißig Jahre alt!«

»Na und? Was soll daran falsch sein?«

»Alles!«

»Wer sagt das? Andrew? Und wer ist er denn schon – Professor Wunderhengst vielleicht?«

»Alle Typen«, sagte ich, »mit denen ich irgendwann zusammen war, haben mich verlassen, weil ich sie entweder abgeturnt habe oder weil sie unbefriedigt waren. Selbst wenn ich versucht habe, es vorzutäuschen, oder ihnen erklärt habe, dass ich noch nicht so weit war.«

»Und wie viele Typen waren das?«

Ich hielt inne und zählte kurz nach.

»Mit oder ohne Andrew? Fünf. Aber mit einem von ihnen war ich nur zwei Wochen zusammen ...«

»Haben sie dir wirklich gesagt, dass sie sich aus dem Grund von dir trennen wollten?«

»Nein, nicht alle.«

»Dann kannst du das auch nicht behaupten. Falsche Logik. Polarisierung.«

»Devin ...«, begann ich noch einmal.

»Andi!« Er hielt mein Kinn mit beiden Händen. Dann sprach er sanft und zärtlich auf mich ein. »Andrea.« Er sah mir in die Augen, und plötzlich hatte ich den Eindruck, als sehe ich einen ganz anderen Menschen. Und doch war dieser Mensch warm und liebevoll, und ich fühlte mich geborgen. Ich ließ all die unterdrückten Erinnerungen heraus, eine nach der anderen. Er hörte mir geduldig und mitfühlend zu und streichelte mir die Wange. Schließlich stoppte er mich.

»Hör mir zu: An dir ist nichts falsch. Hörst du mich? Sieh mich an: *An dir ist nichts falsch.* Du glaubst, die Tatsache, dass du noch nie Geschlechtsverkehr hattest, ist das Problem? Aber das war nie das Problem – in all den Jahren war weder deine Gehemmtheit noch deine Unerfahrenheit das Problem. Sondern dein Schamgefühl. Und dabei gibt es gar nichts, wofür du dich schämen müsstest. Um Himmels willen, deine Familie hat sich an dir schuldig gemacht, weil sie deine Sexualität unterdrückt hat. Egal, wie du dich entschieden hast, du konntest nicht gewinnen. Wenn du zeigen wolltest, wer du bist, wenn du dich jemandem, den du liebtest, hingegeben hättest, hättest du das Gefühl gehabt, deine Würde zu verlieren. Aber dennoch hat man dir die Botschaft mitgegeben, dass du es nicht wert wärest, dass man auf dich wartet. Dazu all die vielen Male, in denen deine Brüder gesagt haben, Finger weg ... Mann, Andi. Wenn sich irgendjemand schämen sollte, dann *sie*. Sollen sie sich doch ins Knie ficken – was haben die bloß mit dir gemacht! Das war so falsch. Sie haben dich in die Irre geführt.«

Seine Worte sickerten durch meine Haut und zirkulierten in meinem Blut wie ein Antibiotikum, sie wuschen sämtliche prüde Ausflüchte weg. Wieder nahm er mein Gesicht zwischen seine Hände und sah mich mit feuchten Augen an.

»Mein Gott, Andi. Du bist so schön. Alles an dir. Du bist eine lebendige, leidenschaftliche Frau mit einer überbordenden Kreativität, voller Weisheit und Humor. Du bist verführerisch und aufreizend. Es ist eine Freude, deinen Körper zu erkunden, ein Freudentaumel der Sinne. Du riechst und schmeckst gut, du siehst gut aus, du fühlst dich gut an und du hörst dich gut an. Und vor allem anderen bist du ein sexuelles Wesen. Warst du schon immer. Du brauchst keinen Sex, um sexuell zu sein. Brauchtest du noch nie.«

Niemand, noch nicht einmal Andrew, hatte je so etwas zu mir gesagt. Und zum ersten Mal glaubte ich jedes Wort. Devin hielt mich im Arm, als ich weinte, rieb mir den Rücken und strich sanft über meine Haare. Als ich ruhiger wurde, trocknete er mir die Tränen, wobei er darauf achtete, das Make-up nicht zu verschmieren. Erst küsste er mich auf die Stirn, dann auf die Wangen. Aber dieses Mal schien er sich nicht damit zufriedengeben zu wollen, und er küsste mich sanft auf die Lippen. Und er wollte nicht aufhören. Ich küsste ihn und lehnte mich zurück und zog ihn auf mich.

Er hörte einen Moment auf und sah mich an. »Du küsst so gut«, sagte er sanft. Und dann flüsterte er mir ins Ohr: »Andrew war ein Idiot, dass er dich hat gehen lassen.«

»Jetzt bin ich bereit«, sagte ich. In meiner Stimme schwang so viel mir unvertraute Bejahung. Devin blies die letzten beiden Kerzen aus, nahm den Vibrator in die Hand und stellte ihn wieder an.

In dieser Nacht wurde ich etwas los, das sich an mir mit parasitischem Appetit gemästet hatte. Es kehrte nie wieder zurück, es wurde mit dem Tränenfluss aus mir herausgewaschen. Zurück blieb eine große Gelassenheit.

Ich werde immer noch rot, wenn ich daran denke, was er mit dem Vibrator machen konnte und wie sich das angefühlt hat. Immer wenn ich *Schwanensee* höre, bin ich wie ein pawlowscher Hund auf das Geräusch eines sanften Brummens konditioniert, und muss mir kaltes Wasser ins Gesicht spritzen.

Kapitel sechzehn
OKTOBER

Ich hatte mich in Devin verliebt. *Ach, nee!*

Wahrscheinlich begann es an dem Sommertag, an dem wir halb nackt in seiner Wohnung tanzten. Oder vielleicht sogar schon früher, ich weiß es nicht. Ich brauchte eine ganze Weile, bevor ich es mir eingestand. Aber meine Augen leuchteten auf, wenn er den Raum betrat, und mein Herz machte einen Satz, wenn er nur mit dem Finger meinen Arm entlangstrich. Die unerwartete Freundschaft mit ihm machte alles nur noch komplizierter. In unserer Vereinbarung war ausdrücklich festgehalten, dass wir uns nicht so nahekommen durften, dass wir romantische Gefühle füreinander entwickeln würden, aber unsere platonische Freundschaft hatte diese Regel gebrochen, und keiner von uns machte den anderen dafür verantwortlich.

Das Herbstsemester hatte begonnen. Ich startete meine Kurse mit unerwartetem Schwung und freute mich auf die nächsten Wochen. Ich ging mit federnden Schritten, lachte heller und hatte das Gefühl, eine Last schwerer Steine, die ich mein ganzes Leben mit mir herumgetragen hatte, abgeworfen zu haben. Meine neuen Studenten sprangen auf meinen Energieschub an. Sie schienen genauso gerne wie ich zum Unterricht zu kommen, wollten gerne schreiben und etwas lernen. Die Konferenzen in der Fakultät waren lebhafter denn je, und Maggie und ich arbeiteten partnerschaftlich miteinander und nicht so sehr wie Vorgesetzte und Mitarbeiterin.

Andrew verblasste wie ein Foto in der Sonne.

Dennoch … irgendetwas stimmte noch nicht so ganz.

»Du siehst fantastisch aus«, bemerkte Maggie eines Tages beim Lunch. »Deine Haut scheint zu glühen.«

»Na ja, es wird nicht lange anhalten.«

»Warum denn nicht?« Sie beugte sich vor und flüsterte: »Du bist doch wohl etwa nicht *schwanger*, oder?«

»Mann, nein, das ist es nicht. Ich hab dir doch gesagt, dass wir nicht wirklich zusammen schlafen ... ich meine, zur Hölle, du weißt schon, was ich meine. Es ist nur so, dass ich mich in diesen Typ verliebt habe, und dabei gibt es gar keine Chance, dass wir zusammenkommen können.«

»Warum denn nicht?«, entgegnete sie. »Ihr verbringt doch Zeit miteinander, oder etwa nicht? Für mich sieht es so aus, als ob ihr zusammen wärt. Mit wie vielen Klientinnen geht er denn an seinem freien Tag ins Kino?«

»Mags, er ist ein Callboy. Das ist gegen unsere Vereinbarung. Wir haben den Vertrag gebrochen.«

»Ich dachte, eure Vereinbarung wäre vorbei.«

»Ist sie ja auch. Aber wir haben sie gebrochen, bevor sie vorbei war.«

»Und wessen Schuld war das?«

»Schwer zu sagen. Wahrscheinlich sind wir beide dafür verantwortlich.«

»Vielleicht hat er auch mehr für dich übrig«, sagte sie.

»Vielleicht auch nicht«, antwortete ich.

»Vielleicht solltest du es herausfinden.«

»Vielleicht auch nicht.«

Meine Gefühle für Devin waren offensichtlich, aber wir verloren beide kein Wort darüber. Nach jener Nacht trafen wir uns weiterhin als Freunde auf einen Kaffee oder gingen zusammen in Museen oder zum Essen. Er kam sogar ein paarmal zu mir, und wir sahen uns einen Film oder ein Spiel der Yankees an. Inzwischen waren wir so vertraut miteinander, dass der eine den Satz des anderen beenden konnte, aber wenn ich versuchte, ihn an der Hand zu nehmen oder mit ihm zu flirten, hielt er mich in

Schach. Daran war er gewöhnt. Das war sein tägliches Geschäft, nachdem unser Vertrag ausgelaufen und unsere Vereinbarung offiziell beendet war. Wir sprachen nie über diese letzte Nacht oder über meine Offenbarung. Auch wenn er mich manchmal auf die Wange küsste, ließ er nie zu, dass ich ihn küsste. Es frustrierte mich unendlich, dass er mir so viel Aufmerksamkeit widmete und sich – und mir – die Zuneigung verbot. Wie konnte er nur so sein? All die Frauen, denen er seine Dienste in den letzten fünf Jahren angeboten hatte – hatte er es wirklich geschafft, sich in keine einzige von ihnen zu verlieben? Wie?

Eines Nachmittags, als wir durch den Central Park schlenderten, traute ich mich, ihn zu fragen.

»Ich habe es mir einfach vorgenommen«, antwortete er. »Es ist eine Frage der Ethik. Denk an deine Studenten. Wie würdest du darauf reagieren, wenn ich dich fragte, ob du dich jemals in einen von ihnen verliebt hättest?«

»Das ist etwas anderes.«

»Inwiefern? Du bietest ihnen auch eine Dienstleistung an. Sie sind Teil deiner Arbeitsumgebung.«

»Klar, aber wenn ich sie unterrichte, reibe ich ihre Brustwarzen nicht gerade mit Schlagsahne ein und lecke sie ab.«

»Aber sie müssen sich bei dir auch jedes Mal nackt ausziehen. Komm schon, Andi. Für diese Kids gibt es nichts Verletzlicheres, als ihre Gedanken zu Papier zu bringen und sie von dir bewerten zu lassen. Das weißt du. Sie wollen, dass dir gefällt, was sie schreiben. Sie wollen mit einem besseren Gefühl hinausgehen. Also, erzähl mir nicht, dass es etwas anderes ist. Du bist in deiner Arbeit genauso professionell und darin auch so gut wie ich in meiner. Da bist du auch zu keinen Kompromissen bereit.«

Ich gab ihm keine Antwort. Stattdessen ging ich in Gedanken versunken neben ihm her, bevor ich das Verhör wieder aufnahm.

»Und findest du deine Klientinnen sexuell attraktiv? Hat dich eine mal angeturnt?«

»Klar, oft.«

Mir fiel seine Unterweisung im Vorspiel ein, das Rendezvous in der Badewanne und die letzte Nacht, in dieser Reihenfolge. Ich wollte ihn fragen: »Ich zum Beispiel?« Aber ich hatte zu viel Angst, dass er antworten würde: »Zur Hölle, Nein!« Gefolgt von: »Willst du mich auf den Arm nehmen?« Also drang ich lieber nicht weiter in ihn.

»Und was machst du dann?«

»Ich dusche kalt, oder ich hole mir einen runter wie alle anderen Typen.«

»Du bist so verfickt poetisch«, sagte ich. »Und du willst mir wirklich erzählen, dass du nicht ein einziges Mal ...« Ich versuchte, den Satz zu beenden, aber ich konnte es nicht. Ich sah ihn einfach nur mit hochgezogenen Augenbrauen an.

»Nicht, wenn ich es vermeiden kann. So steht es im Vertrag.«

Natürlich stand es in dem beschissenen Vertrag. Ich wollte anklagend mit dem Finger auf ihn zeigen und *Siehst du, da haben wir's* sagen. Doch ich sagte nur: »Dann hast du also in dieser ganzen Zeit keinen Sex gehabt?«

»Das habe ich nicht gesagt«, antwortete er. »Klar habe ich gevögelt – vielleicht nicht so oft, wie ich gewollt hätte. Aber nicht mit meinen Klientinnen. Fertig.«

»Du hast nie mit einer von ihnen geschlafen?«, bohrte ich weiter. »Bist nie den ganzen Weg gegangen, hast dich nie dafür bezahlen lassen? Oder hast es nie umsonst gemacht?«

»Ich hab's dir doch gesagt, nie.«

»Mit wem dann?«

»Mit Frauen, die ich in Clubs oder Galerien oder auf Partys getroffen habe, wenn ich nicht arbeite.«

Konsterniert wendete ich den Blick ab. Wann hatte er es das

letzte Mal gemacht? War es vor Kurzem gewesen, und er hatte mir nichts davon gesagt? Wie mochte sie wohl aussehen?

»Rufst du diese Frauen am nächsten Tag an?«

»Normalerweise nicht. Nur manchmal.«

»Rufen sie dich an?«

»Eigentlich ist es immer klar, dass es nichts Längerfristiges ist.«

»Erzählst du ihnen, dass du ein Callboy bist?«

»Manchmal.«

»Und was sagen sie dazu?«

»Es turnt sie an.«

Ich höhnte: »Kann ich mir vorstellen.«

Als er im *Borders* ein Buch über van Gogh durchblätterte, beugte ich mich über ihn.

»Küsst du deine Klientinnen manchmal?«, fragte ich ihn.

»Ich fange nicht damit an, falls du das meinst«, antwortete er, ohne von dem Buch aufzusehen.

»Aber du lässt es zu. Du gibst ihnen Zungenküsse.«

»Klar, wenn es das ist, was sie wollen.«

»Und warum hältst du mich dann davon ab?«

»Mit dir ist es etwas anderes.«

»Warum?«

»Ist einfach so.«

»Das ist eine blöde Antwort.«

»Es ist die einzige, die du kriegen wirst«, sagte er verärgert.

Frustriert suchte ich die Frauenromane ab, während er van Gogh zur Seite legte und einen Band über Mondrian in die Hand nahm.

Als wir später im *Café Dante* saßen, stellte ich ihm bei meinem Mochaccino noch eine Frage.

»Und wann hattest du deine letzte ernsthafte Liebesbeziehung?«

»Vor ein paar Jahren, glaube ich. Bevor das mit der Selbstständigkeit losgegangen ist. Seitdem habe ich nicht viel Zeit für ein Privatleben.«

»Du schaufelst dir Zeit für mich frei.«

»Das ist etwas anderes.«

»Inwiefern?« Dieses Mal stellte ich die Frage nachdrücklicher.

»Wir sind nicht zusammen.«

Er hatte ja recht, auch wenn es mir fast den Boden unter den Füßen wegzog. Ich musste den Blick senken, um meine Enttäuschung zu verbergen. Es war fast, als hätte er mir eine Ohrfeige gegeben.

»Wo ist der Unterschied?«, fragte ich ihn.

»In einer Liebesbeziehung steckt mehr Arbeit«, meinte er. »Man braucht dafür mehr Zeit und Energie. Ich liebe es, meinen Klientinnen Vergnügen zu bereiten, aber manchmal erschöpft es mich physisch und psychisch. Manche von ihnen brauchen so viel. Sie sind vernachlässigt worden, entweder von sich selbst oder von ihren Ehemännern oder von wem auch immer. Das Nacht für Nacht anzuhören und sie zu berühren, und sich dann einer Freundin zu widmen? Und überhaupt, welche Freundin würde meine Arbeit schon akzeptieren? Wie sollte sie mich denn ihrer Familie vorstellen?«

»Als einen Kleinunternehmer in der Dienstleistungsbranche?« Er zog eine Augenbraue hoch.

»Na komm schon, Dev, du bist ja nicht so stigmatisiert, wie ich es wäre, wenn ich als Playgirl arbeiten würde.«

»Willst du mich auf den Arm nehmen?«

»Und wer stigmatisiert dich?«

»Meine Familie zum Beispiel. Die sprechen schon kaum noch mit mir wegen meiner Arbeit. Zur Hölle, mein Vater ist davon überzeugt, dass ich Zuhälter oder Drogendealer bin.«

Das beunruhigte mich schon sehr, trotzdem löcherte ich ihn kaltherzig weiter.

»Aber alles in allem geht es dir doch gut«, sagte ich. »Ich hab dich bei der Arbeit gesehen. Du kannst es mit jeder aufnehmen, ob sie nun an der Uni oder in einer Werbeagentur arbeiten. Ich habe gesehen, wie du deine geschäftlichen Visitenkarten ohne jede Scham verteilst. Du machst immer eine gute Figur.«

»Ich habe viel Selbstvertrauen.«

»Und soziale Unterstützung …«, murmelte ich.

Devin runzelte die Stirn. »Was soll das denn jetzt schon wieder heißen?«

»Es ist nicht fair«, sagte ich.

»Was ist nicht fair?«

»Männer sind Callboys, aber Frauen sind Nutten«, regte ich mich auf. »Männer sind Hengste, aber Frauen sind Schlampen. Wenn sie Ehebruch begehen, werden Männer freigesprochen, aber Frauen werden zu Tode gesteinigt. Männer sind Erzeuger, Frauen sind Gebrauchtware. Die Gesellschaft lässt Frauen für ihre Sexualität büßen, egal ob sie verheiratet oder alleinstehend sind, ob sie Mütter sind oder – Gott hilf ihnen – kinderlos, ob sie verliebt sind oder nicht. Jungfrau zu sein, ist auch ein doppelseitiges Schwert. Der Mann ist ein Held, wenn er seine Unschuld verliert, eine Frau wird einfach nur entjungfert. Man, komm schon! Wir stehen unter einem ziemlichen Druck, unsere Jungfräulichkeit zu verlieren, aber wenn wir sie verloren haben, sollen wir immer noch so tun, als wären wir unberührbar. Wenn wir sie aber bewahren, werden wir als prüde angesehen, als rigide oder einfach nur als Freaks. Und dürfen auch wieder nicht angefasst werden. Hast du dir jemals die *Seinfeld*-Episode angesehen, in der Jerry mit der Jungfrau ausgeht? Sie haben sie so schüchtern dargestellt wie nur irgend möglich und ihr auch noch das Etikett aufgedrückt: *die Jungfrau Marla*. Mehr kann man Jungfrauen nicht ächten, oder?«

Er starrte in seine leere Kaffeetasse, dann sah er mich an.

»Was willst du mir eigentlich sagen?«

»Ich will eigentlich nur, dass du zugibst, dass du es dir machen lässt. Niemand spricht von dir als von einem Prostituierten. Du musst dir noch nicht einmal Sorgen machen, verhaftet zu werden.«

»Ja, weil ich mit diesen Frauen nicht bis zum Ende gehe.«

»Ach, komm schon, Dev!«, provozierte ich ihn. »Nur weil du stattdessen einen Vibrator benutzt? Clinton hat man seine Definition von Sex auch nicht abgekauft.«

Er grinste. Aber ich machte weiter, auch wenn es mir keinen Spaß machte.

»Und ich habe noch nicht einmal angefangen von Herrschaftsverhältnissen und Missbrauch zu reden. Du musst dir keine Sorgen darüber machen, dass du verprügelt oder wegen der geringsten Anzeichen von Orangenhaut oder grauen Haaren schräg angeguckt wirst.«

»Aber«, begann er sich zu verteidigen, »ich muss mir Sorgen machen über Frauen, die mich stalken oder belästigen, oder dass ich von irgendeinem Ehemann halb zu Tode geprügelt werde. Das ist mir schon zugestoßen. Weißt du eigentlich, dass du die Einzige bist, die je in meiner Wohnung war, seit ich mit dieser Arbeit begonnen habe? Seitdem bin ich zweimal umgezogen, und in den letzten zwei Jahren habe ich dreimal meine Telefonnummer geändert. Zum Teufel, ich heiße auch gar nicht Devin ….«

Bei dieser Beichte hob ich die Augenbrauen. »Nein?«, fragte ich verblüfft, aber seine Tirade war noch nicht zu Ende.

»Also, erzähl du mir nichts über Fairness. Jeder von uns hat sein Kreuz zu tragen.«

»Warum hörst du dann nicht auf?«

Er verdrehte die Augen. »Jetzt geht das schon wieder von vorne los …«

»Nein, es ist mir ernst. Wenn es so schlimm ist, warum hörst du dann nicht damit auf?«

»Weil ich meine Arbeit liebe.«

»Ach, stimmt ja«, begann ich sarkastisch. »Es geht ja um die Frauen. Du bist Kapitän Orgasmus, der uns vor dem Land der Vernachlässigung, dem Verlassenwerden, der Hässlichkeit und dem schlechten Sex rettet. Und dafür lässt du dir eine Menge Geld bezahlen! Weißt du, ich glaube langsam, du machst dir was vor, um vor dir selbst zu rechtfertigen, dass du vor einer ernsthaften Beziehung Angst hast.«

»Ach, glaubst du das.«

»Als Callboy wirst du zu aufregenden Verabredungen mitgenommen. Und da tauchst du auf, mit deinem billigen Lächeln und einem Anzug von Versace. Und in dem Moment, in dem sie dir nahekommen, ziehst du deinen kleinen Luxusarsch aus der Affäre. Nichts Verbindliches, keine Rosen am nächsten Tag, keine Anrufe. Man dringt nicht zu dir durch. Minimale Investition, minimales Risiko. Glaubst du denn tatsächlich, dass diese Frauen sich nicht in dich verlieben, nur weil du ihnen sagst, dass sie es nicht dürfen, nur weil das so vertraglich festgehalten ist? Glaub mir, sie verlieben sich – sie zappeln an der Angel, aber sie haben zu viel Angst, das zuzugeben, denn insgeheim hoffen sie verzweifelt, dass du dich in sie verliebst und alles andere vergisst. Wenn du etwas anderes glaubst, bist du naiv.«

»Ich glaube, sie bleiben, weil sie dem Ganzen etwas abgewinnen. Sie bekommen etwas für ihr Geld.«

»Und was bekommst *du* für dein Geld?«, fragte ich. »Klar, du kannst in deinen Boxershorts herumtanzen, aber hast du je einer Frau erzählt, wie dein Verhältnis zur Kunst ist oder zu deinem Vater oder wie es sich anfühlt, älter zu werden? Oder über irgendetwas anderes? Hast du je einer Frau deine verletzliche Seite gezeigt, oder ihr gesagt, wenn du Angst hattest oder verletzt warst oder ärgerlich?«

»Mann, Andi«, entgegnete er. »Du redest dich um Kopf und Kragen! Sieh dich doch an. Du bist doch eine von diesen bedürftigen Frauen! Du bist meine Klientin! *Zeig mir, wie ich eine bessere Geliebte sein kann, Devin. Ich will nicht mehr so verklemmt sein, Devin. Männer lehnen mich ab, Devin. Ich werde nicht begehrt.* Glaubst du denn, nur weil du kein Geld bezahlt hast, nur weil unsere Vereinbarung intellektueller war, dass du irgendwie besser bist als sie? Wenn du nicht so verdammt selbstgefällig wärst und dich nicht so überlegen geben würdest, könntest du einen Mann auch an dich binden. Und wenn wir schon davon sprechen, wann war denn das letzte Mal, dass dich irgendjemand flachgelegt hat, ganz ohne Batterien? Und trotz deines Selbstbewusstseins und deiner neuen Klamotten und deines schlankeren Körpers sehe ich keine Männer, die dir die Tür einrennen. Wie kommt das wohl? Vielleicht hat dein Problem gar nichts mit Sex zu tun, Andi. Vielleicht hat es gar nichts mit deinem Körper oder deiner Erziehung zu tun. Vielleicht war Andrew einfach nicht so in dich verliebt. Schließlich hat er eine andere geheiratet, oder etwa nicht? Also sitz nicht einfach da und predige mir über Beziehungen. Geh erst mal selber eine ein, die hält.«

Wir sahen uns verstört an.

Ich konnte nicht anders, ich musste weinen, stand auf und rannte aus dem Café. Meine Jacke hatte ich, aber meine Handtasche nicht. Ich musste einfach heulen. Devin rannte laut nach mir rufend mit der Handtasche hinter mir her. Ich wollte nicht anhalten, ich wollte ihn nicht ansehen, aber ich brauchte meine Handtasche, um zurück auf die Insel zu kommen. Also hielt ich an und drehte mich um, aber als ich die Hand ausstreckte, sah ich auf den Boden.

»Es tut mir so leid«, sagte er.

»Gib mir einfach die Handtasche.« Ich hob den Kopf hoch genug, um sie ihm abzunehmen, dann wandte ich mich um und ging schnell davon, ohne mich umzusehen. In meiner

Handtasche suchte ich nach einem Taschentuch. Er rief mindestens einmal hinter mir her, und dann schob sich die Gleichgültigkeit Manhattans zwischen uns.

Er hatte recht, und das wusste ich. Aber ich auch. Ich hatte angebissen, und ich hatte es irgendwie geschafft, mich vorher immer herauszureden.

Ich lehnte mich an das Zugfenster und weinte. Long Island nahm keine Notiz von mir.

Wie ich Neuengland im Herbst vermisste.

Kapitel siebzehn

Am nächsten Morgen lag eine weiße Rose zwischen zwei Dutzend roter Rosen vor meiner Türschwelle und auf der Karte stand:

Andi –

gestern bin ich tiefer gesunken als Walscheiße auf den Meeresboden. Heute umspannt mein Kummer die Ränder des Universums. Bitte vergib mir.

Devin

Seine Metaphern waren unfassbar kitschig, aber ich konnte nicht anders, ich musste lächeln. Später schrieb ich ihm eine SMS ohne Abkürzungen: *Alles vergeben.*

Da wusste ich noch nicht, dass er an dem Tag und für die nächsten Tage seinen Klientinnen abgesagt hatte.

Eine der Rosen ließ den Kopf über den Vasenrand hängen. Sie war die erste, die ich entfernte.

Kapitel achtzehn

DREI MONATE SPÄTER

Januartage sind grau. Grauer Himmel, graues Gras, graue Bäume. Die Überreste von grauem Salz und Sand liegen an grauen Straßenrändern, und Berge von dreckigem grauen Schnee türmen sich auf grauen Parkplätzen. Die Sonne versteckt sich unter grauen Decken. Dunkle, leere, graue Morgen gehen in dunkle, leere, graue Nachmittage über, die schnell zu dunklen, leeren, grauen Nächten werden.

Januartage sind grau.

An einem dieser Tage kam ich aus der Penn Station und lief die uncharakteristisch leere Thirty-fourth Street hinunter zur diesjährigen Language Arts Conference im New Yorker Hilton an der Ecke Fifty-second Street/Sixth Avenue. Ich sollte einen Vortrag über die soziale Stellungnahme persönlicher Essays halten, saß zusammen mit Maggie und Jayce in einer Podiumsdiskussion und hatte insgeheim noch drei Vorstellungsgespräche ausgemacht: zwei mit Unis in Neuengland und eines mit einer in San Diego. Nicht einmal Mags wusste, dass ich mich über Thanksgiving im Internet nach offenen Stellen umgesehen, meinen Lebenslauf aktualisiert und ich die Weihnachtsferien mit dem Verschicken von Lebensläufen, dem Vereinbaren von Vorstellungsterminen bei dieser Konferenz und dem Surfen auf den Webseiten der entsprechenden Unis verbracht hatte. Die ausgeschriebenen Stellen waren jeweils für die Leitung des Fachbereichs Kreatives Schreiben. Und da Mags und mein Lehrbuch im Herbst erscheinen sollte, waren meine Aussichten vielversprechend.

Devin war der Titel eingefallen. An einem regnerischen Herbstnachmittag, wir sahen uns gerade ein Gemälde von Picasso im MOMA an, platzte ich heraus: »Kunst ist eine Lüge, die uns die Wahrheit begreifen lehrt.«

»Wo hast du denn das aufgeschnappt?«, wollte Devin wissen.

»Es ist ein Zitat von Picasso, das dem Roman von Chaim Potok, *Mein Name ist Ascher Lev*, vorangestellt ist.«

»Ja, ich weiß natürlich, dass es von Picasso ist. Aber stimmst du damit überein?«

»Natürlich«, sagte ich.

»Warum?«

»Jede Kunst, sei es Schreiben, Malen, Filmen, Tanzen oder was auch sonst, ist eine Manipulation der Zeit und des Raumes. Sie ist eine Interpretation und eine Wiedererschaffung der Fakten, und sie benutzt unterschiedliche Verfahren, um uns auf unsere persönliche Wahrheit aufmerksam zu machen.«

»Nicht auf die Wahrheit des Künstlers?«

»Nein, eher auf unsere eigene«, antwortete ich. »Denk doch nur an den Essay von Lad Tobin, von dem ich dir erzählt habe, der über Pogo, den Clown, der ihn an seinem fünften Geburtstag zu Tode erschreckt hat. Sodass seine Eltern die Geburtstagsfeier absagen mussten. Er konnte sich nicht mehr an den Namen des Clowns erinnern, also dachte er sich einen aus. Und erinnere dich an Patricia Hampls Essay *Erinnerung und Imagination.* und an das Lehrbuch für Klavier von Thompson, in dem Sister Olive wirklich wie eine Olive aussieht, Mary Katherine Reilly – das alles sind Lügen, Artefakte, die uns auf eine persönliche Wahrheit hinweisen: erstens auf unsere Kindheitstraumata und zweitens auf Neid und Unsicherheit.«

»Aber das ist doch Tobins Trauma, oder etwa nicht? Seine Wahrheit. Und die von Hampl.«

»Okay«, fuhr ich fort, »dann nehmen wir doch mal Donald Murrays Essay *Zwiebeln und Orangen.* Murray behauptet, wenn wir die Geschichte eines anderen lesen, sei sie nun wahr oder erdacht, so lesen wir – und schreiben wir – unsere eigene. Mit anderen Worten ist alles Schreiben autobiografisch. Tobins Trauma mit Pogo, dem Clown, erinnert mich an Debbi Dohertys

Geburtstagsfeier, denn da gab es überall Luftballons, die von den Kindern zum Platzen gebracht wurden. Das ist meine Wahrheit.«

»Ja, und hieß sie wirklich Debbi Doherty?«, fragte er mich albern.

Ich sah ihn an und hob nur eine Augenbraue, als wollte ich sagen: *Das würdest du wohl gerne wissen.*

Er ließ sein elektrisierendes Lächeln aufblitzen und zwinkerte mir zu. »Dieser Punkt geht an dich.«

Wir blieben vor einem Jackson Pollock stehen und schwiegen eine Minute.

»Macht das Lehrbuch Fortschritte?«, fragte er mich mit dem Blick auf das Gemälde.

»Mags recherchiert gerade noch etwas nach und ich redigiere es. Außerdem müssen wir die Einleitung und die letzten beiden Kapitel beenden.«

»Hm.«

Wir starrten das Gemälde an. Dann wandte er sich an mich.

»Und was für einen Titel habt ihr?«

»Dies Buch ätzt.«

Er brach in schallendes Gelächter aus, das von den Wänden widerhallte und von den Besuchern mit irritierten Blicken quittiert wurde. Er hielt sich die Hand vor den Mund und verschluckte den Rest seines Lachens.

»Weißt du, wir können uns auf keinen Titel einigen«, sagte ich. »Wir schwanken zwischen zu langweiligen, akademischen und zu eingängigen, kitschigen.«

»Hm.«

Wir gingen zum nächsten Pollock, standen davor und sahen das Bild schweigend an. Dann wandte er sich wieder an mich.

»Wie wäre es mit *Wahrheit, Lügen und Artefakte*?«

Kennen Sie die Befriedigung und die Freude, wenn man das letzte Teil in ein Puzzle steckt? Der Titel war absolut perfekt;

er passte so gut, dass er das Bild vervollständigte. Es konnte keinen anderen geben. Und ich war stinksauer, dass ich nicht selbst darauf gekommen war.

»Du Rabenaas«, sagte ich leise.

»Bitte sehr«, antwortete er. Ein stolzes Grinsen hob seine Mundwinkel, als wir uns einander zuwandten und uns voller Vertrauen ansahen. War es die Verbundenheit von Freunden? Von Liebenden? Ich wusste es nicht. So etwas hatte ich noch nie gespürt. Noch nicht einmal mit Andrew.

Sein albernes Grinsen war ansteckend. Wir sahen uns immer noch an.

»Wie heißt du wirklich?«, fragte ich ihn.

Er zögerte.

»David.«

»David wie?«

»David Santino.«

Er war Italiener.

»Hm«, sagte ich.

Dann gingen wir zu dem nächsten Bild.

In den Weihnachtsferien war Devin sehr beschäftigt, oft hatte er zwei oder drei Termine am selben Tag – am Nachmittag eine Weihnachtsfeier im Büro, am frühen Abend eine Cocktailparty und später Theater oder Ballett. In der Woche vor Weihnachten rief er mich eines Nachts um zwei Uhr morgens an.

»Wenn ich den beschissenen *Nussknacker* noch ein einziges Mal sehen muss, dann kriege ich einen Anfall!« Er hatte noch nicht einmal Hallo gesagt.

»Es hätte noch schlimmer kommen können«, sagte ich verschlafen. »Mit dem *Großartigen Weihnachtsspektakel* in der Radio City zum Beispiel. Da gibt es richtige Kamele, die sich auf der

Bühne erleichtern, glücklicherweise *nachdem* die Rockettes ihre Soldatennummer getanzt haben. Oder vielleicht auch unglücklicherweise, wenn du kein Fan von ihnen bist.«

Er lachte. »Du schaffst es immer, dass es mir irgendwie besser geht.«

»Gut. Und jetzt schlafe ich noch ein bisschen weiter.«

Mein Terminkalender war auch nicht gerade leer. Ich ging zu einer Party nach der anderen, machte meine Weihnachtseinkäufe, sah mir mit Maggie und Jayce eine Show an und traf mich sogar mit einem Typen, den ich in Port Washington auf einer Cocktailparty für Leiter von Schreibprogrammen – ausgerichtet vom Westford-Langley-Verlag – getroffen hatte. Carol hatte mich ihm vorgestellt. Er kam mir okay vor. Nett. Freundlich. Grau melierte Haare. Braune Augen. Etwas moppelig. Sein Name war Bob.

Am nächsten Abend gingen wir zusammen in die *Cheesecake Factory* in Garden City. Das war seine Wahl.

Bob war Leiter des Schreibprogramms am Long Island Community College. Auf seiner Krawatte prangten Weihnachtsmänner, und er beichtete mir, dass er die passenden Boxershorts dazu trug. Bob trank Bacardi mit Zitrone und fragte mich, ob ich eine Freundin von Bill W. sei, dem Mitbegründer der Anonymen Alkoholiker, als ich ihm erklärte, dass ich keinen Alkohol trank. Vor dem Essen bestellte er zwei Bacardi und danach einen Brandy. Er hatte in Literaturwissenschaft promoviert und hatte die Literatur wieder auf den Lehrplan am LICC gesetzt. »Sonst nehmen die doch nie wieder ein Buch in die Hand«, meinte er. »Was unterrichten Sie denn in Brooklyn?«

»Wir haben einen eher gemischten Ansatz, mit dem Schwerpunkt auf Rhetorik. Die Studenten sollen für sich selbst und für andere schreiben und das in einem Portfolio dokumentieren.«

Bob schüttelte den Kopf und trank den Brandy aus. »Portfolios sind viel zu viel Arbeit.«

Ich nickte schmallippig. Dann entschuldigte ich mich, ging zur Toilette und rief Maggie an.

»Hol mich hier raus, aber schnell!«

Als ich zurückkam, studierte Bob gerade die Dessertkarte. »Übrigens, machen wir halbe-halbe?«, fragte er mich.

Mein Handy klingelte. Maggie stellte mir ihren angeblichen Notfall dar: Sie war mit ihrem Auto auf der Verrazano-Brücke liegen geblieben – sie rief mich sogar von der Flatbush Avenue aus an, für den Fall, dass Bob den Verkehr über das Telefon hören konnte. Dennoch sah er mich und mein Handy misstrauisch an.

»Tut mir leid«, sagte ich und griff nach meinem Mantel. »Ich muss gehen. Trotzdem vielen Dank. Frohe Weihnachten.« Zum Glück war ich mit dem Auto gekommen.

»Kein Nachtisch? Ich dachte, Sie lieben Käsekuchen.«

»Wenn man den von *Junior's* probiert hat, schmecken einem die anderen nicht mehr so richtig.«

Ich ließ Bob mit der Rechnung sitzen, nahm den Kellner beiseite und erklärte ihm, dass er so lange wie möglich mit der Rechnung warten sollte, damit Bob etwas ausnüchtern konnte, bevor er sich ins Auto setzte.

Es war das erste richtige Rendezvous seit meiner Trennung von Andrew und ich brach es ab. Wie traurig.

Devin hatte sich Weihnachten freigenommen, und wir beschenkten uns, bevor wir zu unseren Familien auf der Insel gingen. Ich hatte ein Tagebuch für ihn aus dem Museumsshop des MOMA mit einem Ledereinband und einer Reproduktion von Matisse auf dem Umschlag und dazu einen passenden Füller. »Ich musste an dich denken, als ich es gesehen habe«, sagte ich, weil ich plötzlich Bedenken hatte, ob es nicht so etwas Ähnliches wie ein Kätzchenkalender wäre. Aber offensichtlich rührte ihn das Geschenk.

»Es gefällt mir unheimlich gut«, sagte er. »Vielen Dank.« Dann küsste er mich auf die Wange.

Er schenkte mir eine elegante Mahagonistatue einer üppigen Frau in einer sinnlichen Pose. Sie lag in einer Schachtel, die mit einem goldenen Siegel verschlossen war, und auf der der Name einer der vielen Galerien stand, die wir zusammen besucht hatten. »Es ist ein Unikat«, sagte er. »Als ich sie gesehen habe, musste ich an dich denken.«

Ich holte tief Luft und brachte kaum die Worte *vielen Dank* heraus. Mein Herz war schwer wie ein Stein. Ich hatte mich vor einer Weile damit abgefunden, dass wir nie mehr als Freunde sein würden, und die Idee aufgegeben, ihm zu beichten, was ich für ihn empfand. Was sollte dabei herauskommen? Wenn es ihm anders gegangen wäre, hätte er es mir schon gesagt, und unsere Treffen würden im Bett enden und nicht damit, dass einer von uns einen Zug nahm. Außerdem konnte ich mir gut vorstellen, dass er wusste, dass ich mich in ihn verliebt hatte. Ich konnte es nicht verbergen, sosehr ich es auch versuchte.

Aber es machte meine Enttäuschung nicht besser, vor allem nicht, als ich die zarte Statue in den Händen hielt.

Nach einer langen Umarmung trennten wir uns.

Ich musste zehn Straßen weit laufen, bevor es mir endlich gelang, ein Taxi anzuhalten.

Am nächsten Morgen ging ich zu den Vorstellungsgesprächen, und am Nachmittag, nach einem Lunch mit Jayce (bei dem wir beide vor Nervosität nur ein paar Löffel Suppe zu uns nehmen konnten), hielt ich mein Referat. Die Vorstellungsgespräche und das Referat liefen gut, obwohl mir eine Seite meines Vortrags vom Rednerpult fiel und wie ein Blatt von einem Baum über den Boden schwebte. Also improvisierte ich, ließ das Blatt dort liegen und machte stolperfrei weiter im Text.

Während der Konferenz gab es viele Cocktailpartys von Lehrbuchverlagen, und ich war sicher, dass Devin auf einer von ihnen als Begleitung von Allison oder einer anderen auftauchen würde. Ich hätte mich auf so vielen wie möglich blicken lassen sollen, um Kontakte zu knüpfen und über unser demnächst erscheinendes Buch zu sprechen, aber ich hielt mich fern, sogar als Maggie mich von einer Party aus anrief, um mir zu erklären, dass sie gerade Devin getroffen habe, der nach mir zu suchen schien. Ich konnte es einfach nicht mehr ertragen, ihn mit anderen Frauen zu sehen – vor allem nicht mit Frauen, die ich kannte – und mir vorstellen zu müssen, wie er mit den Fingern über ihre Oberschenkel strich, sie mit Erdbeeren und Champagner fütterte oder sie zu schwindelerregenden Höhen der Ekstase brachte. Wie er sie *küsste*. Mir war nicht entgangen, dass er nach meinem Kurzschluss in der *Heartland Brewery* vor ein paar Monaten so gut wie gar nicht mehr mit mir über seine Arbeit sprach.

Am letzten Tag der Konferenz, als Maggie und ich uns das Programm ansahen, klappte mir der Mund auf. Ein Workshop um elf Uhr hieß: »Unvernetzt: Märchen und Schreibkurse. Mit Andrew und Tanya Clark«. Braut und Bräutigam. Ich gab Maggie einen Rippenstoß und machte sie darauf aufmerksam.

»Der Märchenprinz ist wieder da, und diesmal singt er im Duett.«

»Da solltest du hingehen!«, sagte Maggie.

Ich sah sie ungläubig an.

»Nein, wirklich! Du siehst so gut aus! Er wird sehen, dass du ihm nicht mehr nachtrauerst.«

Mehrere kurze Fantasien spulten sich in meinem Kopf ab: Ich tauchte in einem tief ausgeschnittenen roten Kleid mit Stilettos auf, setzte mich mitten in den Raum und nippte an meinem Jolly Rancher mit Melonengeschmack, was ihn unheimlich ablenkte. Oder ich stellte mich hinten in den Raum, schwenkte ein Feuerzeug und unterbrach ihn dauernd. Oder ich schlich mich vorher in den Raum und manipulierte die

PowerPoint-Ausrüstung. Oder ich stellte ihm eine Frage, über die er einfach stolpern musste: *Vereinnahmen Sie die Studenten nicht mit einem Genre, das viel zu enge Grenzen zieht und eher auf einen traditionellen Lehrplan gehört?* Eine unsinnige Frage, mit der er nichts anzufangen wüsste.

Ich entschied mich für einen anderen Workshop.

Er nannte sich »Heimwärts: Rückkehr zu den Expressionisten des 21. Jahrhunderts«. Ein Dozent hieß Sam Vanzant, er war Professor am Edmund College in Amherst, nicht weit von der Northampton University, einer der drei Unis, an denen ich mich gerade beworben hatte. Bereits als Doktorandin war ich auf einige seiner Beiträge in einer Zeitschrift für den Schreibunterricht am College gestoßen, ohne ihn persönlich kennengelernt zu haben. Als er zum Rednerpodest ging, bemerkte ich, dass er bei meinem Referat vor zwei Tagen unter den Zuhörern gewesen war.

Bei den beiden vorangegangenen Vorträgen hatte ich Konzentrationsschwierigkeiten gehabt, weil mir mehr als bewusst war, dass Andrew – oder Tanya – jetzt gerade im Zimmer nebenan sprachen. Aber Dr. Vanzant nahm sofort meine ganze Aufmerksamkeit in Anspruch und ich vergaß Andrew vollkommen. Er sah außerordentlich gut aus: hohe Wangenknochen, ausdrucksvolle blaue Augen, kurze Haare und sehr groß. Er sah Rob Lowe ähnlich. Ich war mir nicht sicher, aber ich bildete mir ein, dass er lächelte, wenn er in meine Richtung sah. Und er schien ziemlich oft in meine Richtung zu sehen.

Während der Frageperiode wollte jemand mehr über *die Plausibilität der Festlegung der Grenzen der schreibdidaktischen Unterteilungen der Schreibformen – Erzählung, Beschreibung und Argumentation –* erfahren (und die Frage klang ähnlich wie meine unsinnige Fantasiefrage an Andrew). Ich kritzelte gerade irgendwelche Notizen auf meinen Block, darunter auch *nicht schon wieder dieser schreibdidaktische Müll.*

»Dr. Cutrone kann diese Frage besser beantworten, denn sie hat in dieser Woche ein Referat über Rhetorik und den persönlichen Essay gehalten«, sagte er.

Er nickte in meine Richtung, und alle Leute sahen mich an. Ich kam mir vor wie ein geblendetes Reh. Ich ließ den Stift fallen, der einen klackenden Tanz auf den Dielen aufführte (natürlich war nur dieser Raum im Hotel nicht mit einem Teppich ausgelegt), gefolgt von dem Zischen meiner Wasserflasche (zum Glück geschlossen), die ich umwarf, als ich nach dem Stift angelte. Maggie saß neben mir, strahlte und flötete: »Ja, Andi, sag es ihnen!«

»Na ja, zum einen ...«, begann ich zögerlich und holte tief Luft. »... handelte mein Referat von der sozialen Stellungnahme persönlicher Essays ... Aber ich würde sagen, die Antwort auf die Frage ist, dass die Unterteilung *nicht mehr plausibel* ist.«

»Was meinen Sie damit, dass sie *nicht mehr plausibel* ist?«, fragte die Teilnehmerin sichtlich verärgert. Das war offensichtlich nicht die Antwort, die sie hören wollte.

»Sie denken wie Bill Gates«, antwortete ich. »Er hat versucht, alte Software einzubauen, weil alle seit Jahren dieselben Windows-Anwendungen benutzen, und deshalb hat er gedacht, er müsse es tun, damit es den Leuten gefällt. Warum sollte man nicht sagen: *Die Leute sind mir egal – wir fangen ganz von vorne an?* Es gibt nur einen Grund, warum wir immer noch über diese Unterteilungen sprechen und versuchen, sie in unsere Theorien mit einzubeziehen. Wir sollten uns doch mal fragen, wer dahintersteckt? Der Lehrstuhlinhaber, der keine Veränderungen mag? Der Lehrbeauftragte, der seit zwanzig Jahren denselben Stiefel durchzieht und seitdem keine Zeitschrift mehr gelesen hat, oder der Neuling, der gerade ins kalte Wasser gesprungen ist und mit nicht viel mehr als einem Lehrplan vor den Studenten steht? Die Lehrbuchverlage, die die achtzigste

Ausgabe ihrer klassischen Rhetorik in den Markt drücken wollen, weil das ihr wirtschaftliches Zugpferd ist? Es ist absurd und nutzlos.«

Damit hatte ich zwischen den Rednern auf dem Podium und den standhaften Vertretern der starren Grenzen zwischen Erzählung, Beschreibung und Argumentation, die meinen Angriff auf die Plausibilität der Grenzen nicht plausibel fanden, eine Schlacht entfacht. Außerdem zankten sich in den hinteren Reihen Macintosh-Loyalisten mit Windows-Traditionalisten. Ich war zusammengesackt, sah nach unten und sagte nichts mehr. Sam Vanzant war still und sah dem rhetorischen Tennisspiel mit kindlichem Vergnügen zu. Schließlich verkündete der Moderator, dass die Zeit bereits überschritten sei.

Als die Teilnehmer langsam den Raum verließen, warfen mir einige böse Blicke zu, während mir andere die Hand schüttelten und erklärten, wie gerne sie an meinem Workshop teilgenommen hätten. Maggie nahm die Gelegenheit wahr, um einen Werbeblock für unser Lehrbuch einzublenden. Ich klaubte meine Sachen zusammen – den Block, die Seminarpapiere, das Konferenzprogramm, die Wasserflasche und meine Umhängetasche –, während einige Teilnehmer weiter mit den Podiumsrednern diskutierten, was denen gar nicht zu gefallen schien. Dr. Vanzant sah an ihnen vorbei und lächelte mich an. Als ich meinen Kram beisammenhatte, entschuldigte er sich und rief mir hinterher.

»Dr. Cutrone?«

»Andrea«, antwortete ich. Er gab mir die Hand und stellte sich informell als Sam vor.

»Ich hoffe, Sie ärgern sich nicht, dass ich Sie so festgenagelt habe.«

»Nächstes Mal können Sie den Elektroschocker gleich auf *töten*, statt auf *betäuben* stellen.«

Er lachte. »Eigentlich wollte ich Ihnen nur auffallen. Außerdem wurden die immer gleichen Fragen gestellt, fanden Sie nicht auch? Also wirklich: ausgerechnet die Schreibformen?«

Seine Augen waren lebendig und dunkelblau mit langen Wimpern. Wusste er wirklich nicht, dass er mir bereits aufgefallen war?

»Ich erinnere mich an Sie aus meiner Veranstaltung«, sagte ich.

»Ich saß ziemlich weit hinten, hinter der Frau mit dem dunkelblauen Hosenanzug.«

»Tragen hier nicht alle dunkelblaue Hosenanzüge?«

»Die war ziemlich groß und hatte einen Leberfleck im Nacken, der wie Abe Lincoln aussah.«

Ich lachte, und wir sahen uns eine ganze Weile an. Ich mochte diesen Typen.

»Wollen wir irgendwo etwas trinken gehen?«, fragte er mich.

Ich drehte mich zu Maggie um, die grinsend mit großen Augen in der Tür stand, und nickte, dann sagte ich: »Okay.«

Die Lounge des Hotels war brechend voll. Unterhaltungen über postmoderne Literaturtheorien, multikulturelle feministische Texte, elektronische Portfolios, Wikis, Blogging und eine hitzige Auseinandersetzung, ob man den Erstsemestern wirklich so viel Literatur zumuten sollte, lagen in der Luft. Die Überheblichkeit der Unterhaltungen war so spürbar wie Smog. Sam, Maggie, Ron (ein Doktorand aus Harvard, den Maggie aus einer Veranstaltung kannte) und ich setzten uns an einen Ecktisch. Ich schaute mich immer noch nach Devin um, aber bald absorbierte Sam meine ganze Aufmerksamkeit. Er machte mir Komplimente – über mein Referat, meinen Stil, mein Aussehen –, und ich freute mich darüber, mal mit jemand anderem als mit Maggie zu sprechen, der nicht nur eine ähnliche Unterrichtsphilosophie, sondern auch ähnliche Werte und einen ähnlichen Sinn für Humor zu haben schien. Er war ein Beatles-Fan wie ich und zeigte in seinen Schreibkursen sogar *Let It Be*.

Als Sam mir noch ein Ginger Ale von der Bar besorgte, ging ich zur Toilette, zog mir die Lippen nach und puderte mir die Nase. Heute hatte ich mich leger angezogen: eine dunkle Jeans, schwarze Ankleboots aus Leder und einen burgunderfarbener V-Ausschnitt-Angorapullover mit weiten Ärmeln. Die Haare fielen mir inzwischen wieder auf die Schultern. Sam hatte gesagt, es sei erfreulich, jemanden zu sehen, der so locker angezogen war.

Und warum grinst du so?

Auf dem Weg durch die Menge rempelte ich mehrere Leute an. Einer von ihnen hielt mich an, bevor ich ihn erkannte.

»Cutch!«

Ich sah mich verblüfft um.

Andrew.

»Gott, du siehst fantastisch aus«, sagte er und sah mich von Kopf bis Fuß an. In den paar Sekunden war mein Mund staubtrocken geworden.

»Danke.«

Er hatte sich einen Bart stehen lassen.

»Du hast abgenommen.«

Ich nickte.

»Eine Diät?«, fragte er.

»Nein, eine Brustvergrößerung.«

Er sah ein paar Sekunden auf meine Brust. Er schnallte es nicht.

»Und wie lief euer Workshop?«, fragte ich.

»Ganz gut. War auch gut besucht. Und deiner?«

»Mir ist eine Seite meines Vortrags runtergefallen, aber ich war richtig geistesgegenwärtig.«

»Tanya hat es nicht geschafft, die PowerPoint-Präsentation zum Laufen zu bringen.«

»Damit hatte ich nichts zu tun«, platzte ich heraus und merkte, wie ich rot wurde.

Er hob die Augenbrauen und tat so, als hätte er es überhört.

»Bist du mit jemandem hier?«

»Hm, ja, und ich sollte auch wieder zu ihm gehen.«

Vielen Dank, lieber Gott, vielen Dank, dass du mich hier mit einem Mann sein lässt!!!

Wir sahen uns an. Dann brach Andrew das Schweigen.

»Das Eheleben ist auch kein Zuckerschlecken.«

Zum Teufel, was soll das denn jetzt heißen?

»Na ja, du wusstest doch, worauf du dich eingelassen hast«, sagte ich.

»Irgendwie hatte ich mich auf etwas anderes eingestellt.«

»Das ist doch kompletter Unsinn, Andrew«, sagte ich und betonte jede einzelne Silbe.

»Cutch …«

»Lass das mal mit diesem *Cutch*, zum Teufel«, wies ich ihn zurecht. »Du darfst mich nicht mehr so nennen – du hast kein Recht mehr, so mit mir zu reden. Und du hast genau das bekommen, was du gewollt hast, wie kannst du dich hier hinstellen und mir erklären, du hättest einen Fehler gemacht?«

»Das habe ich doch gar nicht gesagt.«

»Nein? Was hast du denn dann gesagt?«

»Ach, vergiss es«, murmelte er.

»Weißt du«, sprach ich weiter, »du hast dich gar nicht verändert, Andrew. Heiklen Fragen gehst du immer noch aus dem Weg. Und du leugnest immer noch, wie es dir geht. Du hast mich angelogen. Schade.«

»Ach, wirklich? Du hast dich zu spät verändert. Und das ist echt schade.«

Wie meinte er das bloß? Ging er davon aus, dass ich seit unserer Trennung mit jemandem Sex gehabt hatte? Hatte er das aus meiner Körpersprache geschlossen? Oder war mir das Vortäuschen so sehr zur zweiten Natur geworden, dass er tatsächlich glaubte, es hätte sich etwas verändert? Oder hatte sich tatsächlich etwas in mir verändert?

»Tja, vielleicht.« Ich versuchte, cool zu bleiben, aber mir ging das Gespräch auf die Nerven. Ich wollte irgendetwas Schlagfertiges sagen – zur Hölle, irgendetwas, worüber er weinen musste wie ein Zweijähriger. Aber verdammt noch mal, mir fiel einfach nichts ein.

»Fick dich ins Knie, Andrew.«

Ohne auf seine Antwort zu warten, ließ ich ihn stehen und ging noch mal zur Toilette. Vor dem Spiegel holte ich tief Luft und tupfte an meinen Augen herum, hatte mich aber schnell wieder im Griff. Ein paar Minuten später ging ich an meinen Tisch zurück, an dem Sam mit zwei Ginger Ales lächelnd auf mich wartete. Gott, waren seine Augen blau.

Kapitel neunzehn

FEBRUAR

An dem Abend, an dem die Language Arts Conference beendet war, begannen wir uns E-Mails zu schreiben. Sam war nach Amherst in Massachusetts zurückgekehrt. Er begann die E-Mails mit dem Fragebogen, der immer am Ende von *Ungeschminkt* kam. Ich antwortete am nächsten Morgen.

An: samvanzant@edmund.edu
Von: acutrone@brooklynu.edu
Betreff: Re: das Wesentliche
  Hey Sam. Hier die Antworten.
  F: Wie lautet Dein Lieblingswort?
  A: Soccer.
  F: Und das Wort, das Du am wenigsten magst?
  A: Vergewaltigung.
  F: Welches Geräusch liebst Du?
  A: Das des Ozeans.
  F: Welches Geräusch hasst Du?
  A: Das Platzen von Luftballons.
  F: Was turnt Dich an?
  A: *Junior's* Käsekuchen.
  F: Was turnt Dich ab?
  A: Ignoranz.
  F: Welchen Beruf würdest Du gerne ausüben?
  A: Kuchentesterin.
  F: Und welchen nicht?
  A: Stewardess.
  F: Wie heißt Dein Lieblingsschimpfwort?
  A: Rabenaas.
  F: Wenn es einen Himmel gibt, wie sollte Dich Gott dann

an den himmlischen Pforten empfangen?

A: Willkommen in der Ewigkeit. Danke, dass Du Dich für uns entschieden hast.

Jetzt bist Du dran.

Andi

An: acutrone@brooklynu.edu

Von: samvanzant@edmund.edu

Betreff: Re: Das Wesentliche

Andrea,

Du wolltest es so ...

Sam

F: Wie lautet Dein Lieblingswort?

A: Fledermausscheiße (zweitplatziert: Affenscheiße)

F: Und das Wort, das Du am wenigsten magst?

A: Gesülze

F: Welches Geräusch liebst Du?

A: Wenn der Regen gegen das Fenster prasselt.

F: Welches Geräusch hasst Du?

A: Das von kreischenden Bremsen (und nein, die Antwort habe ich nicht von Robbie Williams geklaut).

F: Was turnt Dich an?

A: Im Moment? Du. (Guck dir nur den dicken Smiley an.)

F: Was turnt Dich ab?

A: Schlechte Rechtschreibung und keine gute Grammatik.

F: Welchen Beruf würdest Du gerne mal ausüben?

A: Reiseschriftsteller.

F: Und welchen nicht?

A: Bauarbeiter.

F: Wie heißt Dein Lieblingsschimpfwort?

A: Affenkotze.

F: Wenn es einen Himmel gibt, wie sollte Dich Gott dann an den himmlischen Pforten empfangen?

A: Lang lebe Sam Vanzant!!

Am Nachmittag rief ich ihn in seinem Büro an, um ihn noch etwas zu fragen.

»Deine Definition der Hölle?«

»Der republikanische Nationalkongress«, antwortete er wie aus der Pistole geschossen. »Und Deine?«

Ich dachte kurz nach. »Ein Jimmy-Buffet-Marathon.«

»Oh, das ist aber hart!«, sagte er lachend. Ich konnte mir vorstellen, wie er sich die Brust hielt, als sei er von einem Pfeil getroffen worden.

Ich stöhnte. »Du bist doch wohl kein Fan von ihm, oder?«

»Hätte ich dann etwa keine Chancen mehr bei dir?«

Leider konnte er mein geradezu elektrisierendes Devin-Lächeln nicht sehen.

»Wenn das Entprogrammieren funktioniert, bist du startklar.«

Weitere E-Mails folgten:

An: samvanzant@edmund.edu

Von: acutrone@brooklynu.edu

Betreff: NY gegen NE

Sam,

der fundamentale Unterschied zwischen New Yorkern und Neuengländern besteht im Verhältnis der Fußgänger zu den Autofahrern. Die Fußgänger sind überall gleich unhöflich, weil sie wissen, dass sie Vorrang haben, und sie üben dieses Recht aus, indem sie zu jeder Tages- und Nachtzeit die Straßen überqueren und erwarten, dass der Verkehr sofort anhält, niederkniet und sie anbetet – am liebsten würden sie mit erhobenen Fäusten ausrufen: *Ich bin Gott.* In Neuengland sind Autofahrer solche Memmen, dass sie anhalten. Aber New Yorker Fahrer gewähren ihnen dieses Recht nicht, sie behalten schon allein deswegen die Oberhand, weil sie grundsätzlich 50 in einer 30er-Zone fahren. Wenn die Fußgänger sich für göttlich halten, bekennen sich die Fahrer dazu, Teufel zu sein.

(Außerdem gibt es bei uns besseren Käsekuchen, wenn ihr auch deutlich bessere Muschelsuppe macht …)

Andi

An: acutrone@brooklynu.edu
Von: samvanzant@edmund.edu
Betreff: Re: NY gegen NE

Andi,

was die Suppe angeht, hast Du allerdings recht. Ich wette, Du vermisst die Muschelsuppe. Ich wette, dir läuft das Wasser im Mund zusammen, wenn Du nur daran denkst. Wenn Du mich besuchen kommst (übrigens, wann kommst Du mich besuchen?), gehen wir in dieses kleine Eckcafé in Amherst, die so eine gute Suppe machen, dass Du nie wieder einen Gedanken an Deinen läppischen Käsekuchen verschwendest.

Ich finde, in New York gibt es nur wenige malerische Ecken. Sogar diese Restaurants, die Du mir in Sag Harbor beschrieben hast, hören sich nicht so altmodisch an, da können sie lange versuchen, es in die betreffenden Zeitschriften zu schaffen.

Sam

P. S. Und wann kommst Du mich besuchen?

An: samvanzant@edmund.edu
Von: acutrone@brooklynu.edu
Betreff: Re: NY gegen NE

Sam,

das Wort, das Dir gefehlt hat, ist kosmetisch oder vielleicht sogar kosmopolitisch. Ich weiß noch nicht einmal, ob altmodisch das richtige Wort ist. Wenn ich an Häuser in Neuengland denke, denke ich an Steinmauern und abblätternde Farbe. Klar, ihr habt jetzt auch mehr Sackgassen mit Vinyl-Hausverkleidungen in Dartmouth und Taunton, und mir sind auch immer mehr Landschaftsgärtner und immer weniger Rasenmähertrecker aufgefallen. Ich erinnere mich noch, wie ich am Anfang, als ich angekommen bin, über all die Rasenmähertrecker für Rasenflächen von der Größe meiner Unterrichtsräume gestaunt habe. Neuengland schien früher so eine pflegeleichte Gegend – was ist passiert?

Andi

P. S. Ich komme Dich morgen besuchen.

An: acutrone@brooklynu.edu
Von: samvanzant@edmund.edu
Betreff: Re: NY gegen NE

Andi,

die Red Sox haben die Weltmeisterschaft gewonnen, das ist passiert. Wir haben euch Yankees die Ärsche versohlt, dann haben wir die Cardinals fertiggemacht, uns betrunken und die Telefonmasten umgestürzt. Und jetzt fühlen wir uns euch gegenüber nicht mehr unterlegen. Wir haben uns die Erlaubnis gegeben, genauso überspannt zu sein wie ihr. Am Arsch mit dem Malerischen – wir sind die Weltmeister. Das ist es, und außerdem habt ihr Bloomberg zum Bürgermeister. Oder vielleicht wart ihr es selbst: Eure Vorstadtsnobs haben auf uns abgefärbt.

Sam

P. S. Wann kommst Du mich besuchen?

An: samvanzant@edmund.edu
Von: acutrone@brooklynu.edu
Betreff: Re: NY gegen NE

Nur sechs Worte: Die Yankees haben sechsundzwanzig Mal gesiegt.

Das kommt von Herzen.

Andi

P. S. Ich komme Dich morgen besuchen.

An: acutrone@brooklynu.edu
Von: samvanzant@edmund.edu
Betreff: Eine Frage
Liebe Andi,
was trägst Du in der Uni?

An: samvanzant@edmund.edu
Von: acutrone@brooklynu.edu
Betreff: Antwort
Lieber Sam,
ich schwöre, ich bin nur Professorin geworden, damit ich jeden Tag meine Bluejeans zur Arbeit anziehen kann. Du hättest mich mal als Kind sehen sollen, wie ich mit den Fäusten auf meine Mutter losgegangen bin, wenn sie versucht hat, mir ein Kleid anzuziehen, und das war jeden Sonntag zur Kirche der Fall, zur Erstkommunion, zu Konfirmationen, Hochzeiten und Begräbnissen und, was am schlimmsten war, an den Tagen, wenn der Schulfotograf kam. Diese Tage konnte ich nicht ausstehen, außerdem hing meine Mutter sowieso immer das Porträtfoto von mir auf, auf dem gerade noch die Schultern zu sehen waren. Da ich aber eine der Kleinsten in der Klasse war, musste ich immer mit gekreuzten Beinen in der ersten Reihe sitzen, und das hieß unweigerlich ein Kleid oder einen Rock.

Aber ich komme vom Thema ab. Ja, meine Bluejeans: ausgeblichen. Bequem. Lässig. Passen zu allen meinen Schuhen. Jeder sieht gut aus in Bluejeans, findest Du nicht? Ich wette, Du siehst heiß aus in Bluejeans und einem schwarzen T-Shirt. Da stehe ich einfach drauf …

An: acutrone@brooklynu.edu
Von: samvanzant@edmund.edu
Betreff: Schulfotograf
und ich stehe auf italienischstämmige New Yorker Professorinnen, die auf Traditionalisten herumhacken …

Woran ich mich erinnere, wenn der Schulfotograf kam, waren die Kämme. Wir sollten uns mit ihnen beschäftigen, bis wir an der Reihe waren, und wahrscheinlich waren sie vor allem für die Jungs mit ominösen Wirbeln gedacht. Wahrscheinlich sollten sie auch eine Belohnung sein, damit wir uns vernünftig benahmen und nicht schielten, wenn der Auslöser gedrückt wurde, oder Dennis Kemper vom Stuhl schubsten. Aber wir schlugen den Mädchen mit den Kämmen auf die Ärsche. Oder wir versuchten, mit den Zähnen die Zinken herauszubrechen, machten Musik auf ihnen, spielten auf den Tischen Hockey mit ihnen oder nutzten sie zur Markierung der Tore beim Fingerfußball. Richtig gemein war aber, als Petey Lowenstein, der immer alle herumkommandiert hat, den Kamm ganz tief in seinen Krautsalat getunkt hat, besagten Dennis Kemper während der Pause in die Ecke gedrängt und ihm die Haare damit gekämmt hat.

Aber nun komme ich vom Thema ab. Zieh Deine Bluejeans an, sooft Du willst. Aber ich würde Dich auch gerne mal in einem Kleid sehen. Vorzugsweise in einem kurzen.

Sam

P. S. Wann kommst Du mich besuchen?

An: samvanzant@edmund.edu
Von: acutrone@brooklynu.edu
Betreff: Re: Schulfotograf
Hey, Sam (oder sollte ich Dich Armani nennen?),

Ich habe ein kleines Rotes, das dir gefallen könnte, und solange Du mich nicht zwingst, es zur Kirche anzuziehen …

Ich frage mich, ob ich Dich verfluchen sollte, weil Du die absichtlich verdrängten Erinnerungen an die Kämme wiederbelebt hast. Die Zinken der Kämme standen immer so eng, dass sie nicht durch meine Haare gingen – dafür habe ich meine Barbie damit gekämmt. Und wo wir schon dabei sind: Solltest Du mir jemals mit einem Kamm auf den Arsch hauen, dann kämme ich Dir Schmelzkäse in die Haare.

Andi, der *Modefreak*.

P.S. Morgen.

Ich war total verknallt in Sam.

Wir schrieben uns nicht nur fast täglich E-Mails, wir telefonierten auch ungefähr dreimal die Woche und schrieben uns ab und zu eine SMS, auch wenn wir beide die üblichen Abkürzungen nicht ausstehen konnten. In der Zeit, die wir brauchten um ganze Sätze per SMS zu verschicken, hätten wir uns auch anrufen, uns kurz unterhalten oder auf den Anrufbeantworter sprechen können. Sam plauderte nicht so viel wie Devin, aber er erzählte gerne längere Geschichten, er war nicht so pedantisch und entspannter. Er war ein echter Memoirenschreiber und erzählte mir ausführlich, wie es war, in Wayland, Massachusetts, mit seinem Bruder aufzuwachsen, wie er nach der Uni einen Sommer in Europa verbracht hatte und von einer Skitour nach Vermont, als er dreißig war, bei der er sich das Bein gebrochen hatte, und dass er seitdem nicht mehr auf der Piste gewesen war.

Sam hatte auch keine Hemmungen, mir zu erzählen, wie er mich fand. Seine tägliche Frage: »Wann kommst du mich besuchen?«, die er mir entweder in einer E-Mail oder am Telefon stellte, war eher spielerisch gemeint als drängend. Alle unsere Unterhaltungen, auch die schriftlichen, kamen auf den Punkt, machten Spaß und hatten einen flirtenden Unterton. Auch wenn ich nichts von Fernbeziehungen hielt, spürte ich eine neue Freiheit. Ich war längst nicht so reserviert und empfand nicht das Unbehagen, das ich von der frühen Phase einer Beziehung gewohnt war. Und trotz der räumlichen Entfernung warben wir umeinander. Wenn unsere Verabredungen auch meistens daraus bestanden, dass wir in unseren jeweiligen Lieblingscafés saßen und uns anriefen. Wir versuchten es mit anderen Verabredungen, aber sie scheiterten. Einmal liehen wir beide dieselbe DVD aus und versuchten, sie gleichzeitig anzusehen, während wir miteinander telefonierten, aber wir quatschten die ganze Zeit und verpassten den Film. Auch ein Versuch, denselben Roman von Richard Russo zeitgleich zu lesen, scheiterte an unseren akademischen Verpflichtungen.

Die Wochen vergingen. An der Uni hatte sich alles eingespielt. Ich bemerkte, dass ich mehr über Sam und weniger über Devin nachdachte. Und doch, immer wenn Devin anrief (oder bei den seltenen Gelegenheiten, in denen wir es schafften, uns auf einen Kaffee oder zu einem Film zu treffen), hatte ich Schmetterlinge im Bauch, obwohl wir inzwischen alte Freunde waren.

Eines Tages kam Maggie in mein Büro, dicht gefolgt von Jayce. Ich hatte gerade Sams letzte E-Mail gelesen.

»Hört euch diese Mail von Sam an«, sagte ich und las sie ihnen vor: »*Ich habe gerade meinen letzten Kurs des Tages hinter mir, in dem wir David Sedaris' Essays diskutiert haben, den du mir empfohlen hast* ... , die Lernkurve«, schob ich ein. »*Und meine Studenten haben genauso reagiert wie deine – sie konnten sich einfach nicht darüber einkriegen, dass Sedaris seine Studenten ermutigte, während des Seminars zu rauchen. Sie haben sich total daran festgebissen. Ist das nicht brüllend komisch?*«, fragte ich die beiden. »Genau dieselbe Reaktion!«

Mags und Jayce wechselten einen Blick, dann sahen sie mich an.

»Mann, du bist ja völlig weggetreten«, sagte Maggie.

»Worüber redest du?«

»Du liebst diesen Typ!«

»Stimmt, ich hab mich verknallt.«

»Oh, Entschuldigung – du hast dich *verknallt*. Hörst du dir eigentlich selber zu? Und wann ist die Hochzeit geplant?«

»Ach, hört schon auf«, sagte ich verärgert.

»Weiß Devin das?«, fragte Jayce.

»Weiß Devin was?«

»Dass du mit Sam eine Fernbeziehung führst.«

»So genau nicht«, sagte ich kleinlaut.

»Du nimmst uns auf den Arm«, sagte Maggie. »Das geht nun seit – seit fünf oder sechs Wochen? Und du hast in der ganzen Zeit kein Wort darüber verloren?«

»Es ist ja nicht gerade so, als ob Devin und ich uns in den letzten Wochen so oft gesehen hätten. Im Moment rufen wir uns nur einmal die Woche an, manchmal sogar noch seltener.«

»Warum? Was ist passiert?«, fragte Jayce.

»Eigentlich nichts weiter. In den Weihnachtsferien hatte er tierisch viel zu tun, aber was seitdem los ist, weiß ich nicht.«

»Vielleicht habt ihr euch beide irgendwie daran gewöhnt, nichts mehr miteinander zu machen«, sagte Jayce.

»Vielleicht hat er eine Freundin!«, warf Maggie ein. Daran hatte ich noch nie gedacht, aber bei dem Gedanken zog sich alles in mir zusammen. Mags, beste Freundin, die sie war, bemerkte es.

»Warum sollte es dir etwas ausmachen, wenn du mit Sam zusammen bist?«

»Wer sagt, dass es mir etwas ausmacht?«, log ich schlecht. »Es ist ja nicht so, als ob Devin und ich zusammen gewesen wären. Und wer sagt, dass ich mit Sam zusammen bin?«

»Devin ist ein Typ, mit dem man schläft. Sam ist ein Typ, mit dem man frühstückt«, sagte Maggie.

Ich sah sie verblüfft an. »Was soll das denn heißen?«

»Vielleicht ist sie in beide verliebt«, sagte Jayce zu Maggie, als sei ich gar nicht da.

»Ich bin nicht in zwei Männer verliebt!«, sagte ich standhaft.

»Komm schon, Andi! Daran ist doch nichts verkehrt«, sagte Jayce.

»Warst du denn schon einmal zur gleichen Zeit in zwei Männer verliebt? Und damit meine ich nicht deinen Freund und Taye Diggs.«

Jayce grinste. »Schätzchen, über beide bin ich schon lange hinweg. Und auch wenn es mir persönlich noch nie passiert ist, glaube ich trotzdem, dass es möglich ist.«

»Und du, Mags? Warst du schon mal in zwei Männer zur selben Zeit verliebt?«

Sie dachte darüber nach.

»Hängt wahrscheinlich von den Männern ab.«

Jayce und ich sahen uns verwirrt an.

»Weiß Sam von Devin?«, fragte Jayce.

»Hört mal, ich bin nicht in zwei Männer verliebt«, sagte ich noch einmal, vielleicht mit etwas zu viel Nachdruck, und wich ihrer Frage aus. »Und was Sam angeht, na ja, es ist einfach so, wie es ist. Es … macht Spaß. Eigentlich ist es genauso, wie es mit Devin, dem Callboy, sein sollte. Ganz ohne Druck. Und sogar noch besser, denn ich muss nicht die gesamten Ersparnisse meines Lebens dafür ausgeben oder einen Schwindelvertrag für ein paar Stunden mit ihm unterzeichnen.«

»Gut für dich«, sagte Maggie. »Aber je eher du das mit dir selbst ins Reine bringst und auch mit den beiden, desto besser wird es dir gehen.«

Ich wusste, dass sie recht hatte, auch wenn ich ihr nicht die Befriedigung verschaffte, ihr das zu sagen. Und ich wusste, dass es schon längst an der Zeit war.

Kapitel zwanzig
MÄRZ

An einem Sonnabendnachmittag rief Devin mich an, und wir trafen uns in Greenport bei *Claudio*.

»Und was läuft so?«, begann ich, nachdem wir uns gesetzt hatten und die Speisekarten ansahen. »Ich hab dich ja seit Ewigkeiten nicht mehr gesehen. Was hast du heute auf der Insel gemacht?«

»Familientreffen«, sagte er und wich meinem Blick aus.

»Gab es was zu feiern?«

»Den Geburtstag meiner Mutter.«

»Und wie war's?«, fragte ich. Ich wusste ja, dass man Devins Beziehung zu seiner Familie im besten Fall angespannt nennen konnte. Auch wenn er nicht gern darüber sprach.

»Es war in Ordnung.« Seiner knappen Antwort entnahm ich, dass er keine Lust hatte, darüber zu reden.

Ich überflog die Speisekarte und entschied mich für Scampi. Er bestellte Schwertfisch. Als die Kellnerin uns die Speisekarten abgenommen hatte, sahen wir uns an, als wäre es unser erstes Date, und dazu noch ein blindes.

»Also …«, begann ich noch einmal. Er hob die Augenbrauen und wartete darauf, dass ich fortfuhr, aber mir fiel absolut nichts ein.

»Wie geht's bei der Arbeit?«, fragte er mich.

»An der Uni, meinst du?« Es kam mir eigentlich kaum wie Arbeit vor, jedenfalls nicht im Sinn von mühsam. »Gut.«

»Gute Kurse?«

»Ja. Das Übliche, würde ich sagen. Nicht schlecht. Und bei dir?«

»Das Übliche«, antwortete er, ohne näher darauf einzugehen. Wir wollten wohl beide nicht mehr über Devins Arbeit sprechen.

»Nächste Woche beginnen die Frühlingsferien«, sagte ich.

»Hast du irgendwelche Pläne?«

»Maggie und ich fahren für ein paar Tage nach Florida«, erzählte ich ihm. »Auch wenn sich das ziemlich abgedroschen anhört, Florida im Frühling. Und übers Wochenende bin ich in Massachusetts.«

Er machte große Augen. »Wirklich?«

»Ja, ich bin jetzt schon wieder so lange hier. Ich freue mich richtig darauf.«

»Gehst du wen besuchen?«

Ich schwor, in dem Moment wusste er es. Hatte Maggie ihm etwas gesagt? Oder dachte er an Andrew? Er wusste von mir, dass ich Andrew zufällig bei der Konferenz getroffen hatte. *Erzähl es ihm! Erzähl es ihm!*

»Nur ein paar Freunde«, sagte ich.

Super erzählt.

»Na, dann amüsier dich gut«, sagte er. Er sah aus, als sollte er eine Abschlussklausur schreiben.

»Mach ich bestimmt«, sagte ich.

Die meiste Zeit während des Essens verging mit ähnlichem Small Talk, und ich fragte mich, warum wir so oberflächlich geworden waren. Ich sehnte mich nach den Tagen zurück, als die Stunden wie Minuten vergangen waren und unsere Unterhaltungen nur so sprudelten. Unser Lachen fehlte mir. Und die Zeiten, in denen ein Schweigen nicht auf uns gelastet hatte. Es war fast so, als würde uns eine Glasscheibe wie im Gefängnis trennen.

Auf dem Weg nach East Meadow dachte ich nur daran, dass ich es gar nicht mehr erwarten konnte, Sam zu sehen.

Während der Fahrt nach Orlando stritten Maggie und ich uns wie Schwestern. Die drei Strandtage verbrachte ich damit, mich mit dem schnell näher rückenden Wochenende zu beschäftigen. Ich wollte nicht nur Sam besuchen, ich hatte für Freitag auch ein zweites Gespräch und eine Lehrprobe an der Northampton University auf deren Wunsch hin vereinbart. Maggie wusste noch immer nichts von meiner beruflichen Perspektive. Ich hatte Schuldgefühle, weil ich es ihr nicht sagte, weswegen ich wahrscheinlich dauernd Streit mit ihr anfing.

Von Mittwoch auf Donnerstag fuhr ich mit Amtrak nach Boston, wo Sam mich an der South Station mit einem Blumenstrauß erwartete. Zu meiner Überraschung rannten wir auf der Plattform aufeinander zu; und hätten wir nichts in unseren Händen gehabt, ich war mir sicher, dann hätte er mich hochgehoben und herumgewirbelt. Er küsste mich auf die Lippen – es war himmlisch. Devin hatte vier Monate gebraucht, um mich auch nur auf die Wange zu küssen. Sam brauchte weniger als vier Sekunden seit dem Moment, als ich aus dem Zug gestiegen war.

Wenn ich es nicht besser gewusst hätte, ich hätte geschworen, ich käme nach Hause.

Die Universität von Northampton hatte mich in einen nahe gelegenen Comfort Inn einquartiert. Nach einem späten Abendessen setzte Sam mich vor dem Hotel ab und gab mir einen Gutenachtkuss. Weich und zart und vollkommen.

Den ganzen nächsten Tag verbrachte ich an der NU. Danach war ich geistig erschöpft und körperlich müde von der Reise, rief Sam an und verbrachte die Nacht alleine in meinem Hotelzimmer, wo ich sehr schnell einschlief. Am nächsten Morgen holte er mich zum Frühstück in einem kleinen Café ab. Wir verbrachten den Tag damit, uns Amherst anzusehen. Er führte mich auch durch das Edmund College. Dann machten wir ein Picknick am See des Campus. Es war sonnig, aber noch frisch – das typische Märzwetter in Neuengland. Sam war sehr zugewandt und höflich, er hielt mir die Türen auf und kümmerte sich darum, dass es mir gut ging. Er bat mich sogar um *Erlaubnis*, mich bei der Hand zu nehmen. So ritterlich war ich noch nie behandelt worden, noch nicht einmal von Devin mit all seinem Charme. Es war mir bisher noch nicht aufgefallen, aber Devin schien immer einen Plan zu haben, als wäre er mir immer drei Züge voraus wie ein Schachspieler. Sam lebte viel mehr im Moment.

Und ich auch. Meine üblichen Sorgen, wie meine Haare aussahen oder was ich trug, waren wie weggeblasen, vor allem nach dem Tag an der NU. Ich trug das ganze Wochenende kein anderes Make-up als kirschfarbenen Lipgloss.

Ich kaute gerade ein Cantuccini, da fiel mir auf, wie intensiv Sam mich ansah. Er lächelte mich zärtlich an.

»Darf ich dich küssen?«, fragte er mich.

Ich nickte, ohne zu zögern, und er beugte sich vor und gab mir einen sensationellen Kuss. Wenn in einem der Gebäude des Edmund College der Strom ausgefallen wäre, hätte man nur unsere Finger in den Sicherungskasten stecken müssen, um Strom zu gewinnen.

Nach dem Picknick und einer Nachmittagsvorstellung im Kino saßen wir in Sams Lieblingscafé, guckten uns wie Collegestudenten an und grinsten breit.

»Willst du mein Haus sehen?«

»Klar!« Wir sprangen auf und rannten wie verrückt zu seinem Auto.

Sams Haus war im Kolonialstil gebaut mit Dachschindeln aus Holz und Fensterläden, von denen die Farbe abblätterte. Die niedrigen Decken und Dielen auf dem Boden waren so gemütlich, wie ich es von Neuengland kannte, aber ganz vergessen hatte. Zusammengewürfelte dunkle Ledermöbel standen in allen Zimmern vor vollgestopften Bücherregalen. Der Geruch von brennendem Hickoryholz lag in der Luft. Obwohl es an den alten Holzfenstern zog, verbreitete das Haus eine unglaubliche Wärme.

Wir saßen vor dem Kamin auf dem Boden im Wohnzimmer und hörten ganz leise Steely Dan.

»Soll ich Feuer machen?«, fragte er mich.

»Es kommt mir so vor, als würde schon eins brennen«, antwortete ich. Meine Kühnheit überraschte mich selbst, aber es fühlte sich ganz natürlich an.

Dieses Mal bat er mich nicht um Erlaubnis, sondern küsste mich heftig. Ich fiel hintenüber, nur Zentimeter von der Kante der Couch entfernt. Wir kicherten, bewegten uns aus der Gefahrenzone und knutschten weiter. Ich fühlte mich frei, leicht, ungehemmt. *Das ist es*, dachte ich. *Ich bin bereit. Ich will dies, und ich will es mit ihm.*

»Wollen wir ins Bett gehen?«, fragte ich ihn zwischen zwei Küssen.

Wow! Hatte ich das wirklich gesagt? Eine Spur von Zweifel meldete sich. Ich konnte Devins Stimme hören, wie er mich anleitete, mich einfach zu entspannen …

»Ich meine …« Ich setzte mich auf. »Ich wollte nicht zu direkt sein.«

Großer Gott. Kann ich jetzt irgendwo meinem Kopf gegenschlagen?

Sam setzte sich auf und sah mich liebevoll an.

»Direkt ist gut«, sagte er und küsste meinen Hals. Ich stöhnte leise; es war schon eine ganze Weile her.

»Das gefällt mir«, flüsterte ich schwer atmend.

»*Du* gefällst mir«, gurrte er.

»Und was gefällt dir noch?«, fragte ich ihn, nahm seine Hand und schob sie unter meine Bluse.

Doch da hörte er auf. Er zog die Hand zurück und lehnte sich gegen die Couch. Für den Bruchteil einer Sekunde sah er auch so aus, als wollte er seinen Kopf irgendwo gegenschlagen.

»Ist alles in Ordnung? Habe ich etwas falsch gemacht?«

Er sah mich an, als wäre das vollkommen absurd. »Nein, natürlich nicht.«

»Was ist es denn dann?«

»Andrea«, begann er. Ich mochte es, dass er mich immer mit meinem ganzen Namen anredete – wie er meinen Namen aussprach, war irgendwie sexy. »Herzchen, ich würde nichts lieber tun, als dich hier und jetzt zu lieben.«

Oh-ho. Ich konnte das große *Aber* schon kommen hören.

»Aber ich will nicht einfach nur mit dir vögeln und dich dann wieder zurückschicken, als wäre das alles, was an diesem Wochenende zählt.«

»Ich hab nie gedacht, dass du das beabsichtigst.« Ich sah ihn an. »Und was zählt an diesem Wochenende?«

Er nahm meine Hand. »Im Verlauf der letzten Monate habe ich mich, glaube ich, in dich verliebt. Nein, ich *weiß* es.«

Ich sah ihn fassungslos an, als hätte mir noch nie ein Mann gesagt, dass er mich liebte. Und mir wurde plötzlich klar, dass es daran lag, dass ich nie einem geglaubt hatte. Mein Unterbewusstes hatte es einfach nicht zugelassen. Doch dank Devin hatte sich das verändert. Und als ich den Blick von Sams meerblauen Augen sah, glaubte ich ihm nicht nur, ich wusste es sogar. Und doch brachte ich es nicht über mich, ihm zu sagen, dass ich ihn auch liebte, obwohl ich mir ziemlich sicher war.

Ohne auf meine Antwort zu warten, nahm er meine andere Hand und hielt nun beide Hände fest.

»Wenn es dir zu schnell geht, sag es mir«, schlug er vor. »Dann lege ich einen anderen Gang ein. Aber ich meine es ernst, und ich möchte nicht, dass wir Sex haben, bevor wir beide es wollen, okay?«

Geschah das wirklich?

»Erklärst du mir gerade, dass du heute Abend nicht mit mir schlafen willst?« Ich musste sichergehen, dass ich ihn richtig verstanden hatte.

»Nein, ich will heute Abend unbedingt mit dir schlafen! Ich

meine, ich will, dass du heute Nacht hierbleibst und dass wir kuscheln und so.«

Das *und so* hatte es mir angetan.

»Aber jetzt Sex zu haben und dann wieder diese Fernbeziehung zu führen, kommt mir einfach irgendwie nicht richtig vor, findest du nicht auch?«

Scheiß Ironie!

Ich ließ das eine Ewigkeit auf mich wirken, dann brach ich in Gelächter aus – nur noch einen Schritt von der Manie entfernt.

»Was ist daran so komisch?«, fragte er mich.

»Mann, wenn du wüsstest. Ich erzähle es dir noch …«, sagte ich dann und musste wieder lachen. Sam wartete darauf, dass ich mich beruhigte. »Aber im Ernst, du hast ja recht.« Ich unterdrückte ein Kichern. *Was verstehst du eigentlich unter* und so?, wollte ich ihn fragen.

»Hör mal, ich will dich nicht drängen und ich will dich vor allem nicht vertreiben, aber ich hoffe, dass du die Stelle an der NU bekommst. Oder sonst trotzdem hierherziehst. Denn sonst ziehe ich nach New York.«

»Würdest du das wirklich tun?«

»Ja.«

»Deine Festanstellung aufgeben und alles andere?«

»Ohne mit der Wimper zu zucken.«

»Wow«, sagte ich und mein Herz machte einen Satz.

»Ja.«

»Die Yankee-Fans machen dich kalt. Natürlich erst, nachdem sie dich zum Frühstück gegessen haben.«

Er lachte und küsste mich sanft auf die Nase, bevor er mich ganz in den Arm nahm. Alles an Sam fühlte sich gut an.

Er wollte wirklich meinetwegen umziehen! Seinen Job aufgeben, seine Festanstellung und all das! Niemand hatte so etwas meinetwegen auch nur erwogen. Zur Hölle, und wenn es jemand getan hätte, ich wäre vor Schreck tot umgefallen. Und umgekehrt genauso, wenn ich so ein Angebot hätte machen müssen. Ich dachte darüber nach, dass er gesagt hatte, ich solle nach Massachusetts zurückziehen, selbst wenn ich die Stelle an der NU nicht bekäme. War ich bereit, ein solches Risiko einzugehen? Und dann dachte ich daran, was Jayce gesagt hatte, nämlich dass ich in zwei Männer verliebt war. Ja zu der ernsthaften Beziehung mit Sam zu sagen bedeutete, Nein zu der falschen Hoffnung zu sagen, dass es sich mit Devin irgendwann verändern würde. Und war es nicht an der Zeit, mich von der Hoffnung zu verabschieden? War ich bereit dafür?

Ich stand auf. »Hast du ein T-Shirt oder so was, was ich zum Schlafen anziehen kann?«

Er sprang auf, wie ein Kind am Abend vor Weihnachten, das man mit dem Versprechen ins Bett schickte, dass es am nächsten Tag Geschenke bekommt. Bald danach kuschelten wir unter einer marineblauen Decke. Sam roch nach einer Mischung aus Seife und Patchouli. Ich atmete seinen Geruch ein und seufzte.

»Warum seufzt du?«, fragte er mich flüsternd, während er sich an mich drängte.

»Es ist so gut«, sagte ich.

Er seufzte auch.

»Warum seufzt du?«, äffte ich ihn nach.

»Eine schöne Frau liegt neben mir im Bett.«

Ach, du heilige neun!

Gerade als ich einschlief, fragte er mich: »Und worüber hast du nun so gelacht?«

Er hatte mir eine einfache Frage gestellt, und ich antwortete ihm genauso einfach. Ich erzählte ihm alles darüber, wie ich aufgewachsen war, über meinen Vater und meine Brüder und meine sexuellen Hemmungen und wie es mit mir stand. Er hörte mir aufmerksam zu, fragte ab und zu nach und strich mir über die Haare, während er mich im Arm hielt. Zum ersten Mal verspürte ich weder Angst noch Scham, auch keine Angst vor Zurückweisung oder Wertung. Er rückte noch näher an mich heran. »Das ist die coolste Geschichte, die ich je gehört habe«, sagte er. »Jetzt finde ich es noch besser, dass wir nicht bis zum Ende gegangen sind.«

»Aber ich hätte es getan«, sagte ich. »Jetzt bin ich bereit. Und willens.«

»Nein, noch nicht. Wenn du hierherziehst, dann bist du bereit. Und hoffentlich ist dir aufgefallen, dass ich gesagt habe *wenn*.«

»Ist mir aufgefallen«, antwortete ich mit schwacher Stimme.

Das Einzige, worüber ich nichts gesagt hatte, war Devin und unsere Vereinbarung. Okay, also hatte ich vielleicht doch noch ein ganz klein bisschen Angst. Ich sagte nur, dass ich im letzten Jahr sehr viel dazugelernt habe und viel selbstbewusster geworden sei. Eine neu interpretierte Wahrheit.

Ich seufzte wieder.

Lange Zeit verstrich, vielleicht waren es auch nur fünf Minuten gewesen.

»Hoffentlich bekomme ich den Job an der NU«, sagte ich.

Irgendwann schlief ich zum Rhythmus seines Atmens ein.

Kapitel einundzwanzig

Am nächsten Morgen erwachten Sam und ich fast zur selben Zeit, und wir alberten eine Weile herum, bevor er aufstand, nach einer Zahnbürste für mich suchte und uns Frühstück machte. (Ich erfuhr auch, was *und so*, zu bedeuten hatte.) Da mir kalt war, zog ich seinen Flanell-Bademantel an und ging ins Badezimmer, um mich frisch zu machen. Mein Morgenatem oder meine zerzausten Haare waren mir egal.

Als ich die Treppe hinunterging, wurde der Duft von gebratenem Speck und Kaffee intensiver. Sam stand in Pyjamahose, alten Socken und einem heidegrauen Kapuzenpullover vom Edmund College vor dem Herd und wendete gerade geschickt einen Pfannkuchen in der Luft. Man hätte meinen können, er steckte in Klamotten von Armani, so wie ich ihn mit den Augen verschlang. Er schien auch etwas Ähnliches über mich zu denken, als ich hereinschlurfte.

»Hey, du Wunderbare!«

Ich sah über die Schulter, ob jemand hinter mir stand. Er lachte. »Du bist so komisch, Andrea.«

»Riecht lecker«, sagte ich, ging zu ihm und gab ihm einen Kuss.

»Speck und Kaffee sind die beiden besten Gerüche auf der Welt.«

Das fand ich nicht. »Wohl kaum.«

»Was denn sonst?«

»Wenn etwas gebacken wird, das ist der beste Geruch.«

»Und der schlimmste?«

»Ein totes Stinktier.«

Damit stimmte er überein.

Er stellte das Frühstück auf den Küchentisch: Speck,

Würstchen, Pfannkuchen und Ahornsirup aus Vermont, Kaffee, Orangensaft und Rühreier.

»Heiliger Bimbam!«, rief ich, als ich begann, mir den Teller vollzuschaufeln. »Hat meine italienische Großmutter sich in deinen Körper gesetzt? Willst du, dass ich einen Herzinfarkt kriege?«

»Frühstück ist die beste Mahlzeit des Tages, das weißt du doch!«

»Ich lasse immer gerne noch etwas Platz fürs Mittag- und Abendessen.«

»Warum sollten wir es nicht wie die Italiener machen und unsere Freuden genießen – gutes Essen und gute Gesellschaft?«

»*Buon appetito*«, sagte ich.

Als ich langsam zu essen begann, konnte ich nicht anders, als daran zu denken, was Maggie über Sam gesagt hatte: Dass er ein Typ war, mit dem man frühstückte. Ich war sehr zufrieden, und das lag nicht nur am Essen.

Nachdem wir abgewaschen hatten, nahm er mich in den Arm. »Und was machen wir heute, bevor ich dich wieder nach Long Island gehen lassen muss?«

Mir fiel da schon eine Menge ein.

Wir küssten uns lange und innig auf der Plattform der South Station, bevor wir voneinander abließen und ich in den Zug nach New York stieg. Ich konnte mich nicht auf mein Buch konzentrieren, und so lehnte ich mich entspannt zurück, schloss die Augen und ließ die Ereignisse des Wochenendes glücklich an mir vorüberziehen, bis ich zum wiegenden Rhythmus des Zuges und dem regelmäßigen Klacken der Räder einschlief. Ich stellte mein Handy erst wieder ein, als ich nachts in der Stadt ankam. Ich hatte mich entschieden, bei Maggie zu übernachten, da es schon sehr spät war und die Uni am nächsten Tag wieder losging. Ich rief Sam an, um ihn wissen zu lassen, dass ich gut angekommen war. Dann hörte ich eine Nachricht von Devin ab: »Hey, Andi, ich bin's. Ich hab mich nur gefragt, ob du schon wieder zurück bist. Ruf mich an.«

Maggie fragte mir über das Wochenende Löcher in den Bauch, genau wie ich es erwartet hatte.

»Du hast mit ihm geschlafen, stimmt's? Ich kann es an deinen Augen sehen.«

»Na ja, ja und nein. Kannst du dir vorstellen, dass er warten wollte?«

Ihr fiel das Kinn herab. »Nimmst du mich auf den Arm? *Er* wollte warten?«

Ich nickte und machte das Zeichen für Ehrenwort.

»Warum?«, fragte sie ungläubig.

»Er hat gesagt, er will mich nicht einfach vögeln und wieder wegschicken. Er wollte, dass wir uns erst ernsthaft zueinander bekennen, bevor wir Sex haben. Und glaub mir, ich war hundert Prozent bereit. Ich hätte es auch getan, wenn er es sich dann doch noch anders überlegt hätte.«

»Wow«, sagte sie verblüfft. »Ich habe nicht geglaubt, dass es solche Typen immer noch gibt.«

»Offensichtlich haben sie New York alle verlassen.«

»Ihr habt also das ganze Wochenende nichts gemacht?«

»Das habe ich nicht gesagt«, sagte ich und zwinkerte ihr wie Devin zu. Maggie warf mit einem Kissen nach mir.

Ich fing es auf und warf es zurück. »Was soll ich sagen? Ich kann dir doch keine Einzelheiten erzählen!«

»Nein? Ist es so ernst? Was passiert denn jetzt?«

»Ich weiß es noch nicht«, sagte ich.

»Wann erzählst du Devin davon?«

»Wahrscheinlich dann, wenn es etwas zu erzählen gibt.«

»Ich finde, es gibt jetzt schon was zu erzählen. Ich denke

mal, du hast ein paar von den Sachen, die er dir gezeigt hat, am Wochenende gleich getestet.«

»Sein Unterricht kam mir gelegen, das stimmt.« Dann fiel mir etwas ein. »Meinst du, er hat am Wochenende Gelegenheit gehabt, etwas zu schreiben?«

Wir dachten beide eine Sekunde darüber nach, dann brachen wir in Lachen aus. Am nächsten Tag, als ich nach der Uni zurück nach East Meadow kam, warteten zwei weitere Nachrichten von Devin auf dem Anrufbeantworter auf mich:

»Hey, bist du da? Oder bist du irgendwo in der Wildnis verloren gegangen? Bitte ruf mich an …«

»Hey, Andi. Hier ist Devin … hm, wahrscheinlich bist du noch nicht wieder zurück. Ich hatte gehofft, wir könnten uns einen Film zusammen ansehen oder so. Es ist schon eine Weile her, seit wir was zusammen gemacht haben. Und überhaupt, ruf mich an, wenn du dies abhörst.«

Ich rief ihn erst am nächsten Tag an.

Ein Monat verging. Ende April rief jemand von der Universität von Northampton an, um mir die Stelle anzubieten.

Kapitel zweiundzwanzig

MAI

»Warum?«, rief Maggie, als ich ihr erzählte, dass ich weggehen würde.

»Es ist eine tolle Chance. Leiterin des Schreibprogramms, höheres Gehalt, eine Festanstellung ...«

»Nein, ich meine, warum hast du mir nicht gesagt, dass du darüber nachdenkst?«

»Weil ich nicht wollte, dass du es mir wieder ausredest.«

»Das stimmt allerdings, verdammt, ich hätte es dir wieder ausgeredet. Und genau das werde ich jetzt tun.« Sie schlug die Hände vors Gesicht und seufzte. »Unser Lehrbuch kommt rechtzeitig vor der College Writing Conference in Hartford heraus.«

»Na und, wir erreichen viel mehr Leute, wenn du es hier bekannt machst und ich in Northampton.«

»Ziehst du wegen Sam um?«

»Ich hatte das Vorstellungsgespräch, bevor ich Sam getroffen habe.«

»Devin?«

Ich antwortete nicht.

»Du rennst weg«, sagte sie und tadelte mich mit ausgestrecktem Zeigefinger, so wie es Eltern tun. Ich holte tief Luft.

»Nein, das stimmt nicht«, verteidigte ich mich. »Ich bin hierhergekommen, weil ich vor Andrew weggelaufen bin. Ich habe mich all diese Monate durch Manhattan treiben lassen, aber ich gehöre nicht hierher.«

»Aber du liebst die Insel«, entgegnete Maggie. »Das weiß ich genau. Geh doch an die Uni in Dowling oder an die Suffolk Community oder SUNY Stony Brook. Sie suchen da nach Leuten wie dir.«

»Mags, mir fehlt Massachusetts.«

»Seit wann denn das?«

»Ich weiß es nicht. Ich glaube, schon seit einer ganzen Weile. Und als ich Sam besucht habe, habe ich es so richtig bemerkt.«

»Du kriegst da unten einfach keinen vernünftigen Bagel.«

»Ich werd's überleben. Ging vorher ja auch ohne.«

»Ach, Scheiße«, sagte sie und gab sich geschlagen. »Es ist die leitende Stelle. Du kannst das jetzt. Wir hatten nur einfach so viel Spaß, seit du hergekommen bist. Wer kommt denn jetzt in mein Büro, liest mir aus Hausaufgaben vor, redet mit mir über Schreibtheorien und erzählt mir Geschichten?«

Das war's. Wir saßen beide da und weinten. Vielleicht hatte sie recht. Vielleicht rannte ich von Devin weg. Vielleicht rannte ich auch zu Sam.

Devin und ich sahen uns kaum noch und wir telefonierten auch nur selten miteinander. Ich machte mir vor, dass irgendwelche kosmischen Mächte dafür verantwortlich wären, um mir den schmerzhaften Prozess der Trennung zu erleichtern. Aber konnte man überhaupt von einer Trennung sprechen? Ich war mir nicht sicher. Wir waren ja nie zusammen gewesen. Aber schließlich hatten wir uns stundenlang wechselseitig stimuliert – intellektuell und sexuell. Wir hatten tiefschürfende Gespräche geführt, es hatte stille, intime Momente gegeben und verständnisvolle Blicke. Wir hatten uns voreinander ausgezogen – jedenfalls im übertragenen Sinn – und waren in alle Fettnäpfchen getreten. Wenn wir zusammen waren, arbeiteten wir an uns.

»Hast du Devin noch immer nichts über Sam gesagt?«, fragte Maggie.

»Ich habe noch keine Gelegenheit dazu gehabt.«

Maggie sah mich skeptisch an.

»Warum sollte ich es ihm sagen?«

»Weil es für ihn einiges verändern könnte. Vielleicht gibt er dann zu, wie viel er für dich übrighat.«

»Vergiss es, Mags. Wenn er bis jetzt noch nichts gesagt hat, warum sollte er es dann je tun?«

»Und weiß Sam von Devin?«

Ich sah sie an, um ihr zu bedeuten: *Hör auf, mir solche Fragen zu stellen.*

»Ich mag Sam«, sagte sie, als wäre sie um ihre Meinung gebeten worden. »Er sieht so süß aus. Und es ist offensichtlich, wie sehr er dich mag. Devin, auf der anderen Seite, ist wiederum so ...«

»Ich weiß«, sagte ich. Wieder spürte ich die Schmetterlinge, wie immer, wenn ich an ihn dachte.

Wie sollte ich ihm erzählen, dass ich wegzog? Wie sollte ich von ihm weggehen? Wollte ich das überhaupt?

Meine Mutter und ich saßen in unserem Stammrestaurant, und wie immer hatte sie das Jackett über die bloßen Schultern gelegt.

»Alsooo, Mom. Ich muss dir was erzählen.«

»Bist du mit jemandem zusammen?«

Ich runzelte die Stirn, ich ärgerte mich jetzt schon. »Nein ... na ja, ja, aber das ist es nicht. Ich habe eine Stelle als Leiterin des Fachbereichs Kreatives Schreiben an der Universität von Northampton in Massachusetts. Einen Lehrstuhl, einen unbefristeten Vertrag und ein gutes Gehalt. Ich ziehe nächsten Monat um.«

»Du bist doch gerade erst von da hergekommen.«

»Mom, ich bin schon seit zwei Jahren hier.«

»Oh, entschuldige bitte. Mir war nicht klar, dass das ein ganzes Leben ist.«

»Warum machst du so ein Fass auf?«

»Sich so herumtreiben zu lassen, sieht in einem Lebenslauf nicht gut aus, Andi.«

»Wer lässt sich herumtreiben? Ich habe drei Jahre für meinen Doktor gebraucht, dann war ich ein Jahr in Teilzeit angestellt, und danach hatte ich eine befristete Vollzeitstelle. Außerdem habe ich drei Artikel veröffentlicht, jedes Jahr seit dem Uniabschluss Vorträge bei Konferenzen gehalten und ein Lehrbuch geschrieben, das jetzt in diesen Tagen erscheint. Und nun erzähl mir mal, was du mit *Herumtreiben* gemeint hast.«

Sie war unbeeindruckt. »Hast du es deinen Brüdern schon gesagt?«

»Ich habe sie gestern Abend angerufen.«

»Sie gehen wieder auf Tournee, glaube ich, und deswegen weiß ich nicht, ob sie dir bei dem Umzug helfen können.«

»Das kriege ich schon hin«, sagte ich. Ich würde entweder Devin oder Sam anhauen – und mir schoss ein Bild durch den Kopf, wie sie beide aufkreuzten und sich meinetwegen duellierten.

Sie stocherte in ihrem Salat herum.

»Und mit wem bist du zusammen?«

»Er heißt Sam, und er ist auch Schreibprofessor.«

»An der Uni in Brooklyn?«

»Nein, er ist in Massachusetts, nicht weit von der Uni entfernt, an der ich unterrichten werde.«

»Also gehst du seinetwegen?«

Mir reichte es langsam. »Mom, glaub mir doch einfach. Ich ziehe wegen des *Jobs* um. Sam ist eine angenehme Überraschung, aber eine zufällige.«

»Wie lange kennst du ihn denn schon?«

»Seit Januar.«

»Ihr habt eine Fernbeziehung?«

»Ja, mehr oder weniger.«

Sie machte eine Pause. »Na, dann gute Reise. Wenn es dir nur gut geht.«

Und das war's. Kein tränenreicher Zusammenbruch wie mit Maggie. Auf der anderen Seite hatte sie auch nicht geweint, als ich das erste Mal weggezogen war oder als meine Brüder auszogen. Vielleicht weinte sie, wenn wir nicht da waren. Ich hätte natürlich gerne gesehen, dass sie irgendwelche Gefühle zeigte. Dass ich ihr irgendetwas bedeutete, dass ich nicht einfach nur irgendeine Bekanntschaft war, die durch ihr Leben zog. Zur Hölle, nur dieses eine Mal wollte ich, dass sie *stolz* auf mich war. Aber ich hatte gelernt, nicht mehr darauf zu warten.

Mags, Mom, meine Brüder ... abgehakt. Sam wusste natürlich Bescheid – er war der Erste, dem ich es gesagt hatte. Er war in ein lautes *Yeee-ha!* ausgebrochen wie ein Cowboy.

Das hieß, es blieb nur noch einer übrig.

Nachdem wir zwei Wochen versucht hatten, uns ans Telefon zu kriegen, trafen Devin und ich uns schließlich an einem Spätnachmittag bei *Junior's*. Witzigerweise saßen wir am selben Tisch wie bei unserem ersten Besuch, an dem Tag, an dem ich ihm die Vereinbarung vorgeschlagen hatte. Es kam mir wie gestern vor und wie vor einem ganzen Leben. Aber unsere langen Unterhaltungen hatten sich auf einsilbigen Small Talk reduziert. Jede Äußerung war eine Anstrengung; es war, als wäre eine Wand zwischen uns, und wir benötigten all unsere Kraft, um sie zu überwinden.

»Du bist so ungewöhnlich still«, bemerkte er.

Der Augenblick war gekommen, und ich wusste es. All meine Ängste verflogen.

Ich hielt inne, bevor ich antwortete. Mir schossen Tränen in die Augen, und ich nahm ihn bei der Hand.

»Ich glaube, du bist mein bester Freund«, sagte ich. Ich war selbst erstaunt über meine Worte.

Ich machte noch eine Pause.

»Ich liebe dich, Dev. Und ich gehe fort.«

Seine Hand lag noch in meiner, und ein paar Sekunden saß er wie erstarrt da; dann blinzelte er und schüttelte den Kopf.

»Was hast du gesagt?«

»Ich habe eine Lehrstelle an der Universität von Northampton angenommen. Ich ziehe wieder zurück nach Massachusetts.«

»Wann?«

»Im nächsten Monat, nach dem Ende des Semesters.«

»Wann hast du das alles eingefädelt?«

»Die Vorstellungsgespräche haben schon im Januar stattgefunden.«

»Warum hast du mir nichts davon gesagt?«

»Ich habe niemandem etwas gesagt. Noch nicht einmal Maggie.«

Er sah verstört an mir vorbei. Dann starrte er mich an. »Hast du gesagt, dass du mich liebst?«, fragte er.

»Ja.«

Meine Stimme bebte, mein Herz klopfte laut.

»Du liebst mich?«

»Ja.«

»Seit wann?«

»Seit dem Tag, an dem wir uns begegnet sind. Aber ich habe es mir erst in unserer letzten gemeinsamen Nacht eingestanden.«

Er senkte den Kopf und sah still in seine Kaffeetasse. »Ich weiß nicht, was ich dazu sagen soll«, flüsterte er kaum hörbar.

»Es tut mir leid. Ich wollte nicht zwei Bomben auf einmal abwerfen. Aber sie sind mir irgendwie gleichzeitig aus dem Mund gefallen.«

»Warum hast du mir das nicht schon eher gesagt?«

»Dass ich dich liebe? Weil das verboten war, erinnerst du dich nicht daran? Wir haben diese beschissene Vereinbarung unterschrieben. Und als der Vertrag ausgelaufen war, hatte ich nicht den Eindruck, dass wir das irgendwie in den Griff kriegen würden. Du hattest recht, Dev. Ich könnte mich nie ganz mit dem arrangieren, was du machst, um deinen Lebensunterhalt zu verdienen. Und das ist natürlich völlig scheinheilig von mir, wenn man bedenkt, dass ich deine Dienstleistungen in Anspruch genommen habe. Und auch damit hattest du recht: Ich unterscheide mich nicht von deinen anderen Klientinnen.«

»Ich war völlig neben der Spur, als ich das gesagt habe«, sagte er.

»Aber du lagst nicht daneben. Wir haben uns wechselseitig gebraucht.«

»Um an uns zu arbeiten. Wir haben beide davon profitiert. Du hast mir so viel beigebracht, Andi.«

»Und du mir, und ich bin dir so dankbar dafür.«

»Und warum musst du jetzt fortgehen?«

»Ich bin bereit für mehr«, sagte ich. »Und weniger. Ich bin bereit für eine Stelle, die mich mehr herausfordert, sowohl als Leiterin des Schreibprogramms wie auch als publizierte Lehrbuchautorin. Als Nächstes möchte ich eine Sammlung von Erinnerungen herausbringen. Und ich bin auch bereit für eine Beziehung, die mich mehr erfüllt und fest ist. Ich habe im Januar jemanden bei einer Konferenz getroffen.«

Er erstarrte. »Wirklich?«

»Er heißt Sam. Er unterrichtet am Edmund College, und wir haben uns E-Mails geschrieben und uns angerufen. Ich habe ihn in den Frühlingsferien besucht. Wir wollen es ernsthaft miteinander versuchen, wenn ich dort hingezogen bin. Ich glaube, ich bin … na ja, es ist mir wirklich sehr ernst mit ihm. Und weißt du, da ist auch noch etwas anderes. Bevor wir uns getroffen haben, habe ich nie einen Mann richtig kennengelernt. Ich habe mir immer so viele Sorgen über diese Sexkutsche gemacht und darüber, ob ich ihn befriedigen kann. Und ich hatte eine Heidenangst, zurückgewiesen zu werden. Wir haben so viel Zeit miteinander verbracht, und ich habe dich kennengelernt. Und mich – und gelernt, mich, mein wahres Selbst anzunehmen. Ich wünsche mir nur manchmal, dass wir an diesem Punkt hätten beginnen können und den ganzen Weg nicht noch vor uns gehabt hätten. Trotzdem war es auf ihre eigene Art die ernsthafteste Beziehung, in der ich je gewesen bin. Und wahrscheinlich will ich das jetzt mit jemand anderem ausprobieren.«

Ich machte eine Pause, aber nicht lange genug, um kleinlaut hinzuzufügen: »Ich hätte es dir früher sagen sollen, das weiß ich. Es tut mir leid. Ich weiß nicht, warum ich es nicht getan habe.«

Er sah mich direkt an und nahm das alles auf, wie immer.

»Und das weniger?«, fragte er schwach. »Du hast gesagt, du bist bereit für mehr und für weniger.«

»So lange ich denken kann, wollte ich das Leben eines Singles in New York führen. Ich wollte ein Teil der Stadt sein, Teil der Szene – Cafés, Buchläden, Galerien, Verabredungen, was auch immer –, ich wollte mich auskennen, und ohne Angst in die U-Bahn steigen ... all die Jahre in Neuengland habe ich mich als New Yorkerin ausgegeben. Aber das war ich nie. Das habe ich nur vorgetäuscht. Ich war einfach nur ein behütetes Mädchen aus einem Vorort auf Long Island. Im letzten Jahr habe ich wirklich das Leben gelebt, von dem ich immer geträumt habe, und weißt du was? Ich habe es nur vorgetäuscht. Ich habe versucht, so viel zu übertünchen: meinen Körper, meine Sexualität, meine Unsicherheit, meine Angst ...

Jetzt nicht mehr. Im Herzen bin ich immer noch ein Mädchen aus der Vorstadt, aber ich bin kein behütetes, ängstliches Mädchen mehr. Merkwürdig, ich bin weder eine New Yorkerin noch eine Neuengländerin. Oder vielleicht bin ich beides, ich weiß es nicht. Aber ich brauche die Straßen der Stadt, den Zug und den Lärm nicht mehr. Auch nicht die Menschenansammlungen, die Wolkenkratzer, *Junior's* oder *Heartland Brewery*. Ich muss nichts mehr übertünchen.«

Devin holte Luft. »Hört sich so an, als hättest du dich entschieden.«

»Und du, Dev?«

»Was meinst du mit: *und du?*«

»Bist du nicht auch bereit für mehr? Du hast mir einmal gesagt, dass ich mehr bin als mein Körper. Du auch. Du kannst so viel mehr erreichen. Willst du nicht mehr … oder weniger?«

Seine Augenfarbe wechselte von Siena zu einem dunklen Grau.

»Warum gehst du mit deinen Klientinnen nicht den ganzen Weg?«, fragte ich.

Die Frage hing in der Luft. Er sah weg mit dunklen Augen und suchte nach Worten. Dann sah er mich ernst an.

Doch bevor er mir antworten konnte, klingelte sein Handy. Als er die Nummer sah, nahm er den Anruf entgegen und sprach schnell. Bevor er auflegte, sagte er: »Ich bin sofort da.« Er sah beunruhigt aus.

»Ist alles in Ordnung?«

»Ich muss gehen.« Er stand auf, nahm seinen Mantel und ging zur Tür. Ich sprang auf und folgte ihm.

»Was ist los?«

Er drehte sich zu mir um. »Mein Vater.«

Dann rannte er aus der Tür, ohne sich von mir zu verabschieden.

Kapitel dreiundzwanzig

Ich hörte eine ganze Woche nichts von Devin, und er beantwortete meine Anrufe nicht. Er war nicht in seiner Wohnung, als ich dort aufkreuzte und mich mit dem Portier, der mich inzwischen gut kannte, unterhielt. Als ich endlich Devins Geschäftspartner Christian erreichte, erzählte er mir, dass Devin alle Termine mit seinen Klientinnen auf unbestimmte Zeit abgesagt habe.

»Warum?«, fragte ich. »Was ist geschehen?«

»Ich kann das nicht mit Ihnen besprechen. Sie sind eine Klientin.«

»Vergangenheit, Christian. Unser Vertrag ist schon längst ausgelaufen. Jetzt sind wir Freunde.«

»Was ich nie verstanden habe. Devin hat sich nie auf eine seiner Klientinnen eingelassen. Und außerdem, wenn Sie so gute Freunde sind, warum hat er es Ihnen dann nicht selbst gesagt?«

Gute Frage.

»Es kommt mir so vor, als ob er nicht will, dass Sie es wissen«, sagte er.

Ich war genervt.

»Bitte, Christian«, drang ich in ihn, »ich weiß, dass Sie nur vorsichtig sind und meinen Motiven nicht vertrauen, und dazu haben Sie jedes Recht, wenn man die Art Ihres Geschäftes bedenkt. Aber Sie wissen auch, dass ich nie eine Ihrer typischen Klientinnen war.«

Schweigen.

»Hören Sie, er ist doch Ihr Freund, oder nicht?«

Christian machte eine Pause. »Ja, sicher.«

»Na ja, und er ist auch mein Freund«, ließ ich immer noch

nicht locker. »Manchmal bitten Freunde einen nicht um Unterstützung, auch wenn sie sie brauchen würden. Ich glaube, dass Devin mich braucht. Was meinen Sie?«

Auch wenn sein Schweigen nur ein oder zwei Sekunden andauerte, sank mir das Herz. Gerade als ich auflegen wollte, sagte Christian: »Sein Vater ist gestorben. Das Begräbnis ist morgen. Aber ich weiß nicht, wo.«

»Vielen Dank, Christian.« Ich hatte einen Kloß im Hals und hängte auf.

Obwohl ich erleichtert war, dass ich es nun wusste, war mir übel; dabei hatte ich es mir die ganze Zeit schon gedacht.

Kapitel vierundzwanzig

Wenn wir zusammen waren, erwähnte Devin seine Familie nur sehr selten. Was ich über seinen Vater wusste, hatte ich aus seinen Texten:

Er war Bauarbeiter, musste den Job aber nach einem Unfall an den Nagel hängen. Nach der Verletzung hatte er sein Leben lang chronische Rückenschmerzen und bekam Schadensersatz. Er wurde Buchhalter und führte mehreren Baufirmen die Bücher. Meine Mutter arbeitete als Schulsekretärin. Dad war ein barscher, stämmiger Mann, der Bier und Boxen Bach und Botticelli vorzog. Außer einer Autozeitschrift, dem Sportteil der Newsday *und ab und an einem Handelsmagazin las er wenig, auch wenn er Geschichten aus dem Zweiten Weltkrieg liebte ...*

Devins Leidenschaft für Kunst, Musik und Filme bezeichnete er als »Schwuchtelkram«. Als Devin in Parsons angenommen wurde und sich nur die Uni Binghamton leisten konnte, grollte er. Er war enttäuscht, als Devin sich im Hauptfach für Kunstgeschichte einschrieb. (»Du kannst von Glück reden, wenn du damit einen Job als Führer bekommst«, hatte ihm sein Vater einmal an den Kopf geworfen. Woraufhin Devin ihm gesagt hatte, dass die Führer noch nicht einmal bezahlt wurden ...) Um ihn zu besänftigen, studierte Devin dann doch Wirtschaft im Hauptfach und Kunstgeschichte im Nebenfach. Aber als er in die Stadt zog und mit Christian das Callboy-Geschäft aufzog, sprach sein Vater praktisch nicht mehr mit ihm. Dass sein Sohn ein Händchen fürs Geschäft, für Werbung und Verkauf hatte, beeindruckte ihn nicht.

»Ich habe versucht, dich zu einem Mann zu erziehen, der anständig ist und sich selbst respektiert«, hatte sein Vater einmal zu ihm gesagt. *»Mir wäre es lieber gewesen, wenn du Toiletten sauber machen*

würdest, als so ein Weichei zu sein, der schicke Anzüge trägt und mit
irgendwelchen Tussis, die zu dumm oder zu hässlich sind, um es umsonst
zu bekommen, in schicke Restaurants geht.«

Die Sache war die, dass Devins Vater ihn nicht respektierte.
Ich fragte mich, ob Devin Callboy geworden war, um seinem
Vater zu beweisen, dass er ein Mann war.

Er machte große Augen, als er mich kommen sah, kurz bevor
der Gottesdienst begann.

»Was machst du denn hier?«, fragte er mich.

»Ich musste es Christian förmlich aus der Nase ziehen, dem
alten Rabenaas.«

»Und woher wusstest du, wohin du kommen musstest?«

»Ich hab in den Todesanzeigen unter *Santino* nachgesehen,
und außerdem ist mir eingefallen, dass du mir gesagt hast, dass
du aus Massapequa bist.«

Er sah mich reumütig an.

»Es tut mir so leid, dass ich dich nicht zurückrufen habe«,
sagte er.

Ich lächelte ihn aufmunternd an und nahm ihn in den Arm.
»Du hattest wichtigere Dinge zu tun.«

Er drückte mich und seufzte.

»Es tut mir so leid für dich, Dev«, flüsterte ich ihm ins Ohr.

Während der Begräbnisfeier saß ich nicht neben ihm, aber
wir sahen uns ein paarmal an, und ich lächelte ihm liebevoll zu.
Ich spürte eine merkwürdige Wärme, eher wie bei einer Hochzeit als bei einem Begräbnis. Ich hatte diese Seite an ihm noch
nie gesehen. Äußerlich sah er so reserviert aus; er trug nicht seinen üblichen Anzug von Versace, sondern eine schwarze Hose,
ein feines weißes Hemd ohne Krawatte und das Sportjackett
von Helmut Lang, das er getragen hatte, als er in der *Heartland
Brewery* mit Della Mason aufgetaucht war. Nicht der Charmeur,

der Mann, der wusste, wie man mit Frauen umging, damit sie sich besonders und geborgen fühlten. Er sah eher so aus, als drehte sich das Karussell in seinem Kopf, als kämpfte er darum, Haltung zu bewahren. Er sah *verletzlich* aus.

Nach der Beerdigung lud er mich ins Haus seiner Eltern ein und fuhr mit mir im Auto dorthin. Lange Zeit sagten wir nichts. Als wir vom Sunrise Highway abbogen, sagte er: »Er hatte Krebs.«

Das hatte ich vermutet. Ich sah auf die Straße und folgte den anderen Limousinen.

»Wann hat es angefangen?«

»Vor einem Jahr. Da haben sie ihm gesagt, dass er noch sechs Monate hat.«

»Was für ein Krebs war es?«

»Er fing in der Bauchspeicheldrüse an«, antwortete er. »Und ging dann auf die Lunge über. Er hat zwei Packungen am Tag geraucht, bevor er es vor fünfzehn Jahren aufgegeben hat.«

»Wusstest du, dass er Krebs hat?«

»Meine Mutter hat es mir gesagt, als er die Diagnose bekommen hat. In den letzten beiden Monaten ging es ihm schlecht – er musste immer wieder ins Krankenhaus –, deswegen haben wir uns auch so selten gesehen. Als ich den Anruf bei *Junior's* bekommen habe, war er am Ende. Er ist zwei Tage später gestorben.«

»Konntest du dich noch von ihm verabschieden?«

Er antwortete mir nicht. Wir bogen in eine lange, schmale Einfahrt, die zu einem hellbraunen Haus im Kolonialstil führte.

Drinnen stellte Devin mich seiner Familie vor; seine Mutter und seine beiden Schwestern begrüßten mich warm. Ich hatte erwartet, dass sie sich fragen würden: *Ist das auch eine von* denen? Das Wohnzimmer und die Küche waren voller Freunde und Verwandte von Devins Vater. Ich sah mir die Familienfotos auf und über dem Kaminsims an: Disney World 82 – kaum lächelnd. Abschluss der Highschool 86 – mit geföhntem Stufenschnitt, der ihm bis auf die Schultern fällt, und dieselben leuchtenden sienafarbenen Augen. Bestimmt waren alle Mädchen in ihn verschossen. Daneben ein Foto von der Hochzeit seiner Schwester, auf dem alle nebeneinanderstehen und distinguiert aussehen. Devin steht neben seinem Vater – der gesund und stolz und eindrucksvoll aussieht –, beide im Smoking. Sie sahen sich sehr ähnlich, auch wenn sein Vater aus etwas rauerem Holz geschnitzt zu sein schien.

Ich sah mir alle Fotos an und langsam dämmerte es mir: Es war keines von Devin dabei. Ich sah tatsächlich *David*, der zwar wie ein Dressman aussah und beliebt war, aber doch so einsam wirkte und auf die Liebe seines Vaters angewiesen war.

Dies war nicht der Mann, mit dem ich das letzte Jahr verbracht hatte. Dies war nicht der Mann, den ich kannte.

Und plötzlich, als ich ihn am anderen Ende des Zimmers mit seinem Onkel Larry sprechen sah, schüchtern, fast verlegen, war es mir überdeutlich: *Er hatte es die ganze Zeit nur vorgetäuscht.* Nun konnte ich ihn sehen – nun konnte ich ihn *wirklich* sehen. Nicht, was er geschrieben hatte. Nicht in der Badewanne. Nun wusste ich es. Und in dem Moment fühlte ich mich deplatziert in seinem Haus mit seiner Familie. Ich fühlte mich wie eine Fremde, wie ein Eindringling, wie ein Voyeur.

»Wie haben David und Sie sich kennengelernt?«, fragte mich Devins Schwester Joannie, als wir Reste in Folie verpackten. Ich erstarrte: Ich war es nicht gewohnt, dass man von ihm als David sprach und hatte mich bemüht, ihn nicht Devin zu nennen, denn sonst hätten sie es gleich herausgefunden. Vielleicht fragten sie sich, ob ich nicht doch eine Klientin wäre (die einen Callboy begleitete). Ich suchte krampfhaft nach einer Antwort, die nicht gelogen war, sondern eher eine Neuinterpretation der Wahrheit.

»Wir haben uns auf einer Cocktailparty kennengelernt und uns angefreundet«, antwortete ich mit leicht bebender Stimme.

Ich war mir sicher, sie waren überzeugt, dass ich log – und ich war nicht sicher, ob sie damit so falschlagen.

»Und was machen Sie beruflich?«

»Ich bin Professorin und Vizedirektorin des Schreibprogramms an der Uni in Brooklyn.«

Wahrscheinlich wusste Joannie nichts über Devins Geschäfte und glaubte, so wie ich es früher getan hatte, dass Professorinnen nicht die Dienste eines Callboys in Anspruch nahmen. Sie beugte sich vor und sagte mit leiser Stimme vertraulich zu mir: »Sie wissen doch wohl, wovon mein Bruder lebt?«

»Ja, ich weiß es.«

»Und damit können Sie leben?«, fragte sie offensichtlich abgeschreckt.

Ich erschrak. »Na ja, ich glaube, ich wäre nicht so tolerant, wenn wir zusammen wären, aber so ist es seine Sache.«

Das klang plausibel.

»Mir wird schlecht davon«, sagte sie ziemlich giftig. »Jemand, der so talentiert ist, und sich so billig verkauft. Wussten Sie, dass er ein Stipendium für Parsons hatte? Haben Sie je seine Gemälde gesehen?«

Nein, ich wusste es nicht. Und dann dämmerte mir, dass einige der Gemälde in seiner Wohnung, die mit *Santino* signiert waren, seine Bilder waren. Warum war ich nie darauf gekommen? Warum hatte er es mir nie gesagt?

Ich hatte das Bedürfnis, ihn zu verteidigen. »Ich dachte, er konnte sich Parsons nicht leisten?«, sagte ich.

Joannies Schwester Rosalyn mischte sich in die Unterhaltung. »Unser Vater war nicht gerade wild darauf, dass er zur Kunstakademie oder nach New York ging. Er hatte immer Angst, David würde schwul werden. In der Beziehung war er nicht gerade modern.«

»Aber sich zu prostituieren? Darauf war Dad auch nicht gerade wild«, wies Joannie sie zurecht.

»Aber Sie müssen ihm doch zugestehen, dass er ein äußerst erfolgreiches Geschäft aufgebaut hat«, sagte ich immer noch nervös. »Und soweit ich weiß – was er mir davon erzählt –, ist er gut darin. Seine Klientinnen scheinen ihn zu schätzen.«

Das überzeugte sie nicht.

»Aber es muss doch etwas anderes für ihn zu tun geben«, sagte Joannie. »Etwas, auf das er stolz sein kann, das nicht so skandalös und erbärmlich ist.«

»Es gibt immer etwas anderes, was wir tun können«, sagte ich. »Wenn wir nur nicht so sehr auf das hören würden, was andere Leute sagen.«

Joannie antwortete nicht. Vielleicht verwirrte sie mein Kommentar. Oder vielleicht war es, weil Devin in die Küche kam.

Ich ging zurück ins Wohnzimmer. Als ich mich unter den übrig gebliebenen Angehörigen umsah, fiel mir ein kleines Mädchen auf dem Teppich in der Zimmerecke auf, das Bilder ausmalte und für die anderen wie unsichtbar schien. War sie die ganze Zeit schon da gewesen? Ich ging zu ihr hinüber und kniete mich neben sie, wobei sich mein langer Rock aufbauschte und einige ihrer fertigen Blätter bedeckte.

»Was malst du denn hier?«

Sie sah zu mir auf, zu der Fremden, die von oben auf sie herabsah. Ohne etwas zu sagen, zeigte sie mir eine Wiese mit Wildblumen.

»Oh … wie hübsch.«

Sie sah mich fragend an.

»Wie heißt du?«, fragte sie mich.

»Andi.«

Sie runzelte die Stirn. »Das ist ein Jungenname.«

Ich lächelte. »Es kann auch ein Mädchenname sein. Aber eigentlich ist es mein Spitzname. In Wirklichkeit heiße ich Andrea. Wie heißt du?«

»Meredith.«

»Deine Mom und dein Dad nennen dich Merry?«

»Nein, Missy.«

»Ah. Also hast du auch einen Spitznamen, so wie ich.«

»Mein Großvater ist tot.«

Ihre ehrliche Direktheit brüskierte und berührte mich zugleich.

»Ich weiß.« Ich bemühte mich um eine ernsthafte Antwort. »Macht dich das traurig?«

»Ja, schon«, sagte sie. Sie zeigte mir eine andere Zeichnung, von Strichmännchen und einem rechteckigen Haus mit einem dreieckigen Dach. »Vielleicht sehe ich ihn nächstes Jahr wieder.« Sie hatte flachsblonde Haare, die ihr bis zur Mitte des Rückens gingen und sich an den Spitzen wellten. Dann fügte sie hinzu: »Dann bin ich schon sechs.«

Ich wollte weinen.

Ich fragte Meredith, ob ich ihr beim Ausmalen helfen könnte, und vertiefte mich völlig ins Malen und in das Gespräch mit ihr. Wir bedeckten den Boden mit Zeichnungen von Blumen, kleinen Hunden und Strichmännchen; wir teilten uns die Stifte und signierten jedes Kunstwerk. Sie signierte eines von meinen für mich und schrieb A-N-D-Y.

»Hey, ihr habt ja genug für eine Ausstellung!« Devins Stimme hinter mir ließ mich zusammenzucken, wie ich es tat, wenn ein Luftballon zerplatzte. Ich wirbelte so schnell herum, dass mein Hals kribbelte. Er stand über mir.

»Mann, hast du mich erschreckt!«, sagte ich. »Wie lange bist du denn schon da?«

»Noch nicht lange«, antwortete er. Er sah mich an wie an dem Tag im MOMA, an dem wir über Maggie und mein Lehrbuch gesprochen hatten. Er sah mich so an wie Sam.

Aus dem Spätnachmittag war schnell Abend geworden und dann Nacht. Ich bestand darauf, dass Devin mit zu mir kam und nicht bei seiner Familie blieb. Er nahm mein Angebot an. Seine Familie versicherte mir, dass ich ihnen jederzeit willkommen sei.

Im Auto waren wir still.

»Bestimmt nervt es dich inzwischen, wenn du immer wieder gefragt wirst, aber geht es dir gut?«

»Ja, einigermaßen«, antwortete er. »Vielen Dank, dass du heute gekommen bist und dass ich bei dir übernachten kann.«

»Kein Problem. Kannst du dir vorstellen, jetzt den ganzen Weg in die Stadt zurückzufahren, und das bei dem Verkehr?«

»Ich meinte es wirklich.« Er streichelte meinen Arm. »Du kannst dir nicht vorstellen, wie es mir ging, als ich dich heute gesehen habe. Ich hätte heute Abend auf keinen Fall dort bleiben oder zurück in die Stadt fahren können. Du kannst dir nicht vorstellen, wie viel es mir bedeutet, dass du gekommen bist.«

»Tja, wenn Christian nicht gewesen wäre, dann hätte ich nichts davon gewusst. Du hättest es mir sagen sollen. Dann wäre ich auf jeden Fall gekommen.«

»Ich weiß auch nicht, warum ich es dir nicht gesagt habe.«

Als wir bei mir ankamen und uns bettfertig machten, fragte ich ihn, ob er in meinem Bett oder auf der Couch schlafen wollte. Ich war mir nicht sicher, warum ich das tat. Zu meiner Überraschung kroch er mit mir ins Bett; und als ich das Licht löschte, musste ich an die Nacht denken, die ich mit Sam verbracht hatte. Ich lag auf dem Rücken, achtete darauf, nicht an Devin zu kommen, und versuchte einzuschlafen. Da klingelte das Telefon.

Scheiße. Es war Sam.

Wir hatten uns angewöhnt, uns vor dem Schlafengehen anzurufen, um uns eine gute Nacht zu wünschen. Ich sagte nichts, ich nahm auch nicht das Telefon neben dem Bett ab. Ich ließ es klingeln, bis der Anrufbeantworter im Nebenzimmer ansprang und ich Sams Stimme gedämpft hörte, wobei ich nur *Herzchen* verstand.

»Tut mir leid, Dev«, sagte ich leise.

Er antwortete nicht sofort. Er war so still, dass ich seine Anwesenheit kaum spüren konnte. »Ist schon in Ordnung«, sagte er. »Du hättest auch rangehen können, weißt du.«

»Heute Abend nicht«, antwortete ich.

Bald danach fragte er mich: »Hast du deinen Vater vermisst? Ich meine, nachdem er gestorben ist.«

»Ich kann mich wirklich nicht mehr daran erinnern«, sagte ich. »Wahrscheinlich schon.«

»Was, wenn ich ihn nicht vermisse? Was sagt das über mich aus?«

»Du wirst ihn noch vermissen«, sagte ich.

Ich spürte, wie seine Schultern bebten, und hörte ein unterdrücktes Schluchzen. Ich rutschte an ihn heran und flüsterte: »Es ist in Ordnung«, und mit dieser Erlaubnis brach er zusammen, während ich ihn im Arm hielt. Ich strich ihm über das Haar, so wie er es bei mir getan hatte.

Bald verebbten seine Tränen, und er begann ruhig und gleichmäßig zu atmen. Er drehte sich um und sah mich an. Er sah unschuldig aus, fast wie ein Kind. Er zögerte kurz, und dann küsste er mich.

Zuerst war sein Kuss weich und beruhigend und zärtlich. Dann küsste er mich hart. Küsste mich lange und hart und ließ seine Hände unter mein T-Shirt gleiten und streichelte meine Brüste, dann zog er mir das T-Shirt über den Kopf. Er zog mich an sich, und ich schlang die Arme um ihn, zog sein T-Shirt aus, atmete schwer und setzte mich auf ihn. Ich beugte mich zum Nachttisch hinüber und zog eine Packung Kondome aus der Schublade, die ich vor meiner Reise zu Sam gekauft hatte, nur für alle Fälle. Er nahm mich und legte mich zärtlich auf den Rücken und küsste mich wieder, vom Hals bis zu meinen Brüsten.

»Was willst du?«, flüsterte ich ihm ins Ohr.

Er hörte auf und sah mich wieder an. »Ich will mit dir schlafen«, sagte er sanft. Es hörte sich bedürftig an.

Wie lange hatte ich darauf gewartet? Wie oft hatte ich mir vorgestellt, wie es sich *anfühlen* würde? Wie lange hatte ich gewartet und mich verzweifelt nach der *richtigen Zeit*, dem *richtigen Ort* und dem *richtigen Mann* gesehnt? Plötzlich kam mir all die Zeit wie verlorene Jahre vor. Ich hatte versucht, den Moment wie ein Ereignis zu planen, das mit einer Fanfare angekündigt oder wenigstens von Blumen und Kerzen begleitet wäre. Das Datum wollte ich im Kalender ankreuzen und es Jahr für Jahr wieder begehen. Ich hatte immer darauf gewartet, vor meinen Dämonen gerettet zu werden, vor meiner Schande und meiner Unsicherheit. Ich hatte Sex für das Rettungsboot gehalten. War Devin mein Retter? War er der buchstäbliche Märchenprinz? Mit wem schlief ich denn in diesem Moment?

Er ist zugleich der Künstler und das Kunstwerk. Er sieht die Schönheit, er schafft die Schönheit, und er ist die Schönheit.

Er ist die Lüge, die uns die Wahrheit begreifen lehrt.

Und dann wusste ich es: Ich brauchte keine Fanfare, ich musste nicht gerettet werden, ich brauchte den Tag auch nicht rot zu markieren. Ich musste nicht umworben und besungen werden, man musste mich auch nicht mit leuchtenden Augen anstarren. Ich brauchte keine Satinlaken oder Schokoladenküsse. Ich hatte sie nie gebraucht. Vielleicht hatte ich auch Devin nie gebraucht. Zum ersten Mal ließ ich los – ließ all die verlorenen Jahre los. Ließ Andrew und die anderen, mit denen ich kurz zusammen gewesen war, los. Das Urteil meines Vaters, die Eifersucht und Gleichgültigkeit meiner Mutter, die Festung, die meine Brüder gebildet hatten. Ich ließ die Frau los, die all ihre Energie im Vortäuschen verschwendete, die als Andi durchgehen wollte, die schlaue, sexy New Yorkerin, die gut im Bett war, der sich die Männer zu Füßen warfen und die ihre Geheimnisse für sich behielt. In der Nacht hatte ich Sex, als hätte ich schon immer Sex gehabt. Als hätte ich schon immer gewusst, wie es geht. Und vielleicht war es auch so.

Nachdem Devin zum Höhepunkt gekommen war, legte er den Kopf auf meine Schulter. Wir sagten nichts. Bald danach machten wir es noch einmal. Wir liebten uns die ganze Nacht. Als wir verschlungen in den Schlaf glitten, flüsterte er leise: »Andrea«.

»Dev«, flüsterte ich seufzend.

Er küsste meine Wange, kuschelte sich an mich, und wir schliefen tief und fest.

Kapitel fünfundzwanzig

DEVINS/DAVIDS TAGEBUCH

Ich beobachtete sie den ganzen Tag. Während des Gottesdienstes drehte ich mich einmal um und sah sie ein paar Reihen hinter mir zwischen zwei Leuten hindurch. Sie sah den Priester an, als badete sie in seiner Stimme wie im Sonnenlicht, aber sie muss gemerkt haben, dass ich sie ansah, denn sie lächelte mich plötzlich warm an, und in dem Moment verschwanden die Sitzreihen zwischen uns und sie war direkt neben mir. Ihr langes Haar lockte sich auf den Schultern und rahmte ihr ovales Gesicht ein. Ihre Augen flackerten wie eine Kerze in der Dämmerung einer kalten Kirche. Über ihrem lila V-Ausschnitt-Pullover trug sie eine Jeansjacke. Ich hatte schon immer gefunden, dass ihr der Pullover besonders gut stand, er betonte ihre Brüste, verlängerte den Oberkörper und ließ ihre Augen eher blau als grün, fast indigofarben aussehen.

Ich beobachtete sie auch in meinem Elternhaus, als sie half, die Schüsseln mit der Pasta aus dem Esszimmer in die Küche zu bringen, Papierteller mit Salatresten und angebissenem Brot wegzuwerfen. Tante Maria wollte nicht, dass sie beim Aufräumen half, doch Andi ließ sich nicht abweisen. Sie lächelte schüchtern, als sie Klarsichtfolie auf die Schüsseln wickelte, und ich fragte mich, ob es das Licht vom Küchenfenster war, das ihre Haut leuchten und ihr kastanienfarbenes Haar schimmern ließ. Ich sah ihren Körper genau an – sie ist klein, kurvig und üppig –, als sie sich reckte, um an die Hochschränke zu gelangen und sich geschlagen geben musste. Sie ließ die Sachen auf den Arbeitsflächen stehen, weil sie selbst auf Zehenspitzen nicht an die Schränke herankam. Heilig im Fleisch, mit üppigem Busen, als moderne Erscheinung maskiert: konserviert.

Ich fragte mich: Versuchte sie sich bei meiner Familie einzuschmeicheln? Nein. Sie war ja gar nicht offiziell eingeladen worden. Sie hatte ja noch nicht einmal angerufen – sie war einfach aufgetaucht, sehr zu meiner Überraschung, und hatte mir gesagt, dass sie Christian, dem

Rabenaas, die Informationen aus der Nase ziehen musste. Vielleicht war sie bei familiären Zusammenkünften nach einer Beerdigung immer so, eine, die allen gefiel und die das tat, von dem sie glaubte, dass es höflich wäre. Nein, auch nicht. Sie hatte mir Geschichten über Thanksgiving erzählt, als sie sich mit den Jungs Cowboyfilme ansah und die ihr zugedachte Geschlechterrolle zurückwies. Außerdem kannte ich sie besser.

Aber was mich am meisten für sie einnahm, war, als sie sich neben Meredith niederkniete und ihren langen Rock über die Füße zog, die nur noch in Strümpfen steckten. Ich konnte nicht hören, was sie sagten, aber ich sah, wie Meredith Andi voller Vertrauen ansah, ihr Bilder zeigte, und wie Andi sich ganz auf Meredith einließ. Mir wurde bewusst, wie tiefschürfend Meredith war, wie gut sie kommunizierte, wie emotional sie war und dass sie ganz in dieser Welt lebte, an diesem Tag, an dem all diese Menschen sich im Wohnzimmer, in der Küche, im Keller und auf der Veranda versammelten. Andi hatte sich ganz auf Meredith eingelassen und sah die Welt, sah diesen Tag und den Verstorbenen durch die Augen dieser Fünfjährigen, die so viel zu sagen hatte, was so viel weiser war als das, was Joannie zu sagen hatte, die Mom jetzt schon zusetzte, das Haus zum Verkauf anzubieten, solange die Preise noch so hoch waren. Sie hatten sich alle von dem kleinen Mädchen abgewandt, weil sie sie vor dem Schweigen schützen wollten. Kein Wunder, dass Meredith vergaß, dass sie Andi gar nicht kannte. Wahrscheinlich hat sie in Andis Augen dieselbe Gewissheit wie ich gesehen: Augen, die in der Dunkelheit flackern, die Verlorenes finden und Diamanten glanzlos aussehen lassen.

Ich sah mir all das an und musste immer wieder an meinen toten Vater denken, der inzwischen – ungeduldig, wie ich mir vorstellte – darauf wartete, in die Erde neben meine Großeltern und meinen Großonkel gelegt zu werden. Ich dachte an die kalte Nachtluft und fröstelte innerlich. Ich musste mich wieder zu der nächsten Frau ins Bett legen, die – wie ich mir vorstellte, ungeduldig – darauf wartete, dass ich mich ihrer annahm, sicher, im Voraus geplant und im Voraus bezahlt, und ich hörte die Stimme meines Vaters, mit der er mir im Rhythmus eines

Stammestanzes einhämmerte: »*Du bist ein guter Sohn. Ich bin stolz, neben dir zu stehen, denn du bist ein Mann, der Mut hat und Respekt und Köpfchen, und der seinem Vater sagen kann, er soll zur Hölle gehen, wenn sich sein Vater irrt.*«

»Ich habe dir nie gesagt, du sollst zur Hölle gehen, Dad.« Ich streite mich immer noch mit ihm, sogar jetzt noch, dachte ich. »Und ich habe auch nie gesagt, dass du dich irrst.«

»Ich habe einfach nur gedacht, du könntest so sein wie ich, aber zum Glück bist du keine Schwuchtel geworden oder noch schlimmer – ein verdammter, blutsaugender Rechtsanwalt. Aber um Gottes willen, David, du hast Talent. Du kannst mehr. Du kannst … und wein bloß nicht, Junge. Ich sage das nur, weil jetzt plötzlich alles einen Sinn ergibt. Du Hurensohn, was für ein Scheiß, dir all die richtigen Antworten geben zu wollen, bevor ich krepiere. Was für ein Scheiß.«

All das brachte er zwischen keuchenden Atemzügen und Morphin-Nickerchen hervor. Ich musste lachen, um meine Tränen zu verbergen.

»Hör lieber auf zu fluchen, Dad, sonst lassen sie dich nicht rein.«

»Zur Hölle mit ihnen.«

Mein Vater verzog sein Gesicht vor Schmerz, den er nicht mehr verbergen konnte.

Mitten in seinem stummen Schrei brachte ich die Worte hervor, als er meine Hand drückte, um den Schmerz zu lindern und zu vermeiden, vor Schwäche zu weinen.

»Ich liebe dich, Dad«, sagte ich. Zum Glück habe ich es gesagt.

Er keuchte nach Luft. »Ich liebe dich auch, David. Habe es immer getan.«

Als sie ankam, kannte sie niemanden, und als sie ging, küsste sie alle. Onkel Larry flüsterte mir zu: »Ich weiß nicht, wo du sie gefunden hast, aber sie ist ein echtes Juwel.« Ich schüttelte den Kopf und lachte, als ich mir den Tag in Erinnerung rief und mir vorstellte, wie ich das erzählen könnte. Ein Juwel, in der Tat. Jetzt, im Auto, sah ich ihr beim

Fahren zu, sie gab sich dem Tag völlig hin, ich sah ihr gewelltes Haar und ihre glimmenden Augen, die sich in der Stille des Autos und hinter der Dunkelheit der Fenster bewegten. Wir unterhielten uns kaum, aber sie sah mich herzlich an, so wie sie es in der Kirche getan hatte und mit Meredith. Diese grünblauen Murmeln und langen Wimpern nahmen mich mit ihrer Wärme gefangen. Ich fragte mich, ob Frauen sich so fühlten, ob sie so von Männern nach dem Sex vereinnahmt werden wollten, ob sie so mit all ihrer Liebe und in aller Geborgenheit umarmt werden wollten, um die Berührung, nichts als die Berührung zu verspüren. Wie fühlt es sich an? Meinen sie das, wenn sie sagen: »Komm in mich hinein?« Ich musste es einfach wissen.

In der Nacht legte ich mich ins Bett neben sie, atmete den Duft ihrer Haut ein, und einen Moment war ich ganz benommen vor Scheu. Sie roch so gut nach Lavendel und Vanille. Ich hatte schon vorher Nächte mit ihr auf der Couch verbracht, und ich wusste, dass sie immer dem Drang, sich an mich zu kuscheln, widerstehen musste. Jetzt war ich derjenige, der diesen Drang bekämpfte, und ich bebte innerlich. Was war mit mir los? Sollte ich auf dem Sofa schlafen und riskieren, ihre Gefühle zu verletzen? Aber sie würde es sicherlich verstehen. Schließlich war mein Vater gerade gestorben. Niemand erwartete von mir, dass ich mich verhielt, als wäre alles normal, als wäre alles wie immer. Wir sind nie ein Paar gewesen. Ich musste sie immer daran erinnern, wenn sie mir zu tief in die Augen sah, mir fast automatisch durch die Haare strich oder versuchte, mich zu küssen. Verguck dich nicht in mich, Andi, habe ich am ersten Tag zu ihr gesagt. Aber ich wusste, dass es um sie geschehen war, als ich ihr warme Luft hinters Ohr blies und wir uns schließlich küssten, und als ich in sie eindrang. Ich gestand es mir nur nicht ein. Für mich war es alles Teil meiner Arbeit. Auch wenn wir lange Spaziergänge im Park unternahmen und uns stundenlang durch den riesigen Spielzeugladen Schwartz *treiben ließen. Auch wenn sie unheimlich gerne Thelonious Monk hörte, auch wenn sie mir etwas anderes gab als Geld. Etwas, das viel ...*

Wir sagten wenig, und als sie das Licht löschte, fühlte ich mich plötzlich allein und hatte Angst. Ohne Vorwarnung begann ich plötzlich in der Dunkelheit unkontrollierbar zu schluchzen, und nur Sekunden später spürte ich Andis weiche Berührung wie einen Seidenschal auf meiner Schulter, und dann beugte sie sich vor und flüsterte: »Es ist in Ordnung.« Und in dem Moment weinte ich nicht mehr nur, weil ich meinen Vater verloren hatte, sondern auch über meine verlorene Kindheit, über die fehlende Zuneigung und über die Entfremdung, die durch die Leere all dieser Jahre widerhallte.

Er hatte mich doch geliebt.

Sie war noch immer über mich gebeugt, streichelte meine Haare und beschützte mich, wie Bäume Kindern in einem Sturm Schutz gewährten. Ich liebe es, wenn sie mit den Finger durch meine Haare streicht.

Eine große Ruhe überkam mich, und mir wurde sehr warm. In der Nacht liebten wir uns, und es fühlte sich so an, als wäre es mein erstes Mal. Später schliefen wir friedlich unter der weichen Decke. Sie hielt mich die ganze Nacht im Arm; es war das erste Mal seit Monaten, dass ich durchschlief.

Kapitel sechsundzwanzig

Devin schlief neben mir, und ich glitt vorsichtig aus dem Bett, um ihn nicht zu wecken, hob das T-Shirt von letzter Nacht auf, das ich auf den Boden geworfen hatte, und ging ins Bad. Dann schlich ich in die Küche und suchte nach Essen, aber ich fand nur eine Schachtel alter Cornflakes, Reste von einem chinesischen Essen, zwei Eier und hartes Brot.

Großartig.

Ich glaube, erst da wurde mir klar, wie viel Zeit ich in der Stadt verbrachte. Ich benutzte meine Wohnung nur noch, um zu schlafen oder mich umzuziehen. Ich hatte mir immer weisgemacht, dass es billiger wäre, auf Long Island zu leben als in Manhattan oder Brooklyn, aber wenn ich mir die Kosten fürs Pendeln und Essen ansah, war es wohl eher andersherum. Aber der eigentliche Grund, aus dem ich nach Long Island gezogen war, als ich wieder zurückgekommen war, war ein anderer: Die Stadt machte mir Angst. Obwohl ich in New York geboren war, gehörte ich doch nie richtig dorthin. Jedenfalls dachte ich das.

Was sollte ich tun? Sollte ich ihm eine Nachricht schreiben und schnell ein paar Bagels kaufen gehen? Sollte ich warten, bis er aufwachte, sodass wir zusammen frühstücken gehen konnten? Sollte ich ihn wecken? Oder schlafen lassen?

Ich erwischte mich bei dem Wunsch, wir hätten bei ihm und nicht bei mir zusammen geschlafen – dann hätte ich mich leichter davonmachen können. *Leichter davonmachen können!* Ich fragte mich, warum ich immer zu fliehen versuchte, wenn es um Devin ging. Oder tat ich das bei allen Männern?

Doch die dringlichere Frage war die, ob ich Sam nun betrogen hatte. Als ich Ja zu dem Job an der Uni von Northampton gesagt hatte, war das auch ein Ja für eine ernsthafte Beziehung mit Sam. Doch da ich noch nicht umgezogen war und Sam und ich noch nicht zusammen geschlafen hatten, konnte ich da nicht sagen, dass der *ernsthafte* Teil unserer Beziehung noch nicht begonnen hatte? Es war noch nicht offiziell, oder anders gesagt, es gab keinen Vertrag. Hatte die Nacht mit Devin etwas an meinen Wünschen verändert? Aber selbst wenn Sam nicht in mein Leben getreten wäre, hätte ich die neue Stelle angenommen. Ich war bereit, weiterzuziehen. Ich brauchte das. Das hatte ich Devin bei *Junior's* zu erklären versucht.

Das Lämpchen des Anrufbeantworters blinkte, Sams Nachricht wartete auf mich. Ich hörte sie nicht ab. Ich könnte ihm sagen, dass ich die Nacht bei Maggie verbracht hatte, dachte ich. Oder sollte ich ihm von Devin erzählen? Bisher hatte ich ihm noch nichts von Devin gesagt, nur hier und da mal diesen Freund von mir erwähnt. Sam hatte mich einmal gefragt, ob dieser Freund schwul wäre. Als ich es verneinte, fragte er mich, ob er sich deswegen Sorgen machen müsse.

»Nicht mehr«, hatte ich geantwortet.

Er hatte versucht, mehr zu erfahren, aber ich war nicht darauf eingegangen, und so ließ er das Thema fallen.

Nein, offiziell waren wir nicht zusammen, beschloss ich. Und wenn er mich nicht fragte, dann würde ich ihm nichts sagen.

Wem wollte ich etwas vormachen?

Ich überlegte es mir anders. Die Tage des Vortäuschens waren vorbei.

Vielleicht hatten Maggie und Jayce ja recht, vielleicht liebte ich beide Männer.

Ich saß auf meinem Sofa und dachte darüber nach, als Devin, gähnend und sich am Kopf kratzend, hereinkam. Er trug die Hose vom Vortag und hatte das Hemd noch nicht zugeknöpft. Er sah ziemlich fertig aus.

»Morgen«, sagte er und riss mich aus meinen Gedanken.

»Hey, Dev.«

Wir schienen beide wie angewachsen, wir wussten nicht, was wir sagen sollten oder wie das Protokoll für einen Callboy und seine Freundin, mit der er das erste Mal Sex gehabt hatte, lautete. Schließlich stand ich auf.

»Wie geht es dir?«, fragte ich ihn und wünschte mir schon im selben Moment, ich hätte nicht nachgefragt.

»Geht so.«

»Wie hast du geschlafen?«

»Tierisch gut.«

»Gut.« Ich wusste, dass er mich küssen wollte. Und ehrlich gesagt, wollte ich das auch. Aber keiner von uns unternahm den ersten Schritt.

»Tja, ich habe nicht wirklich etwas zum Frühstücken«, sagte ich. »Ich könnte dir vielleicht ein paar Rühreier machen oder etwas Chop-Suey aufwärmen. Oder wir gehen etwas essen, wenn du möchtest.«

»Ich sollte wahrscheinlich nach Hause gehen – in mein Elternhaus, meine ich.«

»Bist du sicher?«

»Ja. Ich will nicht, dass meine Mom jetzt ganz alleine ist.«

»Okay. Ich ziehe mich an, und dann bringe ich dich dorthin.«

»Das brauchst du nicht, ich rufe ein Taxi.«

»Dann kannst du lieber gleich das Geld zum Fenster rauswerfen.«

»Ich hab's ja«, sagte er ärgerlich.

Ich wollte mich eigentlich nicht von seinem Sarkasmus verletzen lassen, aber vergeblich. »Im Ernst, Dev, da wüsste ich andere Möglichkeiten, dein Geld zu verpulvern. Der Fall ist entschieden: Ich fahre dich.«

»Na gut«, sagte er immer noch etwas trotzig. »Ich mache mich fertig.«

Als er sich umdrehte und wieder in mein Schlafzimmer ging, schrie eine Stimme in meinem Kopf: *Lass ihn nicht so weggehen.*

Lass ihn nicht denken, dass du dir nichts aus ihm machst, dass es dir nichts bedeutet hat ...

»Devin, warte«, rief ich hinter ihm her. Ich warf ihn fast um, als ich meine Arme um ihn schlang. Er umarmte mich ganz fest, wie er es beim Begräbnis getan hatte.

Dann ließ ich ihn los und sah ihm in die Augen. Er wirkte deprimiert.

»Gestern Nacht ...«, begann ich. Er versuchte, mich am Sprechen zu hindern, indem er mir die Finger auf die Lippen legte, aber ich nahm sie weg und sprach weiter. »Es war unglaublich. Ich bin so froh, dass du es gewesen bist. Ich meine es ernst.«

Er versuchte es mit einem kleinen Lächeln. »*Du* warst es, Andi.« Wieder umarmte er mich. »Du hast mir so viel gegeben.«

»Ich wünschte mir nur, es wäre nicht so passiert, das ist alles«, sagte ich mit dem Gesicht an seiner Brust. »Unter diesen Umständen.«

»Es ist, wie es ist«, sagte er.

Ich sah ihn an, und wir wurden wie Magnete voneinander angezogen und küssten uns.

Wir wollten uns wieder, ich wusste es; und doch ließen wir uns los wie durch einen unfreiwilligen Reflex, wie durch die Macht der Gewohnheit. Wir waren einfach so daran gewöhnt, uns abzuweisen. Vielleicht wussten wir aber auch beide, dass das letzte Nacht etwas Einmaliges gewesen war, und dass ich mich bereits entschieden hatte. Ich wusste es jedenfalls.

Im Auto sprachen wir kaum, genau wie auf der Fahrt hierher nach dem Begräbnis. Als ich in die Einfahrt zum Haus seiner Eltern einbog, holte er tief Luft, als sollte er in einen Löwenkäfig steigen. Bevor er die Tür öffnete und ausstieg, sahen wir uns ernst an. Ich glaube, es war das erste Mal, dass keiner von uns etwas versteckte. Und wir sahen beide eine schmerzliche Wahrheit.

Devin berührte zärtlich mein Gesicht. Eine Träne lief mir die Wange hinunter. Er wischte sie weg.

Ohne sich zu verabschieden, stieg er aus dem Auto. Er sah sich nicht um. Und als ich abfuhr, wurde mir schlagartig klar: In all der Zeit, die wir einander kannten, hatten Devin und ich nicht ein einziges Mal zusammen gefrühstückt.

Kapitel siebenundzwanzig

JUNI

Devin und Christian halfen mir, meine Möbel in den Umzugswagen zu tragen, während Maggie und Jayce Kartons beschrifteten. Der Pritschenwagen war bis zum Anschlag gefüllt; Sam wollte an der Wohnung in Northampton, die er für mich vor einem Monat gefunden hatte, auf mich warten und mir beim Ausladen helfen. Zwei Wochen waren seit dem Begräbnis von Devins Vater vergangen. Er war den ganzen Tag still mit Ausnahme von ein paar Kommandos hier und da, während wir anderen herumalberten und Christian mit Maggie und Jayce flirtete. Die er wohl als Klientinnen gewinnen wollte.

Am Vortag hatte ich mich von meiner Mutter nach einem Essen bei ihr verabschiedet. Meine Brüder Joey und Tony waren auf Tournee. Einer in Philadelphia, der andere in Chicago. Mein Abschied von Jayce und Maggie (vor allem von Maggie) war lang und tränenreich. Ich bedankte mich bei Christian und umarmte ihn kurz.

»Bleib cool«, sagte er. Ich antwortete mit einem Augenzwinkern.

Dann standen Devin und ich alleine draußen und sahen uns an. Wir hatten den ganzen Tag kaum miteinander gesprochen, und wir hatten uns seit der Nacht, die wir zusammen verbracht hatten, nicht mehr gesehen. Ein leichter Wind wehte, und die Sonne des späten Nachmittags kämpfte sich durch vorüberziehende Wolken.

»Danke für alles«, sagte ich leise.

Er senkte den Kopf und starrte auf den Asphalt, ohne zu antworten.

»Weißt du«, sagte ich, »wir haben gar keine Möglichkeit gehabt, über all das zu sprechen.«

»Was gibt es da zu besprechen? Du hast dich ja entschieden.«

Wo hatte ich das schon einmal gehört?

»Ich weiß nicht, wie es dir damit geht.«

Er lachte frustriert, schüttelte den Kopf und verdrehte die Augen.

»Du weißt nicht, wie Scheiße es mir damit geht … Mann, Andi.«

»Was?«

»Ich liebe dich.«

Mir klappte der Unterkiefer herunter.

»Was?«

»Du hast mich doch verstanden.«

Ich ärgerte mich so schwarz, ich dachte, ich würde dunkel anlaufen.

»Und das sagst du mir jetzt?«

»Ich war in der letzten Zeit etwas abgelenkt.«

»Du hättest es nicht irgendwo dazwischenschieben können?«

»Wann?«, fragte er gereizt. »Als der Sarg meines Vaters in den Boden gelassen wurde? Oder vielleicht zwischen Würgereflexen wegen der abgestandenen Lasagne meiner Tante?«

»Wie wär's mit dem Tag, an dem ich es dir bei *Junior's* gesagt habe? Oder mit der Nacht, in der wir …«

»Damals wusste ich es noch nicht.«

»Da wusstest du es noch nicht? Und wann hattest du die Erleuchtung?«

»Ich weiß es nicht.«

Ich machte eine Pause.

»Du arbeitest aber offensichtlich, also kannst du so abgelenkt auch wieder nicht sein.«

»Wehe, du sprichst jetzt über meine Arbeit.«

Ich machte noch eine Pause. Ein peinliches Schweigen senkte sich auf uns.

»Und? Wie soll ich mich jetzt nach diesem Geständnis

verhalten?«, fragte ich ihn.

»Woher soll ich das wissen?«

»Was willst du, was soll ich sagen?«

»Vergiss es, Andi. Steig einfach in dein Auto und fahr los.«
Ich sah kurz weg, holte tief Luft und sah ihn wieder an.

»Weißt du«, sagte ich, »für jemanden, der immer die richtigen Worte findet, um einer Frau den Boden unter den Füßen wegzuziehen, hast du das hier total verbockt.«

»Ehrlich, was für ein beschissener Abschied.«

»Ich meine es ernst«, sagte ich und wurde lauter. »Wovor hast du bloß so viel Angst, Dev? Weißt du, du bist nie wirklich ehrlich mit mir gewesen. Du hast Lobreden über meinen Körper und meine Sexualität gehalten, du hast mir Komplimente gemacht, wie gut ich küsse, und du hast ein paar exzellente Texte geschrieben. Aber du hast mir noch nie gesagt, was *du denkst*. Was *du fühlst*. Hast du vielleicht Angst gehabt, ich könnte dich nicht annehmen?«

»Wärst du denn dann geblieben?«

»Vielleicht!«

»Ach, Unsinn, Andi!« Er war jetzt genauso laut wie ich. »Du hast doch selbst gesagt, dass du es nicht akzeptieren kannst, womit ich mein Geld verdiene. Zur Hölle, gerade vor zwei Minuten hast du es mir in diesem selbstgerechten Ton, den du manchmal an dir hast, gesagt!«

»Ich habe noch nie gesagt, dass ich das nicht akzeptieren kann – ich habe gesagt, ich könnte es nicht akzeptieren, wenn wir zusammen wären!«

»Wie auch immer«, sagte Devin. »Hör bloß auf, hier beschissene semantische Haare zu spalten. Und halt mir keine Predigt über Ehrlichkeit! Du bist doch diejenige, die mir dieses kleine Geheimnis vorenthalten hat, nur um es wie eine Hantel auf meine Eier herabsausen zu lassen! Doch, wirklich, du hütest deine Geheimnisse sehr gut.«

»Das tat mir so leid, Devin.« Ich senkte die Stimme. »Das weißt du doch.«

»David.«

Das brachte uns beide runter.

»Was hast du gesagt?«

»Ich heiße *David*.«

»Ich kenne David nicht.«

Wir sahen uns in die Augen, doch dann senkte ich den Blick – ich konnte seine Schmerzen nicht ertragen. Ich trat gegen ein paar Kieselsteine auf dem Boden.

»Ich möchte mich so nicht von dir verabschieden«, sagte ich zärtlich, und eine Träne rollte mir die Wange hinunter und fiel auf den Asphalt, wo sie einen kleinen Fleck hinterließ. »Ich will nicht, dass es so endet.«

»Ich will überhaupt nicht, dass es endet«, sagte er.

Wir sahen uns wieder an. Er nahm meine Hand. »Bitte fahr nicht«, bat er mich mit gebrochener Stimme.

»Ich muss fahren, und wir müssen es beenden«, sagte ich und sah auf meine Hand in der seinen hinunter.

»Warum?«

»Weil es eine Lüge war.«

Er dachte darüber nach.

»Nicht alles.«

»Aber zu viel.«

»Na gut, dann fangen wir eben noch einmal von vorne an.«

»Als was? Als Freunde? Als Liebende? Was sind wir denn jetzt – der Callboy und seine ehemalige Klientin? Ich kann und will nicht noch einmal anfangen. Ich will etwas Neues mit jemand anderem beginnen.«

»Gott, tu mir das nicht an, Andi. Bitte nicht. Schon gar nicht jetzt.«

Mit meiner freien Hand streichelte ich sein Gesicht. »Ich

242

will dir nicht wehtun.«

Er nahm mich und küsste mich hart. Mein Körper explodierte – verdammt, ich konnte diesen Kuss in meinen Zehennägeln spüren. Wir umarmten uns, wie wir es noch nie zuvor getan hatten, wir küssten uns und hielten einander fest. Meine Gedanken rasten, und mein Herz pochte: Vielleicht musste ich wirklich nicht losfahren. Vielleicht konnte ich den Pritschenwagen morgen wieder ausladen, an der Uni in Northampton anrufen und ihnen sagen, dass ich es mir anders überlegt hatte. Ich könnte Mags anrufen und sie bitten, Sara die Schlüssel für mein Büro noch nicht zu übergeben. Ich könnte Sam eine E-Mail schreiben und ihm sagen … Was sollte ich ihm sagen? Dass ich gerade jemanden kennengelernt hatte … dass ich wieder zurück nach … dass ich etwas anderes …

Ich küsste Devin ein letztes Mal.

»Ich werde dich immer lieben, Dev, und ich werde dir immer dankbar sein.«

»David«, korrigierte er mich wieder, dieses Mal noch verletzter als beim ersten Mal. Er hielt immer noch meine Hand.

Und ich wiederholte, noch verletzter als beim ersten Mal: »Ich kenne keinen David.«

»Ich möchte, dass du ihn kennenlernst«, flüsterte er fast.

Ich stellte mich auf die Zehenspitzen und sagte ihm ins Ohr: »Dann fang an, David zu sein.«

Er hielt meine Hand fest. Ich benutzte meine freie, um mich von ihm zu lösen, dann ging ich auf das Auto zu.

»Kommst du denn gut in die Stadt nach Hause?«, fragte ich ihn. Er nickte mit glasigen Augen. Ich stieg ins Auto und winkte.

»Auf Wiedersehen.«

Er hob die Hand und ließ sie ganz schnell wieder sinken. »Auf Wiedersehen«, sagte er kaum hörbar.

Auf der Fahrt hörte ich mir ein Hörbuch an und brach immer wieder in Tränen aus. Wegen eines Autounfalls auf der Throgs Neck Bridge, dem Berufsverkehr durch Hartford und einer Baustelle hinter Providence, kam ich erst um Mitternacht bei meiner neuen Wohnung an. Sam wartete dort auf mich, hellwach, mit einem Picknick auf dem Teppich. Sowohl seine Anwesenheit als auch seine Aufmerksamkeit beruhigten mich auf der Stelle.

»Willkommen zu Hause, Herzchen«, sagte er warm.

Ich war physisch und psychisch erschöpft und brachte nur noch einen Seufzer heraus.

Kapitel achtundzwanzig
OKTOBER
SECHZEHN MONATE SPÄTER

Sex mit Sam ist so was von supergeil.

Ich habe zwar außer Devin keinen Vergleich, aber ich glaube auch nicht, dass man es überhaupt vergleichen kann. Auf jeden Fall war es vom ersten Tag an so. Oder von der vierten Nacht an, das hängt davon ab, wie man es betrachtet.

Nacht eins, der Nacht meiner Ankunft in Northampton, bin ich auf der Luftmatratze, die Sam für mich vorbereitet hatte, abgestürzt. Und er mit mir. In Nacht zwei stürzte ich wieder ab, dieses Mal auf meiner eigenen Matratze, nachdem ich den ganzen Tag damit zugebracht hatte, Kisten auszupacken und Möbel zu verrücken, mit Sams Hilfe natürlich. Und er mit mir.

In Nacht drei hatte ich eine kurzfristige Kernschmelze, einen dieser Momente, in denen einem die Größe und Dummheit dessen, was man gerade getan hat, bewusst wird – in eine neue Stadt und einen neuen Staat umgezogen zu sein (selbst wenn es ein Staat war, in dem man schon einmal gelebt hat); seinen bequemen und vertrauten Job und seine Freunde und seine Familie hinter sich gelassen zu haben; genau wie einen Typen, mit dem man irgendwie befreundet war und irgendwie vielleicht zusammen, aber auch nicht wirklich, und mit dem man geschlafen hatte, mit dem es hätte klappen können, wenn man es versucht hätte. Plötzlich sah ich Sam an, als wäre er ein Fremder, und beschloss, dass ich einen Fehler gemacht hatte, denn vor meinem geistigen Auge sah ich Devin niedergeschlagen in der Einfahrt vor meiner Wohnung in East Meadow stehen. »Geh weg«, sagte ich zu Sam, oder etwas in der Art. Er verstand mich, weil er so ein wunderbarer Mensch ist, und ließ mich alleine in dem plötzlich so großen, leeren Bett schlafen. Er war noch nicht einmal wütend. Er lächelte nur, nahm mich in den Arm und ging.

In Nacht vier war ich wieder bei Verstand. Es war geschehen, als ich alleine in meiner Wohnung war, und meinen Schreibtisch eingeräumt hatte. Ich brauchte nur an Sams Umarmung zu denken: Entweder er hält mich ganz fest auf eine beruhigende Art und Weise oder er drückt mich, als ob er mit mir kuscheln wollte. Als ich ihn am Abend zuvor weggeschickt hatte, hatte er beides zugleich getan. Jetzt rief ich ihn an: »Mach, dass du herkommst.« Er kam, und ich zerrte ihn über die Schwelle, bevor er überhaupt klingeln konnte, zog ihn ins Schlafzimmer und verabschiedete mich von allen Hemmungen. Einfach so. (Ich konnte nicht anders, ich musste denken, dass Devin, der Callboy, stolz auf mich gewesen wäre.) Klar, Sam und ich hatten davon gesprochen seit der Nacht vor dem Kamin, als ich ihn in den Frühlingsferien besucht und er mir gesagt hatte, dass wir warten sollten. Seitdem hatten wir uns in E-Mails und Telefongesprächen darüber verständigt, was für einen Sex wir haben wollten, wie unser erstes Mal sein sollte, was wir mochten und was wir nicht mochten. Ich hatte Sam sogar mit Devins Spruch herausgefordert, dass man keinen guten Sex haben kann, wenn man nicht darüber sprechen kann, worauf er mit einem vierseitigen Essay mit Quellenangaben und allem Schnickschnack geantwortet hatte.

In Nacht vier taten wir alles, worüber wir gesprochen hatten, und einige Sachen, über die wir nicht gesprochen hatten, und seitdem können wir die Hände nicht voneinander lassen. Was mich überraschte: wie *leicht* es für mich war – wie natürlich. Als hätte ich nie irgendwelche sexuellen Unsicherheiten gehabt. Als hätte ich während meines ganzen Erwachsenenlebens Sex gehabt. Als hätten Sam und ich uns schon immer gekannt. Ich fragte mich, wem ich dafür danken sollte: War es Sams Art, durch die ich mich so entspannt fühlte? Was hatte er, was Andrew und die anderen nicht hatten? Oder war es durch Devin gekommen, der mir beigebracht hatte, wie ich mich entspannen konnte? Oder war es schon immer dagewesen?

Egal, wie die Antwort heißt: Sex mit Sam ist supergeil.

Wahrscheinlich ist der Sex mit ihm so supergeil, weil er selbst es ist. Er kocht zum Beispiel. Macht Arme Ritter zum Abendbrot, Smoothies zum Frühstück und Gemüsesuppe aus Resten zum Mittagessen. Ich habe vor Kurzem angefangen zu backen – und habe mich sogar an einem Käsekuchen versucht, nachdem er Hühnchen mit Parmesan gemacht hatte. Und er liebt meine Muffins.

Sam liest mir auch vor. Ich hatte völlig vergessen, wie schön das ist. Früher haben mir meine Brüder manchmal etwas vorgelesen, bevor sie zu ihren Auftritten, Proben oder zum Unterricht mussten. Sam liest mir alles Mögliche vor: Romane, Zeitungsartikel und manchmal auch Passagen aus Arbeiten seiner Studenten. Ich bin glücklich, wenn ich ihm zuhöre. Die unterschiedlichen Charaktere haben bei ihm alle andere Stimmen so wie früher bei meinen Brüdern. Manchmal gehe ich so in seinen wohlklingenden Lauten und sanften Artikulationen auf, dass ich vergesse, auf den Inhalt zu achten. Ganz am Anfang turnte mich Sams Vorlesen unglaublich an – einmal, als er mir gerade etwas aus Bill Brysons *Picknick mit Bären* vorlas, wo sich Bryson über die Geschichte der Park Ranger auslässt, hat Sam das Buch zur Seite gelegt und mich angesehen.

»Herzchen, hörst du mir überhaupt zu?«

Ich sprang ihn an wie ein Kater eine mit Katzenminze vollgestopfte Spielzeugmaus.

Am Ende meines ersten Semesters an der NU zog ich aus meiner Wohnung aus und bei Sam ein. Ich freute mich darüber, wie schnell *seins* zu *unserem* wurde: die Dielen, die erdfarbenen

Wände, die Bücherregale überall. Wir suchten die Vorhänge zusammen aus, und dazu noch plüschige Sofas und Bistrotische im Kaffeehausstil. Und wir schafften uns eine Katze an – eine kleine Mischlingskatze, die wir Donny Most nannten (nach dem Typen, der in den alten *Happy-Days*-Serien Ralph Malph spielte). Wir hatten sogar denselben Humor.

Und Sam bringt mich dauernd zum Lachen.

Was nicht heißt, dass wir nicht ab und an niederschmetternde Streits ausfechten. Oder dass meine (oder seine) Dämonen nicht zwischendurch uneingeladen vorbeischauen. Oder dass Sam entsetzlich starrsinnig ist, sammelwütig bis zum Anschlag und beim Kochen mit der Butter knausert. Und noch schlimmer: Er ist gar nicht pflegeleicht, gibt sich aber so – uns wurde sehr schnell klar, dass jeder von uns ein eigenes Bad brauchte. Aber wir entschuldigen uns schriftlich beieinander, manchmal in Form einer Allegorie, manchmal als Tagebucheintrag verkleidet, und legen sie uns auf die Nachttische. Wir diskutieren, bis unsere Kehlen ausgetrocknet sind oder wir uns geeinigt haben. Sam ist geduldig und verständnisvoll. Er kann zuhören. Und ich höre ihm zu, wie ich meinen Verflossenen nie zugehört habe. Vielleicht weil ich ihn besser kenne, als ich einen von seinen Vorgängern je kennengelernt habe. Oder weil ich die selbstkritischen Stimmen zum Schweigen gebracht habe, die mich davon abhielten, anderen wirklich zuzuhören.

Außerdem hatte ich die Freuden von Versöhnungssex kennengelernt, sodass es sogar geil war, mit Sam zu streiten.

Ich verliebte mich nicht nur in Sam, sondern auch wieder in Neuengland. Ich sah es mit neuen Augen: Manhattan ungeschminkt. Pflegeleichtes Long Island. Wanderwege zwischen Bäumen und Hügeln, Berge zwischen Sand und Meer. Wir unternahmen oft Ausflüge nach Boston, ans Cape Cod, nach New Hampshire und Vermont.

Am Ende des zweiten Semesters fragte Sam mich, ob ich ihn heiraten wollte, und ich sagte Ja.

Und dennoch – trotz meines großen Glücks vermisste ich Devin manchmal.

So oft dachte ich daran, ihn anzurufen, ihm einen Brief zu schreiben und auch wirklich abzuschicken, um mich für die Art und Weise zu entschuldigen, wie es an diesem Tag damals mit uns beiden in East Meadow zu Ende gegangen war. Und ich dachte oft an die Dinge, die wir miteinander gemacht hatten. Es kam mir vor, als wäre es in einem anderen Leben gewesen, und wenn ich ihn mir mit seinen Klientinnen vorstellte, zog sich mein Bauch nicht mehr vor Eifersucht zusammen. Ich hatte mir tatsächlich Devins Sichtweise zu eigen gemacht: Es war einfach ein normales Geschäft. Er hatte Sex mit diesen Frauen. Er hatte vielleicht keinen Geschlechtsverkehr mit ihnen im engeren Sinn, aber er hatte Sex mit jeder von ihnen. Entweder er verführte sie, oder er ließ sich von ihnen verführen, umgarnte sie mit seinem Vorspiel und bestätigte sie in ihren hedonistischen Fantasien. Ich konnte das jetzt alles akzeptieren. Und tatsächlich war ich ja eine von ihnen, und auch das war in Ordnung gewesen. Und ab und zu stellte ich mir vor, wie ich zurück ins *Café Dante* auf der Bleaker Street ging und Dev um Tipps für fantasievolle Spielchen bat.

Ich vermisste seinen Charme und seinen Witz. Seine kantigen Gesichtszüge. Sein schüchternes Zwinkern. Ich vermisste unsere Unterhaltungen und unser Geplänkel. Ich hätte ihn gerne noch einmal in seinen Boxershorts gesehen. Mir fehlte unser zwangloser Umgang.

Aber die Beziehung mit Sam brachte mir auch zu Bewusstsein, dass Devin und ich kaum die Oberfläche angekratzt hatten. Sosehr wir uns entblößt hatten, so viel hatten wir zurückgehalten. So viel wir gegeben hatten, so viel hatten wir für uns behalten. Wir hatten so viele Gelegenheiten vorübergehen lassen, uns einander zu öffnen, dass wir, als wir schließlich miteinander schliefen, Fremde füreinander waren.

Ich erzählte Sam nicht, dass ich mit Devin geschlafen hatte. Ich tat das nicht vorsätzlich – ich wusste einfach nicht, wie ich es ihm sagen sollte. Devin und ich waren eher wie Figuren in einem Roman als wie wirkliche Leute. Wir waren Artefakte, Schöpfungen unserer Vorstellungen. Freunde und Geliebte und Lehrer und Callboys und Playgirls.

Sam und ich hatten über den Kolumbus-Tag drei Tage frei, die wir in Boston verbrachten. Wir kamen Freitagabend an und übernachteten in der Wohnung von Freunden im North End. Am Abend aßen wir in einem nahe gelegenen italienischen Restaurant, das mich auf eine Zeitreise zwanzig Jahre zurück in die Küche meiner Großmutter entführte. Ich überredete Sam, Gnocchi zu probieren, und vor Dankbarkeit kaufte er mir einen Blumenstrauß, nach dem sich alle Bostoner auf der Straße umdrehten.

Am Sonnabendvormittag nach dem Frühstück blätterte Sam die *Boston Leisure* durch, ein Stadtteilmagazin, während ich abwusch.

»Hey, Herzchen, hör dir dies an«, sagte er und las laut vor:

Das Leben kann aus einer Reihe glücklicher Fehler bestehen.

Ich war noch neu in Boston (und in der hiesigen Kunstszene), als ich beschloss, mir die Senior Art Show an der Boston School of Art anzusehen.

Wobei man wissen muss, dass ich eigentlich aus New York bin, genauer gesagt, aus Manhattan. Ich bin an Planquadrate gewöhnt. Ich hatte mich an numerische Fortschreibungen und an die Bezeichnungen an der Ecke der Sowiesostraße gewöhnt (Fifty-seventh und Fifth, Seventh und Lex). Ich hatte mich an die Dichotomien von Ost und West gewöhnt. Upper und Lower, Uptown und Downtown. Also können Sie sich vielleicht vorstellen, was eine Stadt wie Boston mit dem Orientierungssinn eines New Yorkers anstellen kann. Wie oft bin ich im Kreis gelaufen, nur um herauszufinden, dass ich doch eigentlich nur um die Ecke hätte gehen müssen?

Als ich mich wieder einmal so verirrt hatte und in einem Schauer klatschnass geworden war, gestand ich mir ein, dass ich nicht mehr wusste, wo ich war, und stolperte in eine Bauchtanzgruppe, um nach der Richtung zu fragen. Die verschleierten Verführerinnen mit den Schellentrommeln waren eigentlich Stoffdesignerinnen, die sich einmal die Woche privat trafen, »um die innere Göttin« zu befreien. Auch wenn das Tanzen eine Kunstform war, der ich meine Aufmerksamkeit widmen sollte, hatte ich etwas anderes im Kopf. Also lehnte ich ihr Angebot, an der Stunde teilzunehmen, höflich (und durchnässt) ab, dankte ihnen und ging wieder hinaus.

Schnell verbannte ich das Bild, wie ich mich nass und geschmeidig im Kreis bauchtanzender Designerinnen drehte. Fast wäre ich an einer Tür mit einem mattgebürsteten Bronzeschild vorbeigelaufen, das auf die Graduate Gallery aufmerksam machte. Das war eigentlich nicht mein Ziel, aber das gedämpfte Licht und das sanfte Summen der Klimaanlage zogen mich an, fast fühlte ich mich wie in einer anderen Welt. Ein Schild am Eingang der Galerie wies mich auf die Sammlung von Jessie Bartlett hin, die ich mir als Erstes ansehen wollte. Die Bilder vermittelten einen Eindruck von Energie, Bewegung und Wärme. Erdfarben in der Art der Höhlenbilder von Lascaux standen den Ecken und Kanten modernen Stadtlebens gegenüber. Gemalt von einer geübten, wenn auch jungen Hand.

Jedes Bild hat eine eigene Stimme, eine eigene Nachricht. Bruchstücke des Stadtlebens aus allen nur erdenklichen Perspektiven. Der sechsundzwanzigjährige Bartlett hat bereits eine ganz eigene Bildsprache. »Mir war das Stadtleben vollkommen fremd«, sagt der aus Granby in Vermont stammende Maler, der für seine Ausbildung an der Kunsthochschule nach Boston gezogen ist. »Es war so roh, es zog mir den Boden unter den Füßen weg. Und es traf mich wie aus heiterem Himmel, wissen Sie. Und alle laufen herum, als ob gar nichts wäre. Ich halte überall an und gaffe«, sagt er achselzuckend. »Mehr kann ich nicht tun.«

»Und dann malen Sie?«

»Ja. Ich male, was ich sehe, und was andere Leute nicht sehen. Denn sie müssen es sehen und als das erkennen, was es ist.«

»Und was ist es?«

»Das Leben«, sagt er einfach. »Leute. Das Gute.«

Wie ihre Themen sind die Bilder aus sich heraus schön – abstrakt, buchstäblich, menschlich und sehr persönlich. Sie sind auch rau und haben eine offene Textur, sind unausgewogen, manchmal sogar grell. Man fühlt sich beim Betrachten fast wie ein Voyeur, so als würde man alles von einem Menschen auf den ersten Blick erfahren. Der Prozess des Erzählens ist in jedem Bild deutlich. Schichten vergilbter Zeitungen, Prospekte und andere Fundstücke werden farbig übermalt und bilden den Untergrund, auf dem mit sicherer Hand Farbe und Formen Gestalt annehmen. Thema und Material bilden eine Stimme, schaffen eine Textur, vielleicht sogar einen Geruch des Lebens. Jedes für sich genommen sind die Gemälde sinnlich; in ihrer Gesamtheit sind sie überwältigend.

Der Bildaufbau ist nicht sauber, die Bilder sind nicht perfekt und auch nicht immer besonders raffiniert. Aber sie sind wirklich. Sie sind aufschlussreich. Lebendig. Die Ausstellung schafft ihre eigene Welt aus Tönen, Licht und Atmosphäre. Sie kriecht einem unter die Haut, sie tropft einem aus den Haaren. Man spürt, dass dies Kunst ist. Sie anzusehen heißt, Stadtleben wirklich zu erfahren, sei es Boston oder der Big Apple. Und es fühlt sich gut an. Es ist angenehm.

Jesse Bartlett hat etwas zu sagen, und er lernt gerade erst, wie er es sagen kann. Er ist ein Künstler, von dem man irgendwann auf einer Cocktailparty sprechen wird, und dann können Sie damit prahlen, ihn schon gekannt zu haben, als er noch … Und Sie hätten jedes Recht, zu prahlen, denn er ist die Erfahrung wert. Sie werden es nicht vergessen. So wenig wie ich.

Und die Bauchtänzerinnen hoffentlich auch nicht.

Im Gegensatz zu früheren glückseligen Vorlesemomenten hing ich diesmal an jedem Wort. Diesen Stil kannte ich, da war ich mir ganz sicher – die Worte, der Rhythmus, die Stimme. Aber woher? Von einer Konferenz? Aus einem Zeitungsartikel? Einer Arbeit eines Studenten?

»Cool, oder?«, fragte Sam. »Vielleicht etwas zu dick aufgetragen, aber lebendig. Wollen wir uns die Ausstellung ansehen? Sie ist in einer Galerie auf der Beacon Street.«

»Wer hat es geschrieben?« Doch bevor er antworten konnte, klingelte das Telefon. Er sprang auf und nahm ab, die Zeitung hatte er schon zusammengerollt. Dann gab er mir den Hörer, und ich vergaß den Artikel und seinen unbekannten Verfasser.

Wir nahmen die Metro zur Park Street und gingen den Rest des Weges zu Fuß. Inzwischen war es Spätnachmittag geworden, es wehte ein kalter Herbstwind. Sam und ich gingen schnell und eng umschlungen – um ein Haar wären wir am Eingang der Galerie Paris vorbeigelaufen, da der Name nur auf der quietschenden Glastür in einfachen goldenen Buchstaben stand. Die Galerie war ein kleines Loft im ersten Stock mit polierten honigfarbenen Dielen und gut ausgeleuchteten weißen Wänden, an denen Drucke und Gemälde hingen. Die Ausstellung war am Vorabend eröffnet worden, doch auch für diesen Abend wurde ein Empfang vorbereitet. Ich entdeckte einen Mann in einem schwarzen Jackett mit zerrissenen Jeans und einem bedruckten T-Shirt, von dem ich korrekterweise annahm, dass er Jesse Bartlett sein müsse. Er stand in der Nähe eines seiner eleganteren, dunkleren Gemälde und hielt ein Champagnerglas in der einen und eine unangezündete Zigarette in der anderen Hand. Er sprach mit einem hellhaarigen Paar, seine Augen blieben aber unter einem langen, gebleichten Pony verborgen.

Sam und ich machten einen Rundgang durch die Galerie und blieben vor jedem Bild eine Weile stehen. Wir hatten uns schon andere Ausstellungen angesehen, aber nie war es so wie mit Devin gewesen. Sich mit Devin Kunstwerke anzusehen, glich einer spirituellen Erfahrung: Mit ihm konnte ich die Zeit und den Raum transzendieren, und jedes Mal machte er mich auf eine neue Art des Sehens aufmerksam, von denen selbst Picasso nie geträumt hätte. Und es war nicht nur Devins Wissen, weswegen diese Besuche so erhellend waren; Zeugin seiner eigenen Transzendenz *vom Sehen zum Sein* zu werden, war mindestens genauso erleuchtend.

Leises Gemurmel lag in der Luft, und ich fühlte mich in der Galerie wohl. »Hier gefällt es mir«, sagte ich leise zu Sam. Er antwortete nicht. Eine hübsche Frau Anfang zwanzig kam mit einem Tablett auf uns zu und bot uns Champagner an. Sam nahm eins, ich lehnte dankend ab und bat um ein Ginger Ale. Sie wollte nachsehen, ob sie eines vorrätig hätte.

Gerade als wir uns das letzte Bild angesehen hatten, bemerkte ich, dass jemand hinter mir stand. Ich sah erst das Glas mit Ginger Ale, dann das Revers eines Versace-Jacketts, eine Schulter und schließlich in sienafarbene Augen.

»Dies konnte ja nur für eine Person sein«, sagte er und hielt mir das Glas hin.

Kapitel neunundzwanzig

Ich erstarrte.

Devin.

Er reichte Sam die Hand. »Hi, ich bin David Santino, der Mitbesitzer der Galerie.«

David.

»Sam Vanzant«, sagte er und schüttelte ihm die Hand. »Und dies ist meine Verlobte, Andrea Cutrone.« Devin – David – reichte mir sanft die Hand.

»Schön, dich zu sehen, Andi.«

Es schien ihm nichts auszumachen, dass Sam mich als seine Verlobte vorgestellt hatte. Aber Sam wurde hellhörig, als David mich »Andi« nannte. Er sah zwischen uns hin und her.

»Ihr kennt euch?«

Ich versuchte, es ihm zu sagen, aber als ich den Mund öffnete, kam nur ein unverständliches Gestammel heraus, das mich an den kaputten Anlasser eines Autos erinnerte.

»Ich ... ehmähhmmm ... äh...«

»Wir hatten gemeinsame Freunde an der Uni in Brooklyn«, trug Devin – David – bei.

Vergangenheit?

»Ach wirklich?«, antwortete Sam, dann wandte er sich an mich. »Herzchen, du hast mir gar nicht erzählt, dass du den Besitzer der Galerie kennst.«

»Ach, ich bin auch erst seit einem halben Jahr hier. Georgia Paris ist die andere Inhaberin.« Er machte eine Kopfbewegung zu einer eleganten silberhaarigen Dame, die gerade zu Jesse Bartlett und dem blonden Paar gestoßen war. »Ich habe mein anderes Geschäft verkauft, meine Wohnung in der Stadt untervermietet, bin hierhergezogen und mit eingestiegen. Georgia bringt mir alles bei, was sie weiß, damit ich die Galerie irgendwann übernehmen kann.

Er antwortete auf Sams Frage, aber er sah mich dabei an. Meine Pupillen weiteten sich und mir fielen fast die Augen aus dem Kopf, als er sein »anderes Geschäft« erwähnte.

»Was haben Sie denn vorher gemacht?«, fragte Sam.

Wenn man vom Teufel spricht …

»Ich war im Dienstleistungsgewerbe.« Er zwinkerte mir zu. Rabenaas – er ließ es absichtlich offen. Ich hätte schwören können, die Dielen seien zu Treibsand geworden und ich steckte schon bis zu den Knien drinnen.

»Komisch, wie man sich wiedertrifft. Kleine Welt«, sagte Sam.

»Er kannte die Dekanin«, stotterte ich schließlich als Antwort auf die Frage von vorhin. Die Männer sahen mich verblüfft an. »An der Uni in Brooklyn.« Ich wandte mich an Devin. »Stimmt doch, oder?«

»Du siehst toll aus«. Er grinste mich an.

»Du auch«, antwortete ich mit hochrotem Kopf. »Ich hätte dich fast nicht wiedererkannt.« Es war genauso wie beim ersten Mal, als ich ihn kennengelernt hatte: Ich war unbeholfen und aufgeregt zugleich. »David«, sagte ich laut, um mich selbst daran zu erinnern, wem ich gegenüberstand.

»Und was haltet ihr von der Ausstellung?«

»Große Klasse«, sagte Sam und sah sich noch einmal um. »Wir haben heute Morgen einen tollen Artikel über die Ausstellung gelesen. Und ich muss sagen, sie hat den Nagel auf den Kopf getroffen.«

»Danke – ich habe ihn selbst geschrieben.«

Wie hatte ich das überhören können? Warum war ich nicht sofort darauf gekommen?

»O mein Gott! Du warst das!!!«

Die Leute drehten sich um. Doch ich stand langsam wieder auf festem Boden, war hellwach und ganz bei der Sache.

»Ja, Andi. Ich schreibe jetzt auch. Ab und an für die *Boston Leisure.* Ich versuche, dort eine regelmäßige Kolumne zu bekommen. Aber wahrscheinlich bin ich immer noch ein Amateur.«

»Du warst schon immer ein Schriftsteller«, beharrte ich. Und es klang wie eine bekannte Stimme aus alten Zeiten und aus einer alten Beziehung.

»Sie haben wirklich ein Faible fürs Erzählen«, sagte Sam. »Andi und ich sind beide Memoirenschreiber.«

»Ja, ich weiß, und ich weiß auch, dass sie ziemlich viel Talent hat«, sagte Devin immer noch grinsend. Taten ihm seine Wangenknochen denn nicht langsam weh?

Ich strahlte und mein Herz klopfte wie wild. Sam legte den Arm um mich und zog mich an sich. Er gab mir einen stolzen Kuss, der eigentlich auf die Wange sollte, aber an der Schläfe landete. »Da haben Sie verdammt recht«, sagte er.

Nach einer kleinen Pause fragte Sam Devin nach den Toiletten und entschuldigte sich.

»Also …«, begann ich. Er wusste schon, was ich sagen wollte. »Du hast das Geschäft wirklich aufgegeben?«

»Genau.«

»Wie kam es dazu?«

»Weißt du, es war komisch«, sagte er. »Ich habe mir geschworen, der einzige Grund, warum ich je aufhören sollte, Callboy zu sein, wäre der Verlust eines Arms oder Beins. Auf jeden Fall kein moralischer.«

»Du hast es plötzlich mit der Moral?«

Er hob eine Augenbraue und flirtete mich an.

»Nein«, antwortete er. »Es hat mir einfach keinen Spaß mehr gemacht. Ich sah keinen Sinn mehr darin, nicht für sie, sondern für mich. Ich wollte nichts mehr von ihnen.«

»Wann hast du damit aufgehört?«

»Ungefähr vor einem Jahr. Kurz nachdem du weggegangen bist.«

»Und wie hast du es gemacht?«

»Ich hab es einfach abgestoßen«, sagte er. »Ich hab's an Christian abgegeben, und dann hatte ich einen Haufen Scheine herumliegen und hab mich für eine lange Reise nach Europa entschieden. Italien, Frankreich, Spanien und so. Ich bin in jedem großen Museum und in jeder Hinterhofgalerie gewesen. Einmal bin ich sogar ausgeraubt worden, wenn ich auch nur rund fünfzig Dollar und ein paar Kreditkarten bei mir hatte … Weißt du, American Express ist da wirklich hilfreich, wenn du deine gestohlene Karte wieder brauchst.«

Sam kam zurück, bevor ich etwas sagen konnte, und Devin gab mir seine Visitenkarte. »Hier. Ich bin fast immer da. Ruf mich doch mal an, dann können wir zusammen Mittag essen.«

Ich nahm die Karte und musste mir den Namen zweimal ansehen: *David Santino*. Ich hatte mich immer noch nicht daran gewöhnt.

»Danke.« Meine Stimme klang entfernt.

»Tja, ich muss mich um die anderen Besucher kümmern. Vielen herzlichen Dank, dass Sie gekommen sind.« Er schüttelte Sam die Hand. »Es war eine Freude, Sie kennenzulernen.

»Das beruht auf Gegenseitigkeit.«

Er wandte sich an mich. »Und so schön, dich wiederzusehen.«

»Willkommen in Neuengland«, sagte ich und zwinkerte ihm zu. Er lächelte breit und wandte sich einem anderen Paar zu.

Sam drehte sich zu mir um.

Ich sagte nichts, ich hielt mich an meinem Ginger Ale fest.

»Herzchen, warum lächelst du?«

Kapitel dreißig

Zwei Wochen später trafen wir uns in einem peruanischen Café in derselben Bostoner Straße, in der die Galerie Paris lag. Als wir uns sahen, brachen wir in Lachen aus, wir trugen beide verwaschene T-Shirts, Jeans und Lederjacken. Er betrachtete den Ring aus Diamanten und Saphiren auf meinem linken Ringfinger.

»Wann hast du dich verlobt?«

»Ende Mai.«

»Hm.« Er nickte. »Sieht nach einem guten Typ aus.«

»Ist er auch.«

David gabelte ein Stück von dem Toffeekuchen auf, den wir uns teilten.

»Ich finde es toll, dass du schreibst«, sagte ich.

»Ich hab die ganze Zeit in Europa Tagebuch geführt«, erzählte er mir. »Ich habe auch viel über meinen Vater geschrieben, übers Großwerden und über dich.«

Mir standen Tränen in den Augen.

»Und eines Tages wollte ich nur noch malen. Das war in Positano bei einem atemberaubenden Sonnenuntergang. Da hätte ich alles für Ölfarben gegeben. Und dann hörte ich plötzlich diese Stimme – und ich schwöre, es war die meines Vaters: *Du bist ein Künstler, David.* Und das war's. Danach bin ich nach Hause gekommen.«

»Und warum malst du dann nicht? Ich meine, warum bist du jetzt Galeriebesitzer geworden?«

»Weil meine große Liebe nicht dem Machen von Kunst gehört«, antwortete er. »Ich will von Kunst umgeben sein. Ich hatte mal eine Klientin, deren Bruder in einem Buchladen gearbeitet hat. Sie meinte, er hätte gut der nächste Vonnegut oder

Ellison sein können, aber er war einfach gerne von Büchern umgeben. Da fühlte er sich richtig zu Hause.«

Das konnte ich verstehen.

»Und so fühle ich mich in der Galerie. Für mich wird die Kunst in meinen Augen geboren. Wahrscheinlich geht es dir mit deinen Memoiren genauso.«

»Ja, das stimmt. Wahrscheinlich hat mir Rhetorik deswegen immer so gut gefallen – sie beantwortet mir meine Fragen.«

»Ich kann über Kunst schreiben. Darüber reden, sie ansehen. Also kann ich sie doch auch zeigen und verkaufen, oder? Denn das kann ich auch ganz gut.«

»Ja, klar. Und bist du aus New York wegen Devin weggezogen?«

»Eine Stadt von acht Millionen – du wärst überrascht, wie oft ich meine Klientinnen irgendwo treffe.«

»Und warum Boston?«

»Gute Kunstszene«, meinte er. »Gute Stadt. Gute Gelegenheiten. Ich hab Georgia kennengelernt und eins hat zum anderen geführt, du weißt ja, wie so was ist.«

Ich saß still da und aß den Kuchen ganz langsam.

»Fehlt es dir nicht, dein Leben als Callboy?«, fragte ich ihn schließlich.

Er biss sich auf die Lippe und schüttelte den Kopf. »Überraschenderweise nicht. Hat dir New York je gefehlt?«

»Überraschenderweise nicht.«

Wir saßen da, aßen den Kuchen und lächelten uns an.

»Hast du *mich* je vermisst, Andi?«

Ich betrachtete die Kekskrümel auf meiner verkrumpelten Serviette und gab ihm keine Antwort.

»Warum hast du mich angerufen?«, fragte er mich.

»Ich weiß es nicht genau.«

»Ich bin froh, dass du es getan hast.«

»Hast du *mich* je vermisst?«, fragte ich ihn.

Er wurde rot, lächelte und aß das letzte Stück Kuchen.

»Und wann ist die Hochzeit?«

»Nächsten Oktober«, antwortete ich. »In einem Jahr.«

»Hm«, sagte er. »Nicht im Juni, wenn eure Ferien anfangen?«

»Wir wollten im Oktober heiraten.«

Ich wartete.

»Hast du eine Freundin?«

»Nee, im Augenblick nicht. Ich meine, ich hab mich ein paarmal verabredet, aber es war nichts Ernstes. Eine ernste Beziehung meine ich.«

Wieder entstand eine Pause, in der David auf seine Uhr sah.

»Ich muss langsam zurück in die Galerie.«

Wir verließen das Café und liefen die Straße hoch. An der Ecke hielten wir an. Die Sonne schien aus einem kobaltblauen Himmel. Ich schwitzte in meiner Lederjacke und blinzelte ihn durch meine Sonnenbrille hindurch an.

»Ich bin froh, dass du mich angerufen hast«, sagte er noch einmal. Er nahm mich in die Arme und drückte mich an sich.

»Oh, Dev«, heulte ich mehr oder weniger in seine Jacke. »Und wie ich dich vermisse.«

Sein Geruch weckte starke Erinnerungen.

»Ich vermisse dich auch«, sagte er und strich mir über die Haare.

Dann küsste er mich behutsam auf die Stirn. Ich sah ihn durch meine irisierende Sonnenbrille an.

»Bis bald, David.«

»Bis bald.«

Ich lief langsam weg.

»Hey, Andi!«, rief er mir hinterher, als ich um die Ecke bog. Ich wirbelte herum, und er war ganz schnell bei mir und nahm mich wieder in den Arm. »Ich muss es einfach fragen: Wie ist Sex mit Sam?«

»Supergeil.«

Wir konnten unsere Freude darüber beide nicht verbergen.

»Wie süß«, antwortete er.

Dann bogen wir beide um die Ecke, jeder in seine Richtung.

Danksagung

Dieses Buch hätte ohne die folgenden Personen nicht entstehen können:

Mein Dank gilt Stacey Cochran, der mich in die Gemeinde der publizierten Autoren eingeführt hat.

Vielen Dank an Neil Coleman, der das Manuskript in der ersten Version gelesen hat, und an alle folgenden Leser: Evelyn Audi, Celeste Girrell, Mary Gonzalez, John Griffin, Linda Licata, Ariel Lorello, Katie Marciano, Crystal Medeiros, Tracy Branco Medeiros, Susan Miller-Cochran, Kelly Sutphin, Bruce W. Tench II, Marisa von Beeden sowie an alle Studenten, die mir freundlicherweise zugehört und ihre Kommentare zu einzelnen Passagen gegeben haben.

Vielen Dank auch an Elisa DiLeo, die mir geholfen hat, mich in Manhattan zurechtzufinden, und an Richard Romero, dem Inhaber des Cafés *Mirasol* in North Dartmouth, Massachusetts, in dem der Großteil dieses Buches geschrieben wurde und wo ich in vielen Diskussionen unzählige Gläser Chai Latte mit Vanillegeschmack getrunken habe.

Dank an Dr. John Caruso, der mir von Sportpsychologie abgeraten hat, und an Dr. W. Keith Duffy und Dr. Mary Hallet, die mich in der Uni an die Hand genommen und mit Kreativem Schreiben verheiratet haben.

Und wie immer Dank an meine Mutter, Eda, meinen Vater, Michael, meine Großmutter, Mary Mottola, und an meine Brüder, meine Schwester und die erweiterte Familie für ihre unermüdliche Unterstützung. Vor allem meinem Zwillingsbruder Paul möchte ich danken, der ein viel besserer Schriftsteller ist als ich und dauernd die Messlatte höher legt.

Ich verneige mich vor allen etablierten Schriftstellern, die mich inspirieren und zum Lachen bringen, vor allem vor Aaron Sorkin und Nora Ephron, vor Peter Elbow und dem verstorbenen Donald Murray.

Schließlich ein besonderer Dank an die von mir bewunderte Sarah Girrell Paquette. Ohne ihre Einsichten, ihr Feedback und Kunstverständnis und ihre Liebe zu diesem Buch hätten Devin und Andi keine Chance gehabt, das Licht der Welt zu erblicken.

Zusatz 2010:
Dank an Terry Goodman und an AmazonEncore, dass sie so begeistert von diesem Buch waren. Ich kann mir keinen besseren Verlag vorstellen, der sich mehr eingesetzt hätte.

Prostitution ist das älteste Gewerbe der Welt.
Rhetorik das zweitälteste.

Zeitfracht Medien GmbH
Ferdinand-Jühlke-Straße 7
99095 Erfurt, Deutschland
produktsicherheit@kolibri360.de

Druck:
CPI Druckdienstleistungen GmbH
im Auftrag der
Zeitfracht Medien GmbH
Ein Unternehmen der Zeitfracht - Gruppe
Ferdinand-Jühlke-Str. 7
99095 Erfurt